追い出された万能職に新しい人生が始まりました vol.8

AUTHOR:

東堂大稀

ILLUSTRATION らむ屋

Oidasareta
Banno-shoku ni Atarashii Jinsei
ga Hajimarimashita

Main Characters
主な登場人物
グリおじさん
ロアの従魔のグリフォン。
傲慢だが実力は規格外。
魔道石像《ガーゴイル》
グリおじさんに改造された
古代の魔道具。
青い魔狼《フィー》
ロア
本編の主人公。
探究心豊かで気弱な少年。
世界にただ一人の正式な
『万能職』。
赤い魔狼《ルー》
魔狼の双子
ロアの従魔。
純粋で遊ぶのが
大好き。

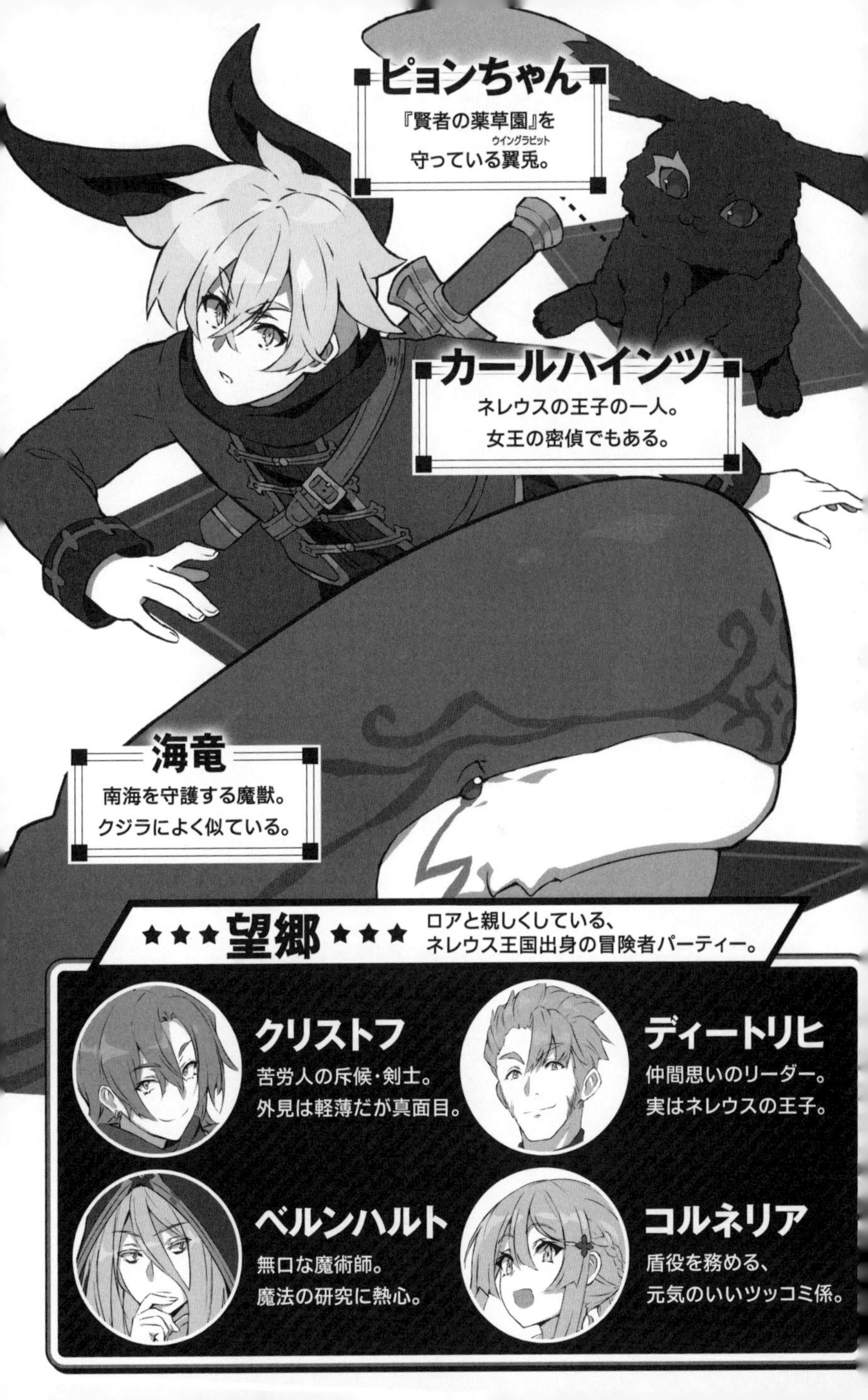
ピョンちゃん
『賢者の薬草園』を
守っている翼兎《ウイングラビット》。
カールハインツ
ネレウスの王子の一人。
女王の密偵でもある。
海竜
南海を守護する魔獣。
クジラによく似ている。
★★★望郷★★★
ロアと親しくしている、
ネレウス王国出身の冒険者パーティー。
クリストフ
苦労人の斥候・剣士。
外見は軽薄だが真面目。
ディートリヒ
仲間思いのリーダー。
実はネレウスの王子。
ベルンハルト
無口な魔術師。
魔法の研究に熱心。
コルネリア
盾役を務める、
元気のいいツッコミ係。

★★★ ロアを取り巻く人々 ★★★

スカーレット

ネレウス王国の女王。
グリおじさんと旧知の、
長命な魔術師。

ゲルト

戦闘狂の剣聖。
ディートリヒに剣を
教えた。

サバス

海賊船の船長。現在、
アダドの艦隊と交戦中。

エミーリア

コルネリアの姉で、
近衛騎士団副長。

アダド帝国の第三皇子

ロアの誘拐を画策し、
ネレウスに攻め込んだ。

コラルド

ロアの雇い主でも
ある大商会の長。

ブルーノ

ギルドに属さない
変わり者の鍛冶屋。

カラカラ

アダドの地下に
暮らす妖精。

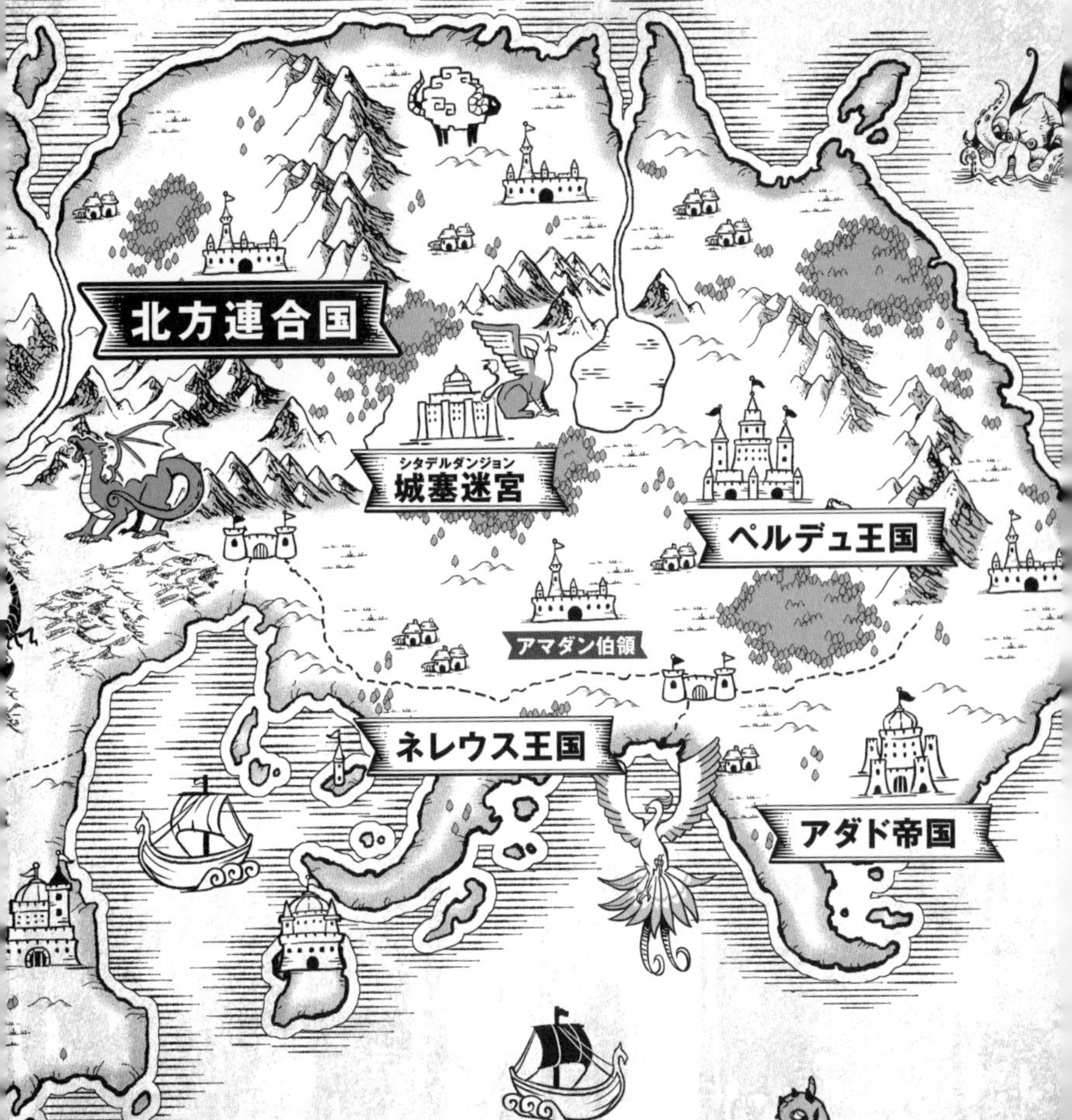
北方連合国
城塞迷宮《シタデルダンジョン》
ペルデュ王国
アマダン伯領
ネレウス王国
アダド帝国

世界地図

第三十一話　救出作戦の始まり

ネレウス王国は海賊《かいぞく》たちが作った国である。

諸般《しょはん》の事情から過疎《かそ》地帯だった地域に海賊たちが隠れ家を作り、多くの海賊が一か所に集まったことで建国に至ったと言われている。

建国からまだ数百年。歴史は浅いが、国土は大陸南部の湾岸部《わんがんぶ》を中心に広がっていた。

その産業の中心は、海辺の国という特徴を生かした漁業。そして、交易だ。

特に交易は元海賊という来歴を強みにして発展し、ネレウスの主産業の一つとなっていた。

しかし、どんな商売でも商売敵《しょうばいがたき》はいるもので、ネレウスの場合は隣国のアダド帝国がそれに当たる。

アダドは軍事国家ながら交易で栄《さか》えており、商売敵になるネレウスを目の敵にしていた。

今、この世界に戦争はない。

しかしそれは表向きのことであり、国同士の小競《こぜ》り合《あ》いは際限なく発生している。ネレウスとアダドの間でも何度となく戦いがあり、ほぼ毎回ネレウス側が勝つ結果となっていた。

そのことがさらにアダドに鬱憤《うっぷん》を溜め込ませることとなり、ついに一部の人間たちが暴走して事件を起こした。

アダドの艦隊のネレウス王都襲撃。

そして、それに伴《ともな》う、ネレウスを来訪していた有能な錬金術師《れんきんじゅつし》の誘拐《ゆうかい》事件。

……………つまり、ロアの誘拐事件の発生だった。

ロアは商人コラルドの商談に護衛として同行し、ネレウスに来たところで見事に事件に巻き込まれてしまったのだ。

巻き込まれたのはロアだけではない。冒険者パーティー『望郷《ぼうきょう》』の一員で、ロアの護衛として行動を共にしていたクリストフも一緒だ。

二人が誘拐され連れてこられた先は、ネレウスの近海に多くある、海賊の隠れ家だった海賊島の一つだ。

人々に忘れ去られて放置された場所で、そこに目を付けたアダドの軍人たちに利用されたのだった。

ロアとクリストフは、救出を待たずに逃げ出すことを決めた。

そして窮地《きゅうち》に陥《おちい》ったが、ロアの従魔であるグリおじさんの何とも情けない活躍によって救われ、今のところは一息つける状況になっていた。

「もう、大丈夫ですよね？」

「そうだな」

ロアとクリストフがいるのは、海賊島の内部の大洞窟《だいどうくつ》を利用して作られた隠し港だ。二人はそこから出て行く大型船を見送っていた。

その船には、今回の首謀者《しゅぼうしゃ》であるアダドの第三皇子《だいさんおうじ》と多くの軍人たちが乗っている。

「グリおじさん！」

周囲の安全を確かめてから、ロアは叫んだ。

「ぴぎゃあああああああああ！」

それに答えるように、グリおじさんの絶叫が響《ひび》いた。

グリおじさんは暴走していた。暴走して、隠し港の中を爆走していた。

その原因は虫。グリおじさんの最大の弱点だ。

グリおじさんが救出に駆け付けた時の衝撃で、天井に貼り付いていた虫が洞窟内に降り注ぎ、それに驚いたグリおじさんは暴走してしまった。

その鬼気迫《ききせま》る暴走を見て、誘拐犯のアダド第三皇子とその配下の軍人たちは逃げ出すことになったのである。

ケガの功名《こうみょう》。結果だけ見れば上手く収まったのだろう。

ただ、ロアはグリおじさんが心配だった。

危険を冒《おか》すわけにもいかず、第三皇子たちが島を立ち去るまでは、走り回るグリおじさんが壁に衝突しないかハラハラしながら見ていることしかできなかったのである。

「グリおじさん!!」

ロアはもう一度叫ぶ。

暴走中のグリおじさんは周りが見えておらず、何も聞こえていない。ただ、ロアの声だけは別だ。

ロアの声を耳にして、グリおじさんは向きを変えた。ロアの方へと真っ直ぐに。

ロアは突進してくるグリおじさんに向かって、両腕を大きく開く。グリおじさんはロアの直前で急に速度を緩めて、その胸に頭を潜《もぐ》り込ませた。

「はいはい、怖かったね」

ロアは両腕でグリおじさんの頭を抱え込むと、優しく撫でた。

ピーピーピーと弱々しく鳴き、小さく震《ふる》えているグリおじさん。ロアが撫でる度《たび》にその震えは収まっていき、最終的には全身の力が抜けたように座り込んでしまった。

座った周囲にも虫は散らばっているが、もう怯《おび》えることはない。ロアに抱きかかえられていることで安心したのだろう。グリおじさんは目を閉じ、ロアの胸に顔を何度も擦《こす》り付けた。

「相変わらず、こういう時だけは可愛いもんだな」

その姿を見て、クリストフは苦笑を浮かべた。

クリストフがグリおじさんのこんな姿を見るのは二度目だ。どちらも虫に恐怖しての行動で、走り回って泣き叫び、最終的にはロアの腕の中に収まっている。

「最悪の魔獣の癖《くせ》して、何でこんな小さなものに怯えるんだろうな?」

クリストフは周囲に散らばっている虫を足で蹴飛ばして遠ざけていった。あまり意味はないかもしれないが、少しでも排除《はいじょ》しておいた方が良いだろう。グリおじさんにまた暴走されては、同じことの繰り返しになってしまう。

「教えてくれないんですけど、小さい時に耳でも齧《かじ》られたんですかね？」

「耳？」

グリおじさんが座り込んでしまったことで、その頭を抱きかかえているロアも一緒に座っている。ちょうどグリおじさんの頭を、正面から膝枕《ひざまくら》しているような体勢になっていた。

クリストフは近くにあったボロ板で掃《は》くようにして虫を海に落として処理しながらも、周囲に探知魔法を広げて警戒する。船に乗れなかったアダドの兵がまだ島にいるらしく、ざっと見積《みつ》もっても数十人の反応があった。

ただ、グリおじさんがいるおかげだろうか、こちらに攻撃してくる気配はない。むしろその反応は遠ざかって行っている。逆襲を恐れて、距離を空けているのだろう。

もちろん、クリストフはそれに気付いたところで手出しする気はない。自分から離れて行ってくれるなら、面倒がなくて良かった。

「ふははははは!!」

目の届く範囲の虫を一通り蹴り飛ばし、クリストフがやっと一息つけると考えたところに、やけに芝居《しばい》がかったバカ笑いが響いた。

クリストフとロアは思わずグリおじさんを見たが、まだ復活した様子はない。グリおじさんではなく、別の者のバカ笑いのようだ。二人は探るように周囲を見回すが、声の主《あるじ》の姿はない。

「貴様ら許さんぞ！　魔獣をけしかけ我に失態《しったい》を犯《おか》させるとは、万死《ばんし》に値《あたい》する！　島ごと消し飛ばしてやるから覚悟しろ！」

狂気を孕《はら》んだ声は、アダドの皇子のものだ。彼が乗った船はすでに島から離れているが、風の魔法で拡声しているのだろう。

「……え？」

ロアは不安げな声を上げ、グリおじさんの頭を抱く腕の力を強めた。

「何をするつもりだ！」

クリストフが叫びを上げる。しかし、返答はない。風の魔法での拡声は、一方通行なことが多い。遠くの一つの音を拾うのは難しいが、単純に声を大きくして遠くに届けるだけなら簡単だからだ。交渉《こうしょう》すらできない状況に、クリストフはまだ厄介事《やっかいごと》が続くのかと舌を鳴らした。

「……言葉のまま、島ごと破壊するつもりでしょうね」

クリストフの問い掛けに答えたのは、ロアだ。その声は、やけに沈《しず》んでいた。ロアの手は、小さく震えている。それでもクリストフを心配させないために必死に耐えて平静を装《よそお》っていた。

「そんなこと、できるのか？」

この海賊島は小島ではあるが、それは島という括《くく》りの中でのこと。実際はそれなりに大きい。大型船に乗っていても壊せるとは思えない。

クリストフが知っている限りでは、そんなことをできるのは伝説に名を連《つら》ねる魔術師か、高位の魔獣くらいのものだろう。並の魔術師では、束になっても不可能だ。

「大げさに言ってるだけかもしれませんが、少なくとも洞窟を崩《くず》してオレたちを生き埋めにするくらいはできそうですよ。あの船にオレの予想通りの今まで以上の巨大な魔法筒《まほうづつ》が積まれていたら、ですが」

ロアはグリおじさんの頭を、そっと撫でる。ロアは落ち着いているように見えた。だが、その顔色は悪い。恐怖を我慢している様子に、クリストフは近づいてロアの肩に手を触れる。

それだけで、ロアの肩の力が抜けた。

「……大きな魔法筒は、鍋なんです」

「それ、さっきも言ってたな。どういう意味だ？」

興奮したロアが口走っていた言葉を、クリストフは思い出す。

グリおじさんが現れる少し前のこと。

ロアとクリストフは窮地に立たされていた。アダド第三皇子が率《ひき》いる軍人たちに囲まれ、殺される寸前だった。

その時、第三皇子の発言が切っ掛けになり、ロアはアダドの交易船の中で見つけた巨大な魔法筒について語ったのだ。

あの時確かにロアは、巨大な魔法筒は鍋だと言っていた。

魔法筒は内部で魔法を発動させて魔法そのものや、その爆発の力で小石などを飛ばす魔道具だ。売っていた人間からそう説明されたので、ロアもクリストフもそれだけの道具なのだろうと思い込んでいた。

だが、第三皇子が持ち出した魔法筒に、魔力を供給《きょうきゅう》するための魔晶石《ましょうせき》が付いているのを見て、ロアは自分の考えが間違っていたことに気付いた。思考が暴走して、語りまくった。

あの時のロアは自分の思考を整理するためだろう、鍋がどうしただの、大魔法がどうだの、思い付くことを早口でまくし立てていた。そのせいでクリストフはまったく理解できていない。

「色々な食材を詰め込んで、一つの料理にできる大鍋です。魔晶石の魔力で作った魔法も、魔術師の魔法も、小さな魔法をたくさん集めて、一つの大きな魔法にできるんですよ」

ロアは唇《くちびる》を噛《か》んだ。

「予想してたのに。たくさんの魔術師がいるのに気付いた時に、船を壊しておけば……」

そして、そっと、息を吐く。自《みずか》らを鎮《しず》めるように。

ロアは後悔しているのだろう。だが、今は後悔している状況ではない。それが分かっているから必死に抑え込んで考えていた。

「……だから、大量の魔晶石と、大人数の魔術師と、それに耐えられるほど巨大な魔法筒があるなら、この島の破壊くらいはできると思います」

「はぁ!?」

ロアの話を聞いて驚き、クリストフは思わず声を上げた。

魔法筒。

元々は攻撃魔法を満足に使えない者たちのための、補助魔道具として考え出されたのだろう。

しかし、魔法筒自体の耐久性に問題があって大きな魔法は扱えず、筒を向けた方向に魔法が飛ぶだけで狙いも付けにくい、中途半端《ちゅうとはんぱ》な物しか作れなかった。弓矢にすら劣《おと》る道具にしかならなかったのである。

それを誰かが、ロアと同じように様々な可能性を考え、改良していったのだ。諦《あきら》めずに改良を続けた結果、それは着実に完成形へと向かっていった。

大型化することで耐久性を上げて、放てる魔法の威力《いりょく》を増した。

魔晶石を組み込むことで、誰でも扱える道具にした。

魔法が供給される道筋を増やすことで、複数の魔法を一つの魔法に纏《まと》めることを可能にした。

そして、全ての着想を組み合わせて、大きな魔法筒が作り出された。それが、ロアがアダドの交易船で見つけた魔法筒だった。

それでもいくつかの欠点は残り、新たな問題も発生した。

大型化することで耐久性も威力も増したものの、放てる魔法は腕の良い魔術師の使うものと同程度にしかならなかった。もし魔晶石を使って魔力を底上げするにしても、今度は経費がかさむ。なおかつ、発動まで時間がかかった。

それに、狙いが定まらない問題点も改善されたわけではない。さらには重量に耐えられる移動手段の確保が必要となった。またも実用に足りない中途半端な魔道具で終わりかけた。

それでもロアと同様に、さらにその先を考えた者がいた。魔法筒はさらに大型化の道を進んだのである。

大量の魔法を一纏めにして大魔法を放つ道具として、特化していったのだ。

大魔法を使うような状況は、大きな戦闘しかない。高位の魔獣相手か、国同士が戦うような大きな戦場だ。

高位の魔獣は移動速度も速いものが多い。そうなると、利用するのは戦争に絞《しぼ》るべきだろう。戦争のための武器として運用するなら、あらゆる問題は容認されるため、それが最適だった。

戦場であれば魔法を放つのに大金や多くの人手がかかっても問題ない。敵に与えられる損害を考えれば、対費用効果は十分だ。戦いを決することができれば、多くの利益が出る。

狙いが定まらないことも問題にならない。大魔法で一帯を破壊し尽くせばいいだけだから。

大魔法と言われる規模の魔法を放てる魔術師は貴重で、自己中心的な者ばかり。戦争に協力してもらえる可能性は低い。金次第で彼らと同等の魔法が扱えるようになるなら、どこの国でも飛びつくはずだ。

唯一の問題は、巨大化したことによる移動の困難さだけである。それも大型船に積み込んでの海戦限定なら問題はないだろうし、陸戦でも砦《とりで》などの固定武装にすれば良い。

ロアもそこまで考え至ったものの、それはあくまで想像だった。大型の魔法筒からの推論であり、魔法筒の可能性を突き詰めて考えただけだ。

平和な現在において、思い付きはしても、そんな物を準備する国があるなどとは思ってもいなかった。

しかし、その思ってもみなかったことをする国があった。

今、ロアはアダド第三皇子の発言で、巨大な魔法筒の実在を確信している。きっと、第三皇子の船には、ロアが交易船で見つけた魔法筒とは比べ物にならないほど巨大で、比較にならないほど大きな魔法を放てる魔法筒が存在するはずだ。

そして、ロアは自分の考えの浅さに後悔し、恐怖していた。

「じゃあ……」

クリストフは、息を呑む。ロアの言った通り、魔法筒を使って海賊島の破壊が可能なら、逃げ場はない。

「あの人たちはリフレクトで魔法が反射されるのを見てますし、弾《はじ》かれるのを恐れて中途半端な魔法は使ってこないと思います。使える最大の魔法で、リフレクトの効果ごとこの島を潰すでしょうね」

ロアを陰から守ってくれている魔道石像《ガーゴイル》の反射魔法《リフレクト》も万能ではない。下位海王蛇《レッサー・レヴィアタン》の魔法ですら、正しく反射できなかったのだ。島が破壊されるほどの魔法となれば耐えられないだろう。

それに、もし耐えられたとしても、今いる洞窟が崩れたら生き埋めだ。一時的に助かっても、生き延びられる可能性は低い。

「……グリおじさんを正気に戻せないのか？」

「今すぐには、無理ですね」

「そうか……」

グリおじさんが復活してくれれば、逃げ出せるだろう。

だが、今のぐったりとしているグリおじさんの様子を見たら絶望的だ。ロアとクリストフの二人だけで逃げるにしても、周りは海で逃げ場はない。

本当の意味で、絶体絶命の状況だった。

「オレの失敗です。そういう物がある可能性も考えてたのに」

「誰があの状況で何ができたんだよ？　ロアの失敗なんかじゃないだろ！　気にし過ぎだ！　オレにも……誰も、どうにかできる状況じゃなかった！」

ロアが魔法筒について語った時は、二人して必死に身を縮《ちぢ》めていることしかできない状態だった。もしこの島を壊せるほどの武器があると気付いていても、何もできなかったに違いない。ロアは自分が悪いと思っているようだが、避けられる状況ではなかった。

「この島を破壊するほどの大魔法を作るには、時間がかかると思います。だから、その間にオレが何とかします」

「何とかって……何とかなるのか？　ロア……」

問い掛けながら、クリストフは気付く。ロアの表情が変わっている。

それは、覚悟を決めた表情。

ロアはこういう極限の状態になると、覚悟を決めるのが早い。それも自分のためではなく、誰かのためなら。

全身全霊《ぜんしんぜんれい》を使って、それこそ自身の命を顧《かえり》みず何とかしようとする。必死に考え、打開策を見つけ、行動するのだ。

助けられたことのあるクリストフは、そのことをよく知っていた。

今のロアは、クリストフと、そしてグリおじさんを守るために命懸《いのちが》けで何かを成そうとしていた。

「オレ一人じゃ無理です。だから……」

ロアは静かに頭上を仰《あお》ぐ。

何かを探すように、何もない空間を見つめる。その様子は、天からの啓示《けいじ》を待っているかのように見えた。

「見てるんだよね？」

ロアは頭上に向かって問い掛けた。誰もいないはずの場所に向かって。

「ピョンちゃん、協力して」

ロアは、ここにいるはずのない存在の名前を呼んだ。わずかな沈黙が流れる。

そして……。

〈何だ、気付いておったのか？〉

老人のような口調の、やけに可愛い声が響いたのだった。

その声が響いた瞬間から、ロアたちの脱出劇は、新しい局面を迎えていく……。


こうしてロアとクリストフが自力で脱出しようとしていたわけだが。

ネレウス王国の者たちが何もしていなかったわけではない。彼らは彼らなりに、誘拐されたロアたちの救出に動いていた。

ただ、ロアの誘拐が発覚するとほぼ同時に、王都近海にアダドの艦隊《かんたい》が現れたことにより、ネレウス王国は混乱していた。迎撃の準備、そして王都住民の避難が優先された。ロアたちのために動ける人間は限られ、満足に捜索すらできない状況だったのである。

そんな中、彼の従魔の双子の魔狼《ルーとフィー》だけは違っていた。真っ先にロアが誘拐されたことに気付いた二匹は、周囲の事情など気にせずに率先して動いていたのだった。

ロアが誘拐されたと気付いた直後、双子の魔狼《ルーとフィー》はまず、下僕紋《げぼくもん》を付けて下僕にしたディートリヒとカールハインツに手助けを求めた。

二人は双子の要求に応えて、王城内にいた『望郷』の魔術師ベルンハルトを呼び出して共に王都へと向かった。双子の要求は、ほんの少しだけ強引だったが……。

そして、誘拐を知った一時間後には、ディートリヒから連絡を受けた『望郷』の盾役コルネリアと王都で合流していた。

待ち合わせ場所は、王城の島と王都との連絡艇《れんらくてい》が着く船着き場だ。

「お待たせいたしました」

コルネリアはすでに到着していた一団を発見すると、乗って来た馬から飛び降りて膝《ひざ》を突き、臣《しん》下《か》の礼を取る。

もちろん、自分たちのリーダーであるディートリヒに対してではない。その場に女王の密偵《みってい》であり王子でもあるカールハインツがいたからだ。

「待ってたよ」

コルネリアの礼にカールハインツはニッコリと微笑《ほほえ》みかけた。

「……ああ」

それに反して、ディートリヒはどこか歯切れの悪そうな返事をするだけだ。

彼は一瞬だけコルネリアと目を合わせると、すぐに目を逸《そ》らしてしまう。居心地の悪そうな態度で、落ち着きがない。

「ロアは無事なのでしょうか？　それと、クリストフは？」

コルネリアは自分を待っていた一団に視線を這《は》わせ、クリストフの姿がないことが気になった。

この場にいるのはディートリヒとカールハインツ、ベルンハルト、そして双子の魔狼《ルーとフィー》。

この時点でコルネリアは、クリストフがロアと共に誘拐されたことは知らない。ディートリヒからの連絡にも、クリストフについては何も記載《きさい》されていなかった。

コルネリアもクリストフがロアの護衛に付いていることは知っていたので、姿がないことに気付くと同時に行方《ゆくえ》が気になるのは当然だろう。最悪の事態を考えて、顔色が変わる。ロアが誘拐されたのなら、護衛は殺されていてもおかしくない。

「ロアは危害を加えられてないようだ。クリストフは……」

ディートリヒは返答に詰まる。

「まさか殺されたの!?」

臣下としての態度を取っている場合ではない。その微妙な物言いに、コルネリアは慌てて立ち上がりディートリヒに詰め寄った。

「その、そうじゃない」

また、ディートリヒはあやふやな言葉を返した。歯がゆさを感じて、コルネリアはディートリヒを睨《にら》みつけた。

「何なのよ？　ハッキリ言ってよ！」

煮え切らないディートリヒの態度にコルネリアが憤慨《ふんがい》すると、その場に微妙な空気が流れた。それでもなお言い難そうにしているディートリヒの代わりに答えたのは、カールハインツだった。

彼は一歩前に出ると、やけに楽しげにコルネリアに対して口を開いた。

「コルネリア嬢《じょう》、ディートリヒのやつ酷《ひど》いんだよぉ？　クリストフのことを忘れてたんだよ。護衛させてたのに、存在そのものをすっかり忘れて、心配すらしてなかったんだよ。酷いよねぇ」

ちょっと猿《さる》っぽい顔をくしゃりと歪《ゆが》めて、意地悪な笑みを見せた。

「……」

カールハインツの言葉にディートリヒは唇を噛み締めると、コルネリアから目を逸らした。

最悪なことに、ディートリヒはクリストフのことをすっかり忘れていた。

もちろん、クリストフが護衛としてロアと一緒にいたことは知っていた。彼自身が指示したのだから間違いない。

だが、ロアのことが気がかり過ぎて、クリストフのことは頭からすっかり抜け落ちていたのだ。

仲間を大切にするディートリヒとしては、これ以上ない失態だった。その居たたまれなさから、コルネリアへ素直に返答できなかったのだった。

「船着き場に集まって王城の島から出る時にね、ベルンハルト師《し》に言われて初めてクリストフがいないことに気付いたんだよ。我が義兄弟ながら最低だよね。自分なんか、時間のない中でも部下の安否確認を済ませて来たのにさ」

カールハインツが追い打ちをかける。

嫌味を言っても軽口程度にしか聞こえないのは、彼の持っている柔《やわ》らかな印象のおかげだろう。

ただ、彼が有能な密偵だと知っているコルネリアは、そのせいで逆に胡散臭《うさんくさ》さを感じてしまうのだが。

カールハインツの部下たちもまた、クリストフと同様に陰からロアの護衛と監視をしていた。彼はディートリヒが望郷のメンバーに指示を出している間に、部下たちの安否確認を済ませていた。

誘拐犯はロアを誘拐するために、一帯に強力な睡眠薬を無差別に撒《ま》き散《ち》らしたらしい。彼の部下たちもそれに巻き込まれ眠らされていたのだった。

その薬の影響は衛兵《えいへい》や王城に勤《つと》める一般人にも及《およ》んでいたが、幸《さいわ》いなことに、誰一人としてケガも後遺症《こういしょう》もない。

もっともこれは誘拐犯が優しかったというわけではなく、騒ぎにならないように行動した結果だ。その思惑《おもわく》は見事に当たり、一帯の人間が眠ってしまっていたことで、双子が騒ぎ出すまで城の人間は誰一人として誘拐の事実に気付いていなかった。

「……いないということは、一緒に誘拐されたということでしょうか？」

「たぶん、そうだろうね。自分の任務を放り出すような、無責任なやつじゃないからね」

それを聞いて、コルネリアは考えた。

ロア一人なら、その能力が目当てなのだから、抵抗したとしても危害を加えられる心配はないだろう。しかし、クリストフが一緒となると、彼を人質にして無理やり言うことを聞かすことができる。

　クリストフの命を盾にされたら、ロアのことだ、断ることはできない。むしろ、ロアへの人質にすることが目的でクリストフも一緒に連れ去ったと考える方がしっくりとくる。

〈そんなのどうでもいいの！〉

〈やくたたずのむのうなんだから、どうでもいい!!〉

　ウーー!!　と低い唸《うな》りが響く。双子《ルーとフィー》の魔狼だ。

　双子はコルネリアが説明を受けている間は大人しくしていたのだが、痺《しび》れを切らしたらしい。タシタシと地面を叩く前足が、その苛立《いらだ》ちを示していた。

「どうでもいいって！」

　双子の冷たい言葉に、コルネリアは目を剥《む》いて睨みつけた。クリストフはロアに巻き込まれて誘拐されたのだから、そこまで言われる筋合いはない。

〈ディートリヒ！　コルネリアを殴《なぐ》って!!〉

〈とっとと、殴る！〉

「え？」

　急に双子に言われ、ディートリヒは慌てる。

〈〈殴って!!〉〉

「はい！」

　パシリ、と、乾《かわ》いた音が響いた。

一瞬の出来事に、その場にいた全員が固まって静けさが流れる。

有無を言わせない双子の態度に、ディートリヒが思わず従ってしまったのだ。ただ、無意識ながら殴るのは気が引けたのだろう。拳《こぶし》ではなく平手《ひらて》で、しかも軽くその頬を叩いただけだ。

だが、軽くとはいえ、ディートリヒの力である。コルネリアの頬には赤い手形《てがた》が残った。

「なっ、何するのよっ！！？」

叩いてしまったディートリヒ本人までが呆然とする中、一番最初に動いたのは叩かれたコルネリアだった。

目にも留まらぬ動きでディートリヒの腹を蹴り飛ばす。あまりの早業《はやわざ》に、呆《ほう》けていたディートリヒはもろに食らってしまう。

「げふっ」

声とも呻《うめ》きともつかない音を喉《のど》から漏《も》らし、ディートリヒは崩れ落ちた。

「女を叩くとか、最低っ！　バカリーダー!!」

「ごふっ……腹を蹴り飛ばすようなやつを、女扱いする趣味《しゅみ》は……」

膝を突き、身体を丸めながら涙目でディートリヒは反論する。

「うるさい！」

「痛《い》てぇ……。訓練の時にいつも殴り合ってるんだから、今更だろ」

「なに!?　訓練と今は違うでしょ？　金的《きんてき》の方が良かったかしら!?」

「すいませんでした。コルネリアさん」

なおも足を振り上げようとするコルネリアに、ディートリヒは素直に土下座《どげざ》した。

〈いけるね〉

〈だいじょうぶだね〉

背中を丸めて細かく震えているディートリヒと顔を真っ赤にして怒っているコルネリアを無視して、双子は頷き合った。何かを確かめるように目を細めた後に、無邪気に笑う。

「……何でいきなりコルネリア嬢を殴らせた？」

〈カールハインツ、魔力がある人がたくさんあつまってる場所はどこ？〉

〈らんぼうな人がいっぱいのところがいい！〉

カールハインツの問い掛けはあっさりと無視された。畳《たた》みかけるように質問をされ困惑したが、その必死な目にカールハインツもまた、逆らうことはできなかった。

「王城はダメなんだね？」

少し考え、カールハインツは呟《つぶや》く。それに双子は無言の頷きで返した。

双子が挙げた条件に合う場所と言えば、真っ先に思い浮かぶのは王城だろう。あそこなら魔術師もいるし、戦うために身体も魔力も鍛《きた》え抜《ぬ》いた騎士《きし》や軍の人間もいる。

しかし、双子の指示でカールハインツたちは王城を出てきたのだ。王城が目的にそぐわない場所だということは、言われずとも理解できた。

「今の時間なら、漁港かなぁ」

王城を外した候補地を考え、次に思い浮かんだのは漁港だ。

そろそろ早朝に漁に出ていた漁船が帰って来る時間だ。漁師たちで溢《あふ》れているだろう。

この国の漁師は海賊に並んで血の気が多い。海の魔獣に対抗するために、魔法を鍛えている者も多くいる。魔力量は魔術師たちには及ばないが、それでも一般市民より高いはずだ。

もちろん、海賊たちもその条件に合うが、彼らの居場所は定まらず、調べる時間はないだろう。

それならば、漁港が最も条件に合う。

〈ぎょこうに行くよ！〉

カールハインツの言葉を聞いて、双子は即座に漁港に行くことに決めた。

〈あと、お酒も手に入れて！〉

「酒？」

カールハインツは首を傾げる。

「酒を振る舞って漁師たちに何か協力させるのか？」

〈ディートリヒに飲ませるの！〉

双子の返答は、予想外だった。カールハインツは困惑に顔を歪める。ディートリヒが酒乱《しゅらん》であることはこの国では有名な事実だ。そんなことをすれば……。

「ディートリヒに漁師たちを殴らせるのか？」

〈そういうこと！　はやく準備して！〉

〈いそいで移動!!〉

ディートリヒは酒を飲むと好戦的になる。荒っぽい漁師たちの中に放り込めば、間違いなく殴り合いに発展するだろう。双子はそれを狙っているのだ。

コルネリアを叩かせた理由。そして、漁港に連れて行って、ディートリヒに酒を飲ませる理由。

この二つは繋がっているのだろう。

カールハインツは口元を歪め、密《ひそ》かに笑みを浮かべる。

「何やら面白そうな企《たくら》みがあるみたいだねぇ」

密偵などという仕事をしている性質上、カールハインツは謀略《ぼうりゃく》に関わることが多い。そしてまた、彼自身もそれを楽しむ質《たち》だった。

どうせ何かをするなら、仕事の内容にかかわらず楽しまなければ損だという考えだ。たとえそれが、他人を傷付ける仕事でも。

「ふむ。先ほどリーダーがコルネリアを叩いた時に、何やら魔力の繋がりのようなものを感じた。それが魔狼たちの目的か！　私の知らない魔法の気配がするぞ!!」

今まで大人しく様子を窺《うかが》っていたベルンハルトも、やけに上機嫌《じょうきげん》で会話に混ざり始める。

彼は彼で、魔法が絡《から》むと暴走する質《たち》だ。珍しい魔法のためなら、多少の犠牲《ぎせい》は許されると考えている節《ふし》すらある。暴走して饒舌《じょうぜつ》になった彼を止められる人間はいない。

〈カールハインツとベルンハルトは、ディートリヒがたくさんたくさん殴れるようにしてね〉

〈殴られた人が別の人を殴って、大騒ぎになるようにできるよね？〉

「引き受けよう！」

「尽力しよう！」

二人と二匹はニヤリと笑い合うのだった。

その背後では、まだ怒りが収まらないコルネリアの説教と、ディートリヒの謝罪の声が響いていた。


一方、王都から離れた洋上では、ネレウス王国の艦隊とアダド帝国の艦隊が睨み合っていた。

すでに一度戦った後だ。

もっとも、それは戦いとは言えないような一方的な攻撃だった。まだ接近し切っていないのに、アダドの艦隊がネレウスの艦隊に攻撃を仕掛けて被害を与《あた》えたのだ。

普通であれば、魔法が届かない距離からの攻撃である。しかし、アダドの軍船が放った魔法はネレウスの船の一艘《いっそう》に当たり、その一部を破壊した。海戦の常識ではあり得ない出来事だった。

それが一回きりだったなら、まだそれなりに強い魔術師が魔力切れ覚悟の攻撃を仕掛けただけと思えただろう。だが、すぐに二発目の魔法が飛んで来て、またネレウスの船が壊された。

そうなると、強力な魔法を連発できる、女王に匹敵《ひってき》するバケモノのような魔術師が乗っていることになる。ネレウスの艦隊は戦略変更を余儀《よぎ》なくされた。

ネレウスの艦隊は大幅に船を後退させて、アダドの艦隊から距離を取って様子見することしかできなくなったのだった。

……ちなみに、その様子は海賊島から、グリおじさんと合流する前のロアとクリストフにも目撃されていた。最強だと信じていたネレウスの艦隊の後退に、クリストフは動揺した。

それがクリストフに焦りを生み、その後の行動に影響を与えたのだが、ネレウスの艦隊の人々はそれを知る由《よし》もない……。

「さて、どうするか……」

「ふむ……」

甲板《かんぱん》で、サバス船長と剣聖《けんせい》ゲルトが呟き合う。二人の視線の先にあるのは、アダドの艦隊だ。

当然だが、海賊船であるサバス船長の船もネレウスの艦隊に組み込まれているため、アダドの艦隊とは距離を取ることになっていた。

アダドの艦隊はネレウスの艦隊が取った距離のまま、間を詰めてくることはない。そのことが逆に不気味《ぶきみ》だった。

「この船に乗れば最前線で戦えると思ったのだがな。間を詰めることすらできないとは……」

剣聖はため息混じりに呟く。海賊船は常に最前線で戦う。接近して敵の船に移乗して直接戦うのだ。

だからこそ敵と剣を交《まじ》えたい剣聖は、役職から後方の旗艦《きかん》に乗る必要のある孫娘のエミーリアと別れてこの船に乗ったのだった。

だが現在、距離を空けていてアダドの船に移乗するどころか近づくこともできない。

「………あのガキなら、何か思い付くのかもしれないな……」

「？　………ああ、ロア殿のことか」

わざわざこのような場面で話題に上がる者など……特にガキと呼ばれるような年齢の者など限ら

れている。サバス船長の呟きがロアを指していることに、剣聖はすぐに気が付いた。

「そう、ロア……殿だ。あれはなかなかの知恵者だぞ。末恐ろしいな」

「……」

場を和《なご》ませるためか、サバス船長は軽い口調で言うものの、剣聖は押し黙る。そして、左手で自らの右の上腕に触れた。

ロアの名前が出たことで、剣聖はグリおじさんのことを思い出した。

触れている右の上腕には、屈辱的《くつじょくてき》な印がある。シャツに隠れて見えないが、それは間違いなくそこにあった。

三叉槍《トライデント》のような火傷《やけど》の痕《あと》。それはグリおじさんが剣聖の腕に付けた、前足の痕だった。

下僕紋。

ディートリヒの話では、魔獣が下僕と認めた人間に施《ほどこ》す印だそうだ。ディートリヒは双子の魔狼《ルーとフィー》に付けられた下僕紋を見せてやけに嬉しそうにしていたが、剣聖にそんな歪んだ趣味はない。

彼にとって、それは屈辱の印でしかない。

腕を治す時に使われた魔法薬の余波で、もう痛みはない。場所が良いため、皮膚《ひふ》を剥《は》いで治癒魔法薬を使えば痕すら残さずに消すことができるだろう。

だが、剣聖は消す気はない。それは失態を犯した自分への戒《いまし》めであり、逆襲を誓《ちか》った証拠だ。溢れ出す怒りに剣聖は唇を噛んで耐えた。

「どうかしたか？」

「何でもない。ロア殿のことだったな」

誤魔化《ごまか》すように薄く笑うと、剣聖は話を続ける。

「ロア殿なら、何か打開案を思い付くだろうか？」

「あのガキなら、あり得るかと思ってな。なにせ、大海蛇《シーサーペント》討伐の立役者《たてやくしゃ》だ…………いや、待てよ……」

不意に、サバス船長が口籠《くちご》もる。髭《ひげ》の生えた顎《あご》を撫でながら、鋭い視線を宙に這わせた。何か思い付いたらしい。

「……あの時の交易船のやつか……」

サバス船長はわずかな沈黙の後に呟くと、口元を緩めた。

「船長っ!!」

丁度その時だった。船員の一人がサバス船長に駆け寄って声を掛けてきた。

「船長じゃねぇ！　今は海賊船だ!!　お頭《かしら》と呼べ！　……で、何だ？」

「は、はい。軍の船からの連絡艇が近づいてきます」

船員は促すように海へと視線を向ける。その先にある海には、一艘の小舟が浮いていた。

「気持ち悪いくらいにタイミングがいいな」

それに気付いたサバス船長は、笑みを強めた。

普段の船同士の連絡は魔法の光を使って行われる。動かしたり様々な色で光らせたりして、予《あらかじ》め指定していた符号《ふごう》と照らし合わせてやり取りするのだ。

戦闘中だと連絡のための魔法や小鳥を使っても邪魔されることが多く、結局はこういった単純な手段の方が有効となる。

しかしそれではごく限られた内容しか送れないため、複雑な連絡の場合は人間が連絡艇などで移動してくるのだ。

しばらくして。連絡艇がサバス船長の船に接舷《せつげん》し、縄梯子《なわばしご》を登ってある人物が顔を出した。

「なんだ、やけにお偉い方が連絡係で来たんだな。近衛《このえ》騎士団副《ふく》長《ちょう》殿、ようそこ荒くれ者どもの船へ!!」

サバス船長はその人物を両手を広げて歓迎《かんげい》した。

「込み入った話になりそうなので、私が参りました」

そう言って、握手するべく手を伸ばしたのは、エミーリアだった。

握手を求めたのは、対等の立場を示すためだ。海賊船の船長は貴族ではないが、この国では貴族に等しい礼式をもって応じられる存在だった。

「騎士の私は軍の命令系統の外ですからね。こういったことくらいにしか、今の状況では役に立ちません」

「剣では敵なしと言われた近衛騎士団副長殿も、今の状況では役立たずってわけだな。安心してくれ、すぐにその力を振るえるようになるぞ！」

伸ばされた彼女の手を、サバス船長は両手で包み込むように握る。

男前な外見のエミーリアだが、そうは言っても女性だ。長年の船の仕事で分厚く大きくなったサバス船長の掌《てのひら》は、しっかりとエミーリアの手を覆《おお》い隠した。

「サバス船長！　我が孫娘にあまり触れないでいただこう！」

「何だ、嫉妬《しっと》か？　手を握るくらいいいだろう？」

「ダメだ！」

剣聖がサバス船長とエミーリアの間に無理やり身体を捻《ね》じ込《こ》み、二人の手をこじ開け離れさせる。エミーリアは剣聖の義理の孫娘であり弟子でもあるが、それを考えても、やけに嫉妬深い行動だった。

「ケチジジイ」

「うるさい！　スケベジジイ!!」

剣聖とサバス船長は睨み合う。

「お義爺様！　船長!!　今はそんな言い合いをしている場合ではありません」

エミーリアが一喝《いっかつ》すると、二人はプイッと子供っぽく顔を逸らした後に真顔でエミーリアへと向き直った。

「それで……軍では方策どころか、敵の攻撃手段の推測すら立てられない状況です。仕方なく恥《はじ》を忍《しの》んで、歴戦《れきせん》の猛者《もさ》のお二人のお知恵を借りに来たのですが……。先ほどサバス船長はすぐにその力を振るえるようになるとおっしゃりましたよね？　それはどういう意味ですか？」

「それだ！」

エミーリアの問い掛けに、サバス船長は声を張り上げて答える。まるで宝物を見つけた子供のようだ。

「つい先ほど思い付いてな。その後すぐに連絡艇が来たから、ワシの頭の中を覗《のぞ》いていたのではないかと驚いたぞ！」

「それで？」

よほど自分の思い付きに自信があるのか言葉を重ねるサバス船長に、エミーリアは焦りを感じつつも続く言葉を促した。

「あれは魔法筒を使っての攻撃だぞ！」

「魔法筒？」

サバス船長の答えに、エミーリアは眉を寄せて考えた。彼女の知識にはない言葉だ。

「知らないか？」

「はい。勉強不足で申し訳ありません」

「サバス船長。それはロア殿がアダドの交易船で見つけた物だな？」

困ったように自らの不勉強を詫《わ》びるエミーリアに対して、剣聖が思い出したように声を上げる。

魔法筒。

それは最近、このネレウス王国にも入って来ているが、まだまだ知名度の低いアダド産の魔道具だ。見た目は一端《いったん》が塞《ふさ》がれただけの金属の筒だが、立派な魔道具だった。

筒の中に金属の粒《つぶ》を入れて中で魔法を爆発させて飛ばすことで、離れた場所への攻撃ができる魔道具だ。火魔法や水魔法なども同じ原理で飛ばすことができるため、どちらかと言えば魔法補助具と言えるだろう。

ロアはそれを海竜祭《かいりゅうさい》の朝市で手に入れていたが、その時に同じ屋敷内で暮らしていたエミーリアは知らなかったらしい。

もちろん、自身の屋敷内のことなので、エミーリアもロアの行動については報告を受けていたものの、何か魔道具を買ったという程度で、詳細までは把握していなかった。朝市で売られている魔道具なら、危険はないと放置していた。

そしてその後、ロアはまた別の魔法筒を思わぬ形で手にした。

それは、サバス船長の船でアダドの交易船を拿捕《だほ》した時だ。アダドの交易船には、ロアが朝市で買った掌《てのひら》サイズの物と比べるとあまりに大きな、ロアが抱え切れないほど太く、ロアの身長よりも長い魔法筒があった。

ロアはその、大きくしただけで無意味としか思えない代物に興味を持ち、とりあえず自分の分け前として貰ったのだった。

サバス船長は、ロアが大きな魔法筒を手に入れた時に立ち会っていた。

また、ロアに大海蛇《シーサーペント》の生態について質問されまくった時に、なぜか話が逸れてロアからその機能について説明を受けることになった。

大海蛇《シーサーペント》の討伐に使えないかと考えて、思い付いたことを口走ったのだろう。

その時はムダ話だと思いながら半《なか》ば聞き流していたが、今になってその話が生きてきた。

「あのガキの話には閉口《へいこう》したがな。グリフォンに脅《おど》されながら耐えた、拷問《ごうもん》みたいな時間にも意味はあったみたいだ」

サバス船長は渋《しぶ》い表情で空を仰いだ。その時の記憶がよみがえったらしい。

「どういう手段を使ってるのかまでは分からないが、あれは魔法筒を使って攻撃してるに違いないぞ」

「……なぜそのように言い切れるのですか？」

やけに自信ありげに言い切るサバス船長に、エミーリアは懐疑的《かいぎてき》な視線を向ける。

「あのガキの話では魔法筒の特徴は、筒の先を向けた方向に魔法が飛ぶってことだな。言うのは簡単だが、ガキの話じゃ、これがかなり難しいらしいぞ。筒の内側の小さな歪みや傷が原因で、すぐに見当違いの方向に飛んでいくらしい。弓よりも狙うのが難しいそうだ」

サバス船長は掻い摘まみながら、ロアから聞いた魔法筒の特徴や機能について話して聞かせる。

「ションベンの時に……すまん、失礼。その、なんだ。皮袋に入れた水を押し出して、飲み口の穴から飛ばして離れた的に当てるようなもんだと言ってたな」

サバス船長は何かを言いかけて、エミーリアにちらりと視線を向けてから言葉を濁《にご》して言い直した。

この世界では水筒に皮袋をよく用《もち》いる。皮袋で水を飛ばして掛け合う遊びは、子供の頃に誰もがやったことがある。

水を満たした皮袋を手で押さえつけて圧力をかけて、飲み口の部分から水流を発射する。それで互いの顔を狙って掛け合うのだった。

これが単純なように見えて、狙いが定まらず意外と難しい。出口の角度や押す時の手の位置や圧し方で、すぐに見当違いの方向に飛んでいく。

剣聖もエミーリアもその経験があったのだろう、サバス船長の例えに素直に納得した。

それと同時に、剣聖はサバス船長が何を言いかけたかも察したが、あえて口にするようなことはしない。魔法筒の説明としてはそちらの方が相応《ふさわ》しいと感じたものの、エミーリアには理解できない話だろう。何より女性がいる場でする話ではない。

「それを踏まえた上で、アダドの攻撃を考えてみてくれ。あの魔法は、やけに妙な所に当たっていたと思わないか？」

そう言われて、エミーリアと剣聖は考える。魔法攻撃を受けた直後は慌てていて思い至らなかったが、確かにおかしい。アダドの魔法は普通なら攻撃しないような場所ばかりに当たっていた。

あえて狙いを外したのではなく、当てられなかったと言うなら……。

「あれほどの大魔法を扱える魔術師であれば、いくら距離があっても狙った場所に必ず当てる。当たらないなら威力を抑えて当たるようにする。だからこそ、あの魔法はおかしい」

魔法の攻撃というのは、余程の初心者ではない限りは狙った場所に飛んでいく。魔法式をそのように組むものだからだ。

もっとも、動いている標的の場合は、動きを予測して狙う先をずらしたり、もしくは追尾するための魔法式を組む必要はあるが、魔法とは基本的には必ず狙った場所に飛んでいくものである。

大型船のような大きな的で、艦隊を組んでのゆったりとした移動速度なら外す方が難しい。

「なるほど。それでロア殿の魔法筒の話に繋がるわけか。確かに、合ってそうだが……」

剣聖も同意する。エミーリアは顎に手を当て、深く考え込んでいた。

「あのガキも大きな魔法筒を見つけた時は何のための物なのか悩んだらしいが、こういう使い方なら納得だな。アダドのやつら、どうにかして魔法筒を使って大きな魔法を放つ方法を考え出したというわけだ」

そうあっさりと言ったが、サバス船長はもっと深く考えていた。

サバス船長は、魔法筒の魔法は軍人たちの魔力を利用していると考えていた。

錬金術師のような、魔力は少ないが操作に長《た》ける人間とは反対に、魔力量が多くても魔力操作が下手で魔法が発動できない人間もいる。

そういう人間は魔術師にも錬金術師にもなれないため、軍人や騎士になる者が多い。

魔法という形で魔力を外に出せなくても身体の内側で扱うことはできるため、身体強化の魔法とは相性がいいからだ。目の前にいる剣聖とエミーリアもこのタイプだ。

軍人たちの魔力を利用できるなら、軍船が魔法筒を使っているというのも納得できる話だ。

魔法筒は単純に筒の中で魔法を発動させて飛ばすだけの道具なのだから、細かな魔力操作も必要ない。

魔法が発動する方向すら決めなくても、筒を向けた方向に飛ばすことができる。本来であれば必要になる、標的を定めるための魔法式や、飛ばすための魔法式も必要ない。

ただ、魔法を暴発させせればいい。暴発のせいで自分や周囲に被害が出ないように考える必要すらない。

だが、通常の持ち運べるサイズの魔法筒では、他の船を攻撃するような大きな魔法には耐えられず爆発してしまう。それを避けるために、大きく、頑丈な魔法筒が必要になるのだろうと、サバス船長は考えていた。

「……いや、しかしサバス船長。狙いが定まらないと言っていたが、船には当たっていた。そこはどう考える？」

エミーリアは眉間《みけん》に皺《しわ》を深く刻みながら顔を上げ、サバス船長を見つめた。

まだ納得し切っていないようだった。責任ある立場にいるため、安易に信じるわけにはいかないのだろう。

「我々の船も正面から戦うつもりで密集していたからな。その中心に放てば、いくら当て難くとも、どこかの船には当たるんじゃないか？　魚の群《む》れに銛《もり》を打つ時は、一匹を狙わずに群れの中心を狙うだろう？」

「狙いを定めず、最初からまぐれ当たりを狙っていたということか……」

エミーリアは一理あると頷いた。むしろ、そのためにアダドの艦隊は正面から戦う姿勢を見せて、ネレウス側が同じような陣形を組むように誘導していた可能性もある。

「なるほど……そうか……。それで、サバス船長。どう対策する？」

エミーリアは話を進めることにした。

サバス船長の意見を信じ切ったわけではないが、それなりの理屈は通っていると感じた結果だった。それに、今後の方針を聞かなければ、サバス船長の推測が外れた場合の危険《リスク》も考えられない。

「なに、簡単なことだ」

サバス船長は笑みを浮かべて言い切ったが、傷のある厳《いか》つい顔では脅しているようにしか見えない。

「我ら海賊が得意としている戦法だ！　少数精鋭《せいえい》!!　当たらぬ魔法など気にせず、高速で一気に攻め込め！　狙いなど付けさせるな！　攻めて攻めて、翻弄《ほんろう》しろ！　敵が崩れたところで総攻撃だ!!」

サバス船長は高らかに叫んだ。

「……とまあ、こんな対策なんだが、どうだ？　近衛騎士団副長殿？」

サバス船長の言葉に、剣聖とエミーリアは思わず笑みを浮かべ頷き合った。その答えは、二人を納得させるに十分だったようだ。

「では、攻めようぞ！」

剣聖は、勢い良く腕を振り上げた。

その瞬間、振り上げた剣聖の腕が一瞬だけ淡《あわ》く光ったように見えた。

陽の光に照らされたのだろうと、誰もが気にも留めなかった。海の水に光が反射して思いもよらない所が光って見えることなど、洋上ではよくあることだ。

光って見えたのは丁度ディートリヒがコルネリアの頬を叩いて双子が何かを確認した瞬間だったが、それを知る者はいない。

また、光った場所がグリおじさんが付けた下僕紋の場所であったことも。

クリストフを欠いた望郷のメンバー三人と、カールハインツ王子、そして双子の魔狼《ルーとフィー》を加えた四人と二匹は馬車で王都の中を進んでいた。

目的地である漁港へと向かうためだ。

双子の魔狼《ルーとフィー》には、誘拐されたロアを取り戻すための計画があるらしい。その条件に合うのが漁港だった。

漁港は街の外れにあり、今までいた軍港と反対の位置にあって遠い。普段であれば船で海沿いに移動するのが一番早いのだが、今はアダドが攻めて来ている非常時で船は出せない。軍船の動きの妨《さまた》げにならないように出航が制限されている。

王子であっても軍事に口を出す権限はないため、仕方なく馬車での移動となった。

あり得ない速さで、馬車は進む。

王子権限で公務と緊急事態の旗を掲《かか》げているため咎《とが》められることはないが、それでも街中を進むには危険な速さだ。

幸いと言っていいかは分からないが、王都全体にアダドが攻めて来たことが伝わっているらしく、進む道に人影はない。海竜祭の最中だというのに、店なども全て扉を閉じている。

避難するためか馬車は走っていたがそれも疎《まば》らで、危険な速さで馬車を走らせても何とか事故を起こさずに進めているのだった。

念のために、御者《ぎょしゃ》はベルンハルトが引き受けている。彼ならば魔法で事故を予防することができるからだ。

双子の魔狼《ルーとフィー》は焦りから落ち着かないらしく、馬車に並走して障害物を取り除く役割をしていた。

必然的に、馬車の中にはディートリヒとカールハインツ、コルネリアが乗ることとなった。

馬車の中は気まずい雰囲気が漂《ただよ》っていた。三人とも無言だ。カールハインツが手慰《てなぐさ》みに吹いている草笛の音だけが、ピーピーと響いている。

ディートリヒはコルネリアに怒られてまだ落ち込んでいるし、コルネリアはカールハインツの手前出しゃばった行動もとれず、大人しく座っていた。

かれこれ数十分はその状態だっただろうか。不意に、カールハインツの鳴らす草笛の音が止まった。

「そろそろかな？」

突然のカールハインツの発言に、コルネリアは首を傾げた。まだ目的の漁港までは距離があるはずだ。何がそろそろなのかよく分からない。

そんなコルネリアにカールハインツは目を合わせると、イタズラ小僧《こぞう》のようなやけに思わせぶりな笑みを浮かべて見せた。

「ディートリヒ、右手を上げて」

「……」

カールハインツの声に従い、ディートリヒは無言で右手を上げた。

その眼は虚《うつ》ろで、焦点が定まっていない。まるで動く死体《ゾンビ》のようで、自分の意思で右手を上げたようには見えない。

コルネリアはその様子に驚いて目を見開いた。いつからディートリヒがそんな状態になっていたのかまったく気付いていなかった。落ち込んではいたものの、普通だったはずだ。

慌ててカールハインツの方を向くと、疑いの目を向けた。

「ちょっとした、催眠術《さいみんじゅつ》みたいなものだよ。色々考えたけど、これが一番手っ取り早そうだったからねぇ」

まるで悪びれることなく言う。

「……草笛ですか？」

馬車の中でカールハインツがしていたことと言えば、草笛を吹いていただけだ。それが催眠術をかける道具になっていたのだろう。ただの暇潰しだと思っていたため、コルネリアも油断していた。

カールハインツは女王の密偵である。情報収集が専門のため、こういった手段はお手の物だ。もちろん違法だが、そもそも密偵として非合法活動に従事しているカールハインツは躊躇《ちゅうちょ》なく使う。

「そうだよ。魔法だと抵抗《ていこう》されるからね、ディートリヒみたいな人間は、こっちの方がかかり易いみたいなんだよねぇ。目的地に着くまでまだ時間があるから、ディートリヒに聞いてみたいこともあるし、質問でもして時間を潰そうか」

何でもないことのように軽く言うと、カールハインツはディートリヒと向き合う位置に移動した。

「ねえ、ディートリヒ。君は薬を使うような真似《まね》をする男じゃないよねぇ？　何で女王に薬を盛るような真似をしたのかな？」

「え？」

思いもよらない質問に、コルネリアが思わず声を上げた。

「何で驚いてるの？　ディートリヒはいっつも女王に真正面からケンカ売ってたでしょ？　剣で斬りかかるのはあり得ても、薬を使うなんてあり得ないでしょ？」

カールハインツが言ったのは、昨夜のパーティーでディートリヒが起こした騒ぎについてのことだ。

「……そう言われればそうですね。惚れ薬だから、その、あり得るかなーと、思ってました」

「なにそれ？」

コルネリアも、ディートリヒが使ったのが毒だったのならば違和感を覚えていただろう。だが、使ったのは惚れ薬だ。壊滅的にモテないディートリヒがずっと欲しがっていた薬だ。

欲しがっていたということは使うつもりがあるということで、そのことを知っていたコルネリアはすんなりと受け入れていた。

それに何より、もっと効果が弱い、効くかどうかも分からないような惚れ薬なら、ディートリヒは使った前科がすでにある。疑う余地はなかった。

しかし、改めて考えると、可愛い女性相手ならともかく、女王に対して惚れ薬を使うというのはおかしい。今までの腹いせに女王を言いなりにしようとディートリヒが企んでいたとしても、嫌っている人間に自分を惚れさせる利点はない。

「うちの義兄弟は仲間に信用されてないんだね。悲しいなぁ」

「すみません」

いかにもディートリヒのことを理解していると言いたげな口ぶりにムッとしながらも、コルネリアは形だけは謝罪して見せた。カールハインツ相手に口答えをしたところで、面白がられて遊ばれるのがオチだろう。

「ディートリヒ。君は女王に薬物が効かないのは知ってたはずだよねぇ？　それなのに何でわざわざあんなことしたの？」

「……オレが薬を使うような卑怯《ひきょう》なやつなら、離れたいと思ってくれるかもしれないから……」

カールハインツに質問され、ディートリヒはゆっくりと口を開いた。その言葉を聞いた瞬間、コルネリアの顔色が変わった。

「離れる？　誰が？」

「そりゃ、コルネリア嬢、君たちだろ？」

コルネリアの問い掛けに答えたのはカールハインツだった。彼はディートリヒの答えを聞いても平然としていた。どうやらカールハインツは全てを分かっていて、コルネリアに聞かせるために質問をしたらしい。

「君たちがこの国に入ってからずっと女王の命《めい》で監視《かんし》していたけどねぇ、我が義兄弟はこの国に帰って来たのを切っ掛けにして、コルネリア嬢たちから離れようとしてたみたいだよ？　これ以上迷惑を掛けたくないみたいだね。『オレがいなくなった方が、幸せになれそうな気がしないか？』

なーんて、カッコつけて呟いてたらしいよ。まあ、状況から考えるに、あのグリフォンと話してたみたいなんだけどねぇ。あのグリフォンの声が聞こえない連中からしたら、不気味な独り言だよねぇ」

それは様々な騒動が起こる前の話だ。

ディートリヒはグリおじさんと空き地で日向《ひなた》ぼっこをしながら話し合っていた。

その時の会話……と言ってもグリおじさんの声が聞こえない者たちには大きな独り言としか見えなかったが……は、周囲でディートリヒを監視していた騎士たちに聞かれており、カールハインツに報告されていた。

ディートリヒはその時に、望郷の他のメンバーと離れることを匂《にお》わせる発言をしていたのだ。そして、それがコルネリア、クリストフ、ベルンハルトの三人のためになると考えていた。

ヘラヘラと笑いながらそのことを告げるカールハインツを、コルネリアは睨みつけた。

「そんな怖い顔をしたらせっかくの美人が台なしだよ」

睨みつけても表情一つ変えないカールハインツを見て、コルネリアは表情を緩めると大きくため息をついた。

「どうして私にそんな話を聞かせるんですか？」

コルネリアにはカールハインツの目的が分からない。そんな話を聞かせる利点が思い付かない。

「君たちに今後のことを考えておいて欲しくてねぇ。まだ内緒の話なんだけど、君たちがディートリヒと別れたら、コルネリア嬢には近衛騎士に、クリストフにはうちの密偵部隊に入ってもらう話が出てるんだよ。だから、その前振り。今のところは国は君たちをディートリヒから離すつもりはないけど、ディートリヒ自身が離れた方が良いと考えてるなら早まるかもしれないしねぇ。覚悟しといてねってことだよ。あ、ベルンハルト師はもちろんそのまま宮廷《きゅうてい》魔術師ね」

そう言われて、コルネリアは唇を噛み締める。

ずっと今まで通りとはいかないことは分かっていた。だが、まだまだ先の話だと思っていたのだ。まさかすでに自分たちをディートリヒから引き離す計画があり、ディートリヒ自身も離れようとしているとは考えてもみなかった。

「私は、自分でも意外だったんですが、冒険者としての生活を気に入ってしまっているようです。ベルンハルトも同じです。クリストフは……よく分からないですけど」

ベルンハルトが冒険者生活を気に入っているのは間違いない。というか、グリおじさんと行動を共にすることを気に入っている。もしディートリヒと別行動となっても、国の管理下から逃げ出してグリおじさんにくっ付いて冒険者を続けるだろう。

クリストフのことは、コルネリアにはよく分からなかった。

ディートリヒのことを慕《した》っているようだが、それは昔のディートリヒの影を追いかけているからだ。今のディートリヒから昔の凶暴《きょうぼう》な頃の面影《おもかげ》が完全に消えてしまったら、どういう行動を取るのか予測できない。バカな今のディートリヒを見下しているような雰囲気すらあるのだ。

コルネリアは、自分はどうなのだろうと考える。

今、ディートリヒと行動を共にしているのは国からの命令によるものだ。ディートリヒの監視と護衛という役割があり、給料もちゃんと出ている。それがなければ？　やはりリーダーに付いていくのだろうか？

確かに冒険者生活は気に入っている。騎士の重責から解放され、自由に行動する楽しさを覚えた。身分に関係なくバカなことを言い合い、時には殴り合ったりしながら楽しく過ごせていた。

だが、騎士としての身分を捨ててまで冒険者を続けたいかと言われると、悩んでしまう。

騎士爵《きししゃく》の娘であり、騎士になるために育てられたコルネリアは、その責任を捨ててまで自らの自由を選ぶことはできない。もし、自由を選んでしまったら、後悔するだろう。

もちろん責任からだけではなく、騎士としての生き方も気に入っている。

あくまで一時的な冒険者生活だからこそ、楽しめていたのだ。騎士を捨ててまで冒険者を選べない。

リーダーはいい加減に見えても、仲間のことを考えていてくれる。そんなリーダーが思い詰め、離れた方が良いと考えているのなら、やはりその思いを受け入れて快《こころよ》く離れるべきなのだろうか？

それがお互いにとって一番良い選択なのだろうか？

……そんな風に思い悩んでいるコルネリアを見て、カールハインツはニッコリと微笑んだ。

「そうそう、その時に我が義兄弟は『オレを蹴り飛ばす女じゃなくて、オレに優しくしてくれる人を探すんだ!!』とも言ってたらしいよ？　酷い話だよねぇ」

「死ねこのバカリーダー！」

思わず、コルネリアは叫んだ。自分たちのことを考えてくれていると思って悩んでいたのに、台なしだ。

「悩んだ自分が恥ずかしいわ！　バカ！」

結局は優しい女目当てかよと、激高《げっこう》して思わず拳を振り上げた。だが、その拳はカールハインツに止められた。

「まあ、グリフォンと話してた時だからね。照れ隠しもあるでしょ。それに今殴られちゃうと、せっかくかけた術が解けるからやめてね」

「……」

「ディートリヒが君たちのことを思いやってるのは本心だと思うよ？　君たちって不器用だよねぇ。互いに思い合って、気遣って、結局すれ違っちゃってるの。素直になればいいのに」

その言葉に思うところがあったのか、コルネリアは気が抜けたように、振り上げた拳を収めて馬車の座席に座り直した。

「君たちって、ホント真面目だよね。深く考えるだけムダだよ。もっと素直になりなよ。どんな状況でも楽しめばいいんだよ。女王やあのグリフォンみたいにされると迷惑だけど、ある程度はやりたいようにやらなきゃねぇ。疲れるでしょ？」

「はあ、カールハインツ王子殿下《でんか》はいつも楽しそうですね」

もう王子として敬《うやま》う気も失せてきている。コルネリアは自分を揶揄《からか》っているとしか思えないカールハインツに嫌味をぶつけた。

「これでも悩みはあるんだよ。やっと吹っ切れて、楽しめるようになってきたけどねぇ」

カールハインツは笑みを張り付けたまま、首筋に巻いているスカーフにそっと触れた。その下には、双子の魔狼《ルーとフィー》に付けられた下僕紋がある。それは双子に従えられた証であり、自分の力を信じていたカールハインツには屈辱の印だ。

コルネリアはそこに下僕紋があることすら知らないが、浮かべている笑みが先ほどより陰りを含んだものだったため、何かを察して無言で視線を逸らした。

「さて、ない頭で色々思い悩んでるディートリヒくんには、これを飲んでもらおうかな」

話は終わったとばかりにカールハインツはディートリヒの方を向くと、懐《ふところ》から小瓶《こびん》を取り出した。

「それは？」

「お酒。気付け用で味はあまり良くないけどねぇ。その代わり、酒精《アルコール》はキツイよ」

そう言いながら、瓶の蓋《ふた》を開ける。

「そんな物をリーダーに飲ませたら……」

「我らの主はディートリヒの大暴れがお望みらしいからねぇ。仕方がないんだよ」

さらに深く影を含んだカールハインツの笑みに、コルネリアはそれ以上何も言えなくなった。

事情を知らないコルネリアは主を女王のことだと考えたが、今のカールハインツにはもう二匹、下僕呼ばわりしてくる主がいる。

「もうすぐ目的地に着くからね、大暴れして悩みを吹っ飛ばしてスッキリしなよ」

カールハインツは酒の瓶をディートリヒの唇に押し当てて流し込んだ。

「楽しい祭りにしようねぇ」

カールハインツは優しくささやいているのに、なぜかコルネリアは背筋に冷たいものを感じた。

第三十二話　彼方《かなた》への遠吠《とおぼ》え

その日の漁港は殺気立《さっきだ》っていた。

ネレウス王国の王都の漁港は、獲った魚を船から降ろす場というだけではない。

作業場が併設《へいせつ》されており、魚の仕分けから、競《せ》りと呼ばれる仲買《なかがい》の商人への販売までを一手に取り仕切っていた。

さらにはネレウス王国の漁業ギルドの本部も兼ねており、王国内で最も大きく、最も管理が行き届いている最先端の漁港だった。

漁師たちはその仕事の性質から気性の荒い者が多いが、王都の漁港で揉め事を起こす者はいない。

漁業ギルドのお膝元だけあって常に監視の目が光っており、少しでも騒動を起こそうとすればすぐに対処され、処罰が加えられる。

その処罰は数日の漁の禁止に始まり、重ければ漁業ギルドからの追放まで含まれている。

近郊の大きな港は全て漁業ギルドが取り仕切っているため、漁業ギルドからの追放は二度とネレウス王国内で漁ができなくなるのと同じ意味を持っていた。

どんな荒くれ者であっても、自分の仕事と引き換えにしてまで騒動を起こすことはない。だからこそ、漁港は規律の整った節度ある場所となっていた。

だが現在、その漁港が殺気立ち、一触即発《いっしょくそくはつ》の空気が漂っていた。

その原因はアダドの艦隊の襲来だ。

漁師たちは夜中に漁に出かけ、夜明けと共に漁港に帰って来る。軍経由でアダドの艦隊の襲来を告げられた時にはすでに多くの漁船が漁港に入っており、船から魚を降ろす作業が始まっていた。

いつもであれば、魚を降ろし切れば漁師たちの仕事はそこで終わりだ。

各々《おのおの》の地元の港に戻り、船の清掃や道具の片付けを終わらせて身体を休める。漁港で降ろされた魚は専門の職員たちによって仕分けされて売りに出されて、後日売り上げがギルドによって分配される仕組みになっていた。

そういう風に役割分担がされることで、個々の負担を減らすと同時に雇用を増やしているのだった。

しかし、アダドの艦隊が襲来してきたことで、その役割分担が大きく狂った。

仕分けや売り出しの作業を担《にな》っているのは、女性が多い。漁師をするのは男性が多いため、余りがちな女性の雇用を意図的に増やしていた。

また、ギルドとしては身元が確かな者たちを雇いたいため、ほとんどが漁師など関係者から紹介《しょうかい》された人々だ。そのため、働いているのは妻や親族など漁師たちの身内が多かった。

漁港は当然ながら海に面しており、艦隊が襲来し戦闘になれば危険になる。

そんな場所に非戦闘員の、しかも漁業ギルドを支える大事な漁師たちの身内を集めておけるわけがなく、軍から連絡があってすぐに大多数を避難させることになった。王都まで攻め込まれるとは思っていないが、万が一の可能性は捨て切れなかったのだ。

だが、すでに漁は終わっており、幸か不幸か今日は大漁だった。

避難させたためその魚を処理するための人員が圧倒的に足りず、どこか安全な場所に移動させようにも、結局は人員不足の問題が付いて回ってくる。

だからと言って、捨てたりそのまま放置したりするわけにもいかない。生の魚は腐《くさ》り易いし、氷の魔法を扱える魔術師を呼び出して保存するにも、経費が掛かり過ぎる。

魚を買うのはほとんどが庶民《しょみん》だ。経費を掛け過ぎて魚の値段が上がれば売れ残ってしまい、結局は廃棄《はいき》する羽目になるだろう。

もし、今にも王都まで攻め込まれそうな切迫した状況なら、漁業ギルドも損得を考えるまでもなく全てを放置して逃げ出す選択をしていたかもしれない。

しかし、現状ではアダドの船が追い返される可能性の方が高い。それなのに恐れをなして大切な魚を放置したとなれば、漁業ギルドの名折れになる。見極めが必要だった。

検討に検討を重ね、その結果、ギリギリまで漁師たちと男性職員総出で対応することになった。

漁師たちなら腕っぷしに自信がある者ばかりだ。魔法を抜きにすれば軍人どころか騎士よりも強い人間もかなりいる。戦渦《せんか》に巻き込まれても十分に生き残ることができるだろう。

何より、彼らは自分たちの仕事に矜持《プライド》を持っている。獲って来た魚を放っておいて逃げ出すなどできるはずがなかった。

こうして、漁師たちは漁で疲れ切った身体を酷使して、仕分けなどの作業をする羽目になったのだった。

おかげで、全員が突如攻めて来たアダドの艦隊と、疲れ切っているにもかかわらず働かないといけない状況に殺気立っていたのだった。

「何とかなりそうだね」

そう呟いた女性は、ネレウスの漁業ギルドのギルドマスターだ。

女性ながら荒くれ者の漁師たちを纏めるに相応《ふさわ》しい、力強さを持った人物だった。

ネレウスでは、要職に就《つ》いている女性が多い。

なにせ元々は海賊たちが寄り集まって作った国家だ。気概のある男は海を人生の舞台にしたがる。

そういう男たちは一つ所に留まりたがらない。何かと理由を付けてフラフラと色々な場所に旅立っていくのだ。

そんな連中に要職を任せられるわけがなく、必然的に女性の比率が高くなっていた。

ギルドマスターは、広い作業場の全体を見下ろせる監視台の上にいた。

作業をしている者たちに指示を出したり、不正行為がないか見張ったりするための場所だ。作業場は仕分けから売買までを一貫して行うために、巨大な倉庫のようになっているが、高い位置に設《もう》けられた監視台に登れば一望できるようになっていた。

彼女の眺める先では、漁師たちが慣れない仕事に四苦八苦《しくはっく》しながらも作業を進めている。

魚の仕分けはすでに終わり、後は運び出すための馬車への積み込みが残されているだけだ。それも間もなく終わるだろう。やっと終わりが見えたことで、ギルドマスターは胸を撫で下ろした。

「!?」

不意に、視界に異物が映った。侵入者だ。

ギルドマスターは思わず息を呑む。既知であったために、一目で人物の特定ができてしまった。

それは、ここにいるはずのない男だった。

「何しに来たんだい？　あのバカは……」

見た目は漁師たちと大して変わらないが、纏っている雰囲気が異様《いよう》だった。ギルドマスターは見つけてしまったことを後悔した。

今は非常時のため、警備員も作業場で作業をしている。それによって出来てしまった警備の穴を突いて、誰にも咎められず中に入って来てしまったのだろう。

「ありゃ、飲んでるね。厄介事の匂いがするよ」

侵入者は作業場の入り口から、ゆっくりと中へと進んで来ていた。作業に没頭《ぼっとう》している漁師たちは、まだ気付いていない。今ならまだ、誰にも気付かれずに排除できるかもしれない。急いで指示を出そうと、ギルドマスターは後ろに控《ひか》えている秘書たちを振り向いた。

そこに、まるでその時を狙ったかのように、階段から続く通路を抜けて事務員の一人が飛び出してきた。

「お知らせしたいことが」

事務員は息を切らせている。よほど慌てて監視台に上がって来たのだろう。

「何だい？　それよりアイツを……」

「そのことは把握《はあく》しております。それについて至急の相談があります」

ギルドマスターは事務員を無視して指示を出そうとしたが、彼はその言葉を遮《さえぎ》った。

「相談だって？」

「はい。ギルドマスターが気になさっている人物の関係者が訪れて、とあるお願いをしていかれました」

「……きな臭いね」

「お耳を拝借《はいしゃく》」

あまり他人に聞かせたくない内容なのか、事務員はギルドマスターの耳に顔を近づけると口元を手で隠して何かを告げた。

「！！？　……そうかい。あ、あ、あの方がね。それで内容は？」

事務員が告げた内容に、ギルドマスターの顔色が変わる。しかしそれは一瞬だけで、ギルドマスターの口元は興味深げに緩んだ。

「……そうかい。……なるほど！　……え？」

事務員が小声で何かを伝える度に、ギルドマスターの表情は変わっていく。

「それで報酬《ほうしゅう》は？　半端な報酬じゃ引き受けないよ？」

「なんと！　超位《ちょうい》が二本に、高位が三十本。そして負った傷の治療《ちりょう》に使う分は、無制限に提供してくれるそうです！」

興奮して、耳元でささやくのも忘れて事務員は声を上げた。

「は！！？　超位⁉　無制限！！？」

ギルドマスターも事務員に負けず劣らずの大声で叫んでしまう。目は溢《こぼ》れ落ちそうなほどに大きく見開かれていた。それから、我に返って周囲を見渡した。

幸い、その声は作業場まで届いていなかったのだろう。作業場の様子に変化はない。ギルドマスターは誰にも気付かれなかったことに、ホッと息を吐く。ただ、控えている秘書たちだけは、ギルドマスターにあるまじき失態に目を丸くしていた。

だが、ギルドマスターが思わず大声を出して驚くのも当然だろう。二人が言っている超位とは超位の治癒魔法薬《ちゆまほうやく》のことだった。

それは国王であっても滅多《めった》に手に入れられず、金を積めば手に入る物ではなかった。

それを二本だ。あり得ない。

さらに高位の治癒魔法薬も、比較的入手し易いとはいえ高価な物だ。漁業ギルドの本部を兼ねているこの漁港であっても数本の備蓄《びちく》がある程度で、常に不足していた。

漁師は命懸けの仕事である。魔獣のいる海で漁をするのだから、冒険者と比べても引けを取らないほど危険と隣り合わせだ。

当然、大ケガを負って運び込まれてくる人間も多く、高位の治癒魔法薬は喉から手が出るほど欲しかった。それが三十本も手に入るのだから、それだけでも十分に叫ぶ価値はある。

「本当なんだろうね？」

ギルドマスターは事務員に詰め寄った。

「噂の少年錬金術師殿の関係者が依頼主だそうですよ」

「じゃあ、本当だろうね。女王に気に入られるほどの錬金術師だ。それくらい準備するのは容易《たやす》いだろう。それにあの方は取引で嘘《うそ》を言う人じゃないからね」

「では」

「言う通りにしようじゃないかい。どうせ断っても酒を飲んだアイツが中に入り込んでるんだ。追い出すのに大騒ぎになるのは確実だからね。同じ騒ぎになるなら依頼を聞いて報酬を貰った方がいいさ」

ギルドマスターは事務員に向かってニヤリと笑みを浮かべた。

初老の女性が浮かべるにはいささか艶《つや》っぽさがあり過ぎる笑みだった。心からの喜びが顔に出てしまっているのだろう。

「アダドが攻めて来て漁師たちも気が立ってるんだ。憂《う》さ晴《ば》らしに使わせてもらうさ。アイツの暴れっぷりを見たことがない連中も多いからね。噂を聞いていて、一度手合わせ願いたいと思ってるやつも多いだろさ」

ギルドマスターが事務員に向かってそう言った瞬間に。

「なんだてめぇ！　入ってくんな!!」

作業場から野太い怒号《どごう》が響いた。同時に作業場は喧騒《けんそう》に満ちる。

その中には侵入者の素性《すじょう》を知っている者がいたらしく「ディートリヒだ！」という声も混ざって

いた。

その声を聞きながら、ギルドマスターはゆっくりと作業場を見渡した。

一触即発。

漁師たちが侵入者……ディートリヒを取り囲んでいる。今にもケンカが起きそうな、燃えるような熱い空気が満ち始めていた。

漁師たちと一緒に作業をしていた警備員が、不安そうにギルドマスターのいる監視台を見上げてその指示を待っていた。

ディートリヒは一応ながら身分は王子だ。警備員程度ではどう扱っていいのか判断が付かないのだろう。その様子を見てギルドマスターは軽く微笑むと、大きく息を吸った。

「静かに!!」

女性とは思えないよく通る声だった。

その一言で、波が引くように喧騒が鎮まる。その場にいた全員がその声に促され、ギルドマスターのことを見上げた。

その中に、一つの異質な視線があった。

ディートリヒだ。

冷たい視線。深い海の底のような暗い瞳を向けてくる。その視線だけで、ギルドマスターは背筋に冷たいものが走るのを感じた。真っ当な人間にはできない目だ。

「これはこれは、ディートリヒ王子。こんな、むさ苦しい場所に何の御用でしょうか?」

逃げ出したいのを我慢して、ギルドマスターはその目を見つめ返す。ディートリヒはしばらくギルドマスターと睨み合っていたが、ふと口を開いた。

「祭りがあるんだろ？」

ディートリヒが発したのは、その一言だけだ。だが、殺気すら孕《はら》んだその声に、ギルドマスターはナイフを突きつけられたような恐怖を感じた。

ディートリヒは酒を飲むと昔の性格に戻ってしまう。一番荒れていた頃の性格だ。

昔のディートリヒは「ディー」と呼ばれ、暴力的で、人を見下していて、遊び半分で犯罪を起こす男だった。

不良少年たちの憧《あこが》れだったが、平和に暮らしている者たちからは害獣のように嫌われていた。その頃は漁業ギルドの職員に過ぎなかったギルドマスターも、かなり迷惑を被《こうむ》った。

ディートリヒの一言で、ギルドマスターは確信する。ディートリヒはあの方に誘導されてここにやって来たのだと。

あの方は、女王の密偵だ。

それはつまり、この国の情報を仕切っているということである。

彼自身が表に出てくることは少ないが、悪い噂も多い。同じく情報を扱う商人たちからは警戒され、そして商人と深く付き合いのある漁業ギルドも距離を取ることにしていた。ディートリヒと同じ王子だが、扱いが大きく違うのはその影響力の差だろう。

隠密《おんみつ》行動に長け、どこにでも潜入出没することから、不用意に名前を口に出せば呼び寄せてしまう気がして、商人やその関係者は「あの方」とぼかした呼び方をしていた。

「……そう、祭りをお望みですか。ならば、お望み通り開催いたしましょう」

ディートリヒはギルドマスターの言葉に反応を示さない。ただ、暗い瞳で見つめている。

「貴方《あなた》様の噂を聞いて戦いたがっていた者も多いでしょう。この場で力比べをしましょう」

ギルドマスターは感じてしまった恐怖を振り切るように、ディートリヒから視線を逸らして漁師たちに目を向けた。そして、芝居がかった仕草で漁師たちに伝え始める。

「今から皆で祭りをしようじゃないか。海竜祭の景気付けに、漁業ギルドが主催する小さな祭りだ!! 祭りなら無礼講《ぶれいこう》。参加者に何が起こっても、処罰はないよ！」

告げる内容は、事務員を通してあの方が提案してきた内容そのままだ。

一番重要なのは、ディートリヒ王子を傷付けた場合の責任の所在だ。許可は取れているが、それに加えて祭りとすることで、全てディートリヒの自己責任にできる。要するに祭りは口実であり、予防線だ。

「この場にいる者の中で、誰が一番強いのか決めようじゃないか！ ルールは素手《すで》であることと、相手を再起不能にしないこと。いつものケンカと変わりないよ。子供じゃないんだから、加減は分かっているね？ 一度でも膝を突いたら負けだ。キリがないからね！」

ざっと決まりを説明する。結局のところ、素手で、相手の人生に影響がない範囲なら何をしてもいいと言っているのと同じだ。漁師たちはケンカ慣れしているため、それで十分だった。

「主催するんだから治療はしてやるが、明日以降の漁に差《さ》し障《さわ》るようなケガはするんじゃないよ？

自業自得のケガは放置するからね」

ギルドマスターが漁師たちを見渡すと、ほぼ全員がキラキラした目を向けて来ていた。

アダドの艦隊が攻めて来たことから溜まった鬱憤を晴らす機会を与えてくれたのだ。彼らの目にはギルドマスターが話の分かる上司として映っていることだろう。

また、ディートリヒの噂を知っている者たちは、直接戦えることに浮かれていた。

彼らにとって強さは正義なのだ。悪い噂であっても、強ければ憧れる。そして、戦ってみたい、できれば叩き潰したいと考える。完全に戦闘狂《せんとうきょう》の思考だ。

それだけではない。ギルドマスターは、相手を限定していない。

この場で彼らが最も戦ってみたい相手はディートリヒだろうが、漁師同士で目を付けていた相手もいる。今までは漁業ギルドの取り決めでケンカを控えていただけだ。誰しもが許されるなら戦ってみたい相手が山ほどいた。混戦になるのは目に見えていた。

「最後まで残った者には賞金も出すよ！　ケンカ祭りだ！　楽しめ！　クズ野郎ども!!」

ギルドマスターの声が響くと同時に、漁師たちの野太い歓声が上がる。

ディートリヒと漁師たち。素手での盛大な乱戦《バトルロイヤル》のケンカが始まった。

この日始まったケンカ祭りは海竜祭に華を添える催事《イベント》の一つとして、今後も続けられることになるのだった。


漁港の作業場の外。

裏口に横付けされた馬車の傍《かたわ》らに、双子の魔狼《ルーとフィー》はいた。

すぐ近くは桟橋《さんばし》になっており、作業場で仕分けされた魚を王都各地に素早く輸送するための場所となっているが、今は船は入っていない。アダドの軍船が攻めて来たことで入港を止められていた。

穏やかな海風が吹き抜け、双子の毛を揺らしている。高く昇り始めた太陽の日差しも気持ちいい。

双子はわずかに草が残っている場所に座っていた。静かに目を閉じ微動《びどう》だにしない。

〈流れて来てるね〉

〈まだ足りないね〉

〈もう少しかな？〉

〈下僕たち、がんばれ〉

双子は自分たちの内側に満ちていく力を探っていた。

作業場の中からは男たちの野太い叫び声や罵声《ばせい》や歓声、殴り合う音と物が壊れる音が聞こえている。普段であれば耳障《みみざわ》りな音だったが、今の双子には心地好く感じられた。

あの音が大きく激しいほど、自分たちの力が満ちていく。

あれは双子が力を得るための儀式の音。双子への賛歌《さんか》だ。

「首尾《しゅび》はどうかな？」

いつの間にか近づき、声を掛けてきたのはカールハインツだった。当然ながら、今作業場内で起こっている事態を仕組んだのは彼だ。

彼はつい先ほどまで姿を隠して、作業場内で事の成り行きを見ていた。

ギルドマスターたちからあの方などと大仰《おおぎょう》な呼ばれ方をしていたのは居たたまれない気持ちになったが、それ以外は彼の思惑《おもわく》通りとなった。

彼は双子の望みを聞いて、ディートリヒに多くの漁師を殴らせるためには、漁師たちの方から近寄ってきてもらうのが一番効率がいいと考えた。そのためにしたお膳立《ぜんだ》てが、ケンカ祭りだ。

ディートリヒは一応ながら王子だ。王子を殴れば、たとえ相手が悪くても不敬《ふけい》として罪に問われるかもしれない。王政の国なのだ、普通の人間はそう考えるだろう。ディートリヒと多くの漁師を殴り合わせるには、そういう意識が邪魔だった。

そこで考えたのが祭りだった。

力を競う祭りという体裁《ていさい》にすれば、漁師たちも気兼ねすることはない。全力でディートリヒに向かっていけるし、遺恨《いこん》を残すこともない。

荒事に慣れている漁師たちであれば、殴り合う程度なら致命的《ちめいてき》な事故が起こることもないだろう。望郷のメンバーが大量の治癒魔法薬を持っていたことも都合が良かった。もし最悪の事故が起こっても、死にさえしなければ完全に治し切れるだけの品質の物が、大量にあった。

さらに漁業ギルドとの交渉にも利用できた。

漁師は冒険者などと同じく、常に危険に晒《さら》される職業だ。治癒効果の高い魔法薬に飢《う》えていた。

それを餌《えさ》に話を持ち掛ければ、十中八九は乗ってくると思っていた。

その予想通り、漁業ギルドは話に乗り、ケンカ祭りを主催してくれた。

漁業ギルドはあの場にいた漁師たちだけが参加者と考えているだろうが、カールハインツはそれだけで済ますつもりはない。伝手《つて》を使い、ケンカ祭りの話を王都全体に広めている。

アダドに攻め込まれ、鬱憤が溜まっているネレウスの国民は、憂さ晴らしとばかりに駆け付けて参加するだろう。参加者が増えれば観戦者も増える。観戦して興奮した者たちも、いずれは参加者となる。女性でも腕っぷしに自信のある者は参加するに違いない。そういう国民性なのだ、間違いない。

次々と人が集まり、噂が噂を呼び広がっていく。最終的には街を挙げての祭りとなる予定だ。

〈もう少し〉

〈悪くない！〉

首尾を聞かれた双子は、目を瞑《つむ》ったままでカールハインツに答えた。

カールハインツはその返答を聞いて満足げに微笑みながら、近くに停まっている馬車へと目を向けた。馬車の御者台ではベルンハルトが、こちらも満足げに笑みを浮かべて座っていた。

望郷が所持している魔法薬の提供を進言したのは、彼だ。

ベルンハルトもまた、双子がどのような目的でこのようなことを起こしたのか興味があった。双子の目的に魔法が関わっていることを、魔法狂いの鋭い嗅覚《きゅうかく》で嗅《か》ぎ取《と》っていた。

望郷の魔法の鞄《マジックバッグ》の中には、ロアが作った魔法薬がたくさん入っていた。

それもちょっと多いとかいう程度ではなく、大量だ。軍隊が戦争する時に準備するくらいの量がある。しかも、品質は高く、王族ですら手に入らないような超位の魔法薬まで交ざっていた。

ロアの善意から提供された物だが、ハッキリ言って望郷の悩みの種でもあった。

自分たちのことを心配してくれているロアの気持ちも分かるので受け取っているが、日々増えていく高価な品の数々が重荷になっていた。

今回は、それらを一気に吐き出して心を軽くする良い機会だった。幸い、ロアの従魔である双子《ルーとフィー》の魔狼の許可もあるので、大義名分《たいぎめいぶん》は立っている。

コルネリアは、馬車の中だ。カールハインツに聞かされたディートリヒの考えに衝撃を受けてまだ立ち直っていない。これも、カールハインツの思惑通りだ。

ケンカ祭りの開催をするにあたって、一番の懸念がコルネリアだった。

常識人の彼女は、きっと止めるだろう。王子という立場を使ってカールハインツが命令すれば従うだろうが、不満を持たれた状態で行動を共にするのはあまり好きではなかった。

そこで、カールハインツは先手を打った。ディートリヒの考えを聞かせて、そちらに意識を向けさせた。

命令で従わせるより悪質だが、カールハインツは今後のことを考えてそちらの方が面白そうだと思っただけだ。他意はない。

もちろん、一切嘘は言っていない。事実を事実として突き付けただけだ。それだけに信じるに値する話だったのだろう。コルネリアは受け入れ、今も周りの状況に目が向けられないほどに悩んでいる。

〈そろそろいけるね？〉

〈いけそう〉

双子が不意に、目を開いて立ち上がった。そして、ゆっくりと海辺まで行くと、姿勢を正す。

カールハインツは無言でその姿を目で追った。ベルンハルトは、興奮した様子で見ている。

二匹が並び、大きく息を吸う。

そして、天を仰いで一気に吐き出した。

ワオォォォォォオーーーーーーーーーーーーーーーーーーーーーーーン!

一音のズレもなく響いたそれは、遠吠えだった。

澄《す》んだ音。完璧《かんぺき》な斉唱《ユニゾン》。双子の魔狼《ルーとフィー》の口から流れ出ると、無限と思える広がりで、遥か遠くまで満ちていく。

「魔力が……」

ベルンハルトが目を見開いて呟く。

遠吠えには、魔力が乗っていた。魔法ではなく、純粋《じゅんすい》な魔力。

どこまでも遠くまで届いていく遠吠え。それなのに、近くにいるのに、ベルンハルトはその音量を不快に感じることはなかった。

今まで耳にしたことがない、至高《しこう》の音楽。氷のように冷たく研《と》ぎ澄《す》まされ、炎のように情熱的だ。

心が満たされ、澄んでいく。気付けば、ベルンハルトは涙を流していた。

カールハインツもまた、遠吠えに魅《み》せられていた。彼の心にはベルンハルトとは違う感情も満ちていく。

それは心酔《しんすい》。

唯一の、従うべき相手を見つけた。そう思った。理屈ではない。ただ、そう感じたのだ。

数キロ……数十キロと遠吠えは広がる。やがてネレウスの王都全体を覆い、海まで伝わっていく。

〈見つけた！〉

〈よかった!!　ロアは元気!!〉

双子の安堵《あんど》の声が漏れると同時に、遠吠えは止まった。ベルンハルトとカールハインツは、それが残念だと感じたのだった。

ロアの安全を確認して、張り詰めていた気が緩んだのか、双子は脱力して崩れ落ちるように腰を下ろす。

双子の遠吠えはロアを探すためのものだ。

ロアが誘拐され、双子はロアを探そうとした。しかし、探すべき範囲は広大。グリおじさんならともかく、双子の索敵能力では探し切れるものではなかった。

そこで考えたのは魔力を集めることだ。

魔力さえあれば、より高度な探知が可能になる。どこまでもその範囲を広げることができる。グリおじさんが魔力を貸してくれればすぐに行《おこな》えるのだが、連絡が付かない。双子からの呼びかけは無視されていた。

仕方がなしに、双子は自分たちで必要な魔力を調達することにした。幸いなことに、双子には種族に由来する能力があった。

それが、『搾取《さくしゅ》』。

下僕とした者たちから魔力を強制的に奪い取り、己の魔力同然に扱える。

それは群れを作り、群れを一つの生き物のように統制《とうせい》できる魔獣だけが持つ能力だった。

双子《ルーとフィー》の魔狼はディートリヒやカールハインツたちに施した足跡型の下僕紋を使い、その能力を駆使することができた。

双子は真っ先に、自分たちで王都を駆け回り、見かけた人間に片っ端から下僕紋を付けて魔力を集めることを考えた。だが、それには大きな問題があった。

………どう考えても、ロアが帰って来たら怒られる。

双子は足跡を付けるに留めているが、本来の魔狼の下僕紋は噛み痕。それも首筋や急所に付ける勝者の印だ。つまり下僕紋を付けるということは、相手を傷付けることと同義だった。

必要な魔力を集めるまで下僕紋を付けて回れば、双子に甘いロアとはいえ怒ってしまうだろう。

敵ならともかく、王都にいるのは一般人だ。ロアは許してくれない。

双子はグリおじさんのように、短絡的《たんらくてき》ではない。グリおじさんと一緒に行動していればロアの怒りの矛先《ほこさき》をそちらに向けることができるが、残念ながら別行動だ。無理はできない。

双子はさらに考えた。

本能的に使えることを理解しているが、この能力は何なのか？　そして出した答えは、群れを支配する力だということだった。

ならば群れとは何か？　……主が支配している集団のことだ。

だが、群れは主が直接支配するだけではない。小さな群れであれば主が全て支配することもできるが、大きな群れとなるとそうもいかない。

その場合は、主が支配している者に、さらに小さな群れを支配させる。それでも足りなければ、さらに細分化して支配していく。

主が支配している母集団が子集団を、子集団が孫集団を、孫集団が曾孫《ひまご》集団を……といった感じに、細かく行き届くように支配して大きくしていくのだ。

ならば、下僕紋での『搾取』でも同じことができるのではないか？　そう考え、双子はディートリヒにコルネリアを殴らせて軽く痕を付けさせてみた。

その結果は、可。ディートリヒを通して、コルネリアの魔力を奪うことができた。

殴られた痕は簡易下僕紋として機能した。どの程度の痕や傷が簡易下僕紋として有効かはまだ分からないが、素手で付けたものは十分に使えるようだった。

……ならば、やることは決まっている。ディートリヒに大量の人間を殴らせ、簡易下僕紋を付けさせればいい。

それならば、ディートリヒがやったことなので、ロアにも怒られないだろう。

幸運なことに、ディートリヒには悪癖がある。酒を飲ませれば、命じなくても人を殴る。実際そうなっているところを見たわけではないが、複数の人間から聞いたので間違いない。

酒を飲ませる役と、場を整える役は最近下僕になったカールハインツにやらせればいい。どう見ても、カールハインツはそういう悪だくみが得意そうだった。

双子の予想通り、カールハインツは双子の目的以上の成果を上げた。無理だと思っていた、ディートリヒが殴った者がさらに別の人間を殴るような場まで整えたのである。

現在、ケンカ祭りの会場では曾孫集団まで発生していた。

しかもカールハインツが人を呼び集めているおかげで、さらに増えていく。意外なほどの有能さに、双子はカールハインツを見直した。下僕の序列《じょれつ》一位にしてやってもいいくらいに、評価していた。

そして目的の魔力量が集まった時点で、双子はロアを探すために魔力を広げたのだった。

その手段は、遠吠え。

双子は本能的にそれが自分たちに相応しい手段だと知っていた。

魔狼の遠吠えは、自分の位置を知らせ、見失った仲間を探す。今の状況にこれほど相応しいものもない。どこまでも遠くまで届くように、魔力を乗せて遠吠えを響かせた。

そして、ついに双子はロアを見つけたのだった。

「どこだ？」

カールハインツが問い掛ける。双子の呟きによって、先ほどの魔力を乗せた遠吠えが何のための行動だったのか察したのだろう。

〈海の上。たぶん、島？〉

〈島だね。カールハインツ、船のじゅんび！〉

今の双子に海を渡る手段はない。せめて今の倍は魔力がないと無理だ。だが、それが溜まるまで待っていられない。ロアの居場所が分かったのだから、急がないといけない。

「船か……。戦闘の邪魔にならないように出航は禁止されてるんだけどねぇ。目的地が分かってるなら、一隻くらいは何とかなるかな？　距離は？」

〈ここから女王がいる島までの、三倍くらい？〉

〈それくらい！〉

カールハインツは少し考え込む。思ったより距離がありそうだ。

「連絡船じゃ無理だなぁ。小型でも魔法で動かせるようなのじゃないと時間がかかる」

〈見つけて来て！〉

〈はやく！〉

「はいはい……」

双子に睨みつけられ、仕方がなしにカールハインツは同意した。

〈あと、おじちゃんも見つけた〉

「どちらに⁉」

食いついたのは、グリおじさんを慕っているベルンハルトだ。双子に掴みかからんばかりの勢いだった。

〈ロアと一緒みたい〉

〈たぶん、一緒。気絶してる？　へんなかんじ……〉

ハッキリとした状態までは分からないのだろう。双子の言葉は不明確だ。

〈あと、もうひとつ、へんな感じ？〉

〈あったね、おじちゃんじゃないけど、おじちゃんじゃないけど、おじちゃんぽい魔力がまざって流れてくるような？〉

〈なんだろうね？〉

不思議そうに双子は首を傾げていたが、要領を得ない会話に、カールハインツとベルンハルトも同様に首を傾げることしかできなかった。

第三十三話　非常識な不滅の盾

双子《ルーとフィー》の魔狼がやっとロアたちの所在を掴んだ頃とほぼ同時刻。

「ピョンちゃん、協力して」

ロアは何もない頭上に向かって、真剣な顔で呼びかけていた。

〈何だ、気付いておったのか？〉

答えた声は、老人のような口調の、しかしやけに可愛いものだ。声は聞こえたが、その姿はどこにもない。

ただ声だけが、直接頭に響く。

ピョンちゃん。

それは、城塞迷宮《シタデルダンジョン》の周辺に位置する街道沿いの森の奥深く、ひっそりと隠されている賢者《けんじゃ》の薬草園の管理者だ。

翼兎《ウイングラビット》と呼ばれている耳の大きなウサギ型の魔獣で、森に棲《す》むウサギたちの王だった。

「……」

ロアは響いた声に驚き、声が出ない。呼びかけたのはロアだったが、予想外の返答にあんぐりと口を開けている。

翼兎《ウイングラビット》は、魔力も低く魔獣の中では短命な方だ。それにもかかわらず、ピョンちゃんは長命で、人間より遥かに長い時を生きている。

それは、賢者の薬草園の中心に森を従えるように生えている生命の巨木《ガオケレナ》の恩恵で、白髪交じりながらもピョンちゃんは若々しい姿を保っていた。ロアが知る限り、ピョンちゃんはその見た目に相応しい若者のような口調だったはずだ。

こんなジジイのような喋《しゃべ》り方《かた》じゃなかった。

〈何じゃ？　黙り込みよって？　呼んだのは貴殿《きでん》で……しまった……〉

ピョンちゃんは話の途中で気付いて、口籠る。そして、ゴホンと咳払《せきばら》いをした。

〈…………やあ！　何だ！　気付いてたのかい⁉〉

ピョンちゃんは先ほどのジジイ口調からガラリと変え、陽気な少年のような口調で声を響かせた。最初の台詞《せりふ》からの露骨《ろこつ》な仕切り直しに、ロアは眉を寄せる。

〈どうしたの？　ボクはピョンちゃんだよ？　君が呼びかけたんだよ？　黙らないでよ、ロアくん？〉

「……ピョンちゃんだよね？」

必死なピョンちゃんの呼びかけに、少し疑うようにロアは尋ねた。

〈そう、ボクはピョンちゃん!!　君と仮の従魔契約をした、愛らしいピョンちゃんだよ？　呼んだよね？〉

「でも、口調が……」

〈さっきの口調は忘れて！　何もなかった。いいね？〉

どうやら、先ほどのジジイ口調をなかったことにしたいらしい。そういえばと、ロアは初めてピョンちゃんに会った時のことを思い出した。

確か、グリおじさんがジジイ口調がどうとか言っていたはずだ。その時は気にも留めなかったが、ピョンちゃんは相手によって口調を使い分けているのだろう。威厳を保つためなのか油断させるためなのかは分からないが、改めて一筋縄《ひとすじなわ》ではいかない相手だなと、ロアは気を引き締めた。

〈それにしても！　よくボクが見てるって気付いたね？　グリおじさんも双子《ワンちゃん》の魔狼たちも気付かなかったのに！〉

ピョンちゃんは誤魔化すように話題を変えた。

ロアは大きくため息をつく。かなり覚悟を決めてピョンちゃんに呼びかけたのに、完全に出鼻《でばな》を挫《くじ》かれてしまった。入れた気合が抜けていく。

「その、海竜が、魔力回廊《かいろう》を使って覗き見してるイタズラ者の従魔がいるって言ってたから。ルーとフィーは目の前にいたし、グリおじさんには見れないようにするって、海竜が言ってたしね」

〈なるほど、従魔の中で覗き見ができるのはボクしかいなかったってことだね？〉

それはロアが海竜と話をした時のことだ。海竜はグリおじさんが近くにいないうちに内緒で話したかったらしく、グリおじさんに気付かれないようにしていた。双子は目の前にいたのだから、覗き見と言われれば違う。

従魔の中で残っているのは、仮契約とはいえピョンちゃんしかいなかったのだ。

ロアは遠方にいて覗き見ができるものかと考えたものの、ピョンちゃんならそういう魔法を知っていてもおかしくないと結論付けた。そして、その推測は当たっていた。

「それに、ちょっと前から変な感じはあったんだ。最初は女王様が付けてくれた護衛の視線なのかなって思ってたけど、違う感じだったんだよね。だから、遠くからでも覗き見できる方法があるのかと思って」

〈ふーん。魔力回廊経由で君たちの視界と耳を借りてただけだから、ボクの視線を感じるはずがないんだけどね。ホント、君って時々鋭いよね！　人の感情には鈍感過ぎるほど鈍感だけど〉

「ロア、さっきから何を話してるんだ？」

一人で話しているロアに、クリストフが耐え切れず声を掛けた。彼から見れば、ロアが突然一人で話し始めたようにしか見えない。

「ピョンちゃんに協力してもらおうと思ったんですが、ちょっと話が逸れてしまって」

「ピョンちゃん？　あの城塞迷宮《シタデルダンジョン》近くの森で出会ったたって言ってた、ウイングラビットか？」

「そうです」

クリストフはピョンちゃんと面識はない。ロアから話は聞いていたものの、こんな所でなぜその名前が出てくるのか分からなかった。クリストフは不思議そうな顔でロアを見つめたが、それ以上口を挟むのをやめた。

〈そっちのチャラい見た目の癖にやたら苦労人のお兄さんには、ボクの声が聞こえないみたいだね！　魔力回廊経由だと直接話すのとは違って、君のおかしな力も働かないのかな？　それじゃ、あちらの船の状況も気になるし、目と耳と口を手に入れるのが先だね〉

ピョンちゃんは一人納得したように続ける。

ネレウスの女王の話では、ロアが無自覚に中継《ちゅうけい》して、従魔たちの声を他の人間たちに聞かせているらしい。だが、その力も魔力回廊を通しての声には効果がないようだ。直接目の前にいて、会話することが前提になっているのだろう。

〈ロアくん。まず君の近くにいるガーゴイルと従魔契約して！〉

「え!?　また従魔契約？」

突然のピョンちゃんの言葉に、ロアは驚いて声を上げた。今の話の流れで、どうしてそうなるのかが理解できなかった。

〈ガーゴイルは人造の魔獣で半分は魔道具みたいなものだからね、複数の主との従魔契約も可能なんだ。チャラい苦労人さんとも従魔契約させれば、魔力回廊で繋がってボクの声も届くはずさ！ボクの声がチャラい苦労人さんにも聞こえた方が楽でしょう？〉

「なるほど。でも」

理由は分かったが、だからといって容認できるかは別問題だ。

確かに、ピョンちゃんの声がクリストフにも聞こえ、会話に参加してもらえた方が相談も楽に済むだろう。それでもやはり、ロアは魔道石像《ガーゴイル》と従魔契約することに、若干の抵抗があった。

今までの従魔契約も、事故や相手の都合だけで結ばれたものだ。ロアの意思を確認されれば、今のように抵抗しただろう。

それはロアの自信のなさからくるものだった。自分なんかが契約していいのかという、いつもの自己否定だ。

〈ガーゴイルはグリおじさんの創造物だからね。実質もうロアくんも主なんだよ。名前を付ければ即座に受け入れてくれるよ！〉

ピョンちゃんは拒否されるのが織《お》り込《こ》み済みだったのか、ロアの言葉に被せるように自分の主張を重ねる。

〈ガーゴイルはリフレクトを使うために、高性能の探知能力を持ってるからね。君たちが感知できない距離にある出来事でも常時見聞きすることができるんだ。ボクなら魔力回廊を通じてガーゴイルの感覚を受け取ることができるから、色々と便利なんだよ？　アダドの船が今何をしてるかも分かるからね。非常時の今こそ必要な力だよ！〉

「……」

〈君はボクに協力してくれって言ってたよね？　でも、今のボクにできるのは、こうやって助言することぐらいなんだ。頑張れば魔法式を組むくらいは手伝えるけど、魔法の発動はできないしね〉

「そうなの？」

〈そうだよ。だからガーゴイルの力が必要なんだ〉

ロアはこうやって遠方のことを見聞きして会話できるなら、遠方から魔法を発動して助けてくれるんじゃないかと考えていた。しかし、さすがのピョンちゃんでもそれは無理らしい。

〈身を守る時も、さっきみたいに二人でピッタリくっ付かなくても良くなるしね。ロアくんが、二人を守れって言えばいいだけだから〉

「……」

〈便利でしょ!? 契約しちゃおう？　ガーゴイルは太古《たいこ》の遺跡《いせき》の防衛兵器だからね、他にも便利機能があるよ！　グリおじさんは適当だから知らないことも多いだろうけど、ボクならその機能を色々知ってるよ！〉

畳みかけるように言われて、ロアは混乱する。魔道石像《ガーゴイル》と従魔契約することが悪いことではない気はする。ただ、ピョンちゃんの語り口調に詐欺師《さぎし》のような怪しさを感じなくもない。それだけが、どこか引っ掛かる。

「……仕方ないか」

それでも、このままの状態では話が進まないと、ロアは覚悟を決めた。

「ガーゴイルくん。近くにいるよね？　契約してもいいと思ったら姿を現して」

ロアがそう呟くと、即座にロアの前に魔道石像《ガーゴイル》は姿を現した。魔道石像《ガーゴイル》が姿を隠すための幻惑魔法を解いたのだ。

大きさはロアの身長の半分くらいの、卵型の石像だ。つるりとした表面に、左右ひと揃えの翼のような浮き彫り《レリーフ》が施されている。昨日、目にした時には気付かなかったが、それはグリおじさんの翼を模したものだった。

その姿を見つめ、ロアは一瞬だけ思案する。そして、名前を付けようとした。

〈ガーくんはダメだからね？〉

ピョンちゃんからダメ出しが入った。しかも、そのダメ出しされた名前は、ロアがまさに付けようとした名前だった。ロアは困ったような視線を宙に這わせた。

〈だって、ガーゴイルくんって呼びかけた時点で予測がついちゃったから。もうちょっと、カッコイイ名前にしてあげてよ〉

「……オーヴァル……呼びにくいから、ヴァルでどうかな？」

〈卵の古語《こご》からの引用だね。いいね！〉

ピョンちゃんの楽しそうな声に促されたように、ロアは目眩《めまい》を感じた。いつもの、従魔契約の時の症状だ。

これでロアは従魔契約を五回も体験したことになる。

双子が同時契約だったため、従魔は六体目だ。

「よろしくね、ヴァル」

〈諾《だく》〉

ロアが優しく挨拶《あいさつ》をすると、ヴァルは少し身体を震わせて一言だけ答えた。感情の起伏のない中

性的な声だった。

〈おお！　いいね。ヴァルくんは、常時半径一キロ……間欠的にもっと広い範囲を探知してるね。これなら十分だ！　アダドの船もちゃんと捉えてるよ。今は魔法筒に魔晶石を設置していっているところだね。君が交易船から持ち帰ったのより遥かに大きな、人間がすっぽり中に入りそうな、巨大な魔法筒だよ。本当にこの島くらいなら破壊できそうだね〉

ピョンちゃんのやけに楽しげな声が聞こえてくる。少し興奮しているようだが、それでも冷静さは失っていないようで、的確に遠方にいるアダドの船を調べて報告してくる。

〈まだまだ魔法筒の発動までは時間がかかりそうだけど、それでもあまり時間がないからね。まずはチャラい苦労人さんとの契約を済ませてしまおう。ヴァルくんに契約を命じて！〉

「分かった。ヴァル、クリストフとも契約して欲しいんだけど、いいかな？」

「ロア、ちょっと待て」

クリストフはロアを止めようとした。会話から、目の前に現れたガーゴイル《ヴァル》に命令して自分に何かしようとしていることは分かった。

ロアのすることだから危害を加えられるわけではないだろうが、心の準備が欲しかった。

〈諾。クリストフに貸与《たいよ》します〉

だが、止める間もなくヴァルは承認した。途端に、クリストフが掌で額を押さえる。従魔契約の目眩が襲ったのだろう。

〈貸与ね。正当な従魔契約じゃなくて、そっちになっちゃったのか。ロアくんの部下扱いってこと

だね〉

「どういうこと？」

〈あくまで、知識として知ってる程度だけど。ガーゴイルには普通の従魔契約とは別に、主の部下に能力の一部を貸し出す、貸与契約というのがあるらしいよ。つまり、チャラい苦労人さんは、ヴァルくんの主に値しないって判断されたんだろうね〉

「そのチャラい苦労人ってのは、オレのことか？」

目眩から復活したクリストフが、横から声を掛けた。

〈ちゃんと魔力回廊も繋がったみたいだね。そうだよ！　初めましてだね！　ボクはピョンちゃん！　よろしくね。遠方から声だけを届けてるけど、本当は肉体がある愛らしくてフワフワなウサギさんだよ！〉

クリストフはピョンちゃんの挨拶を聞いて眉を寄せ、一言「うさん臭《くせ》ぇ」と呟いた。

「オレはクリストフだ！　クリストフだからな！　変な呼び方をするなよ!!」

声だけのピョンちゃんに対してどこに視線を向けていいか分からず、ロアと同じく宙に視線を這わせながらクリストフが叫ぶ。

〈そんな大声出さなくても聞こえてるよ！　普通に話してくれればいいから。君の名前を呼ぶのはちょっと難しいかな？　ボクたち魔獣は名前を神聖視するんだ。魔獣同士ならともかく、人間の名前は簡単には呼ばないよ。ある程度は認めた相手じゃないとね。だから、君はチャラい苦労人さん……は長いから苦労人さんって呼ぶね！〉

「……せめて、チャラいので頼む。そっちなら呼ばれ慣れてる……」

クリストフは頭を抱えた。

苦渋《くじゅう》の決断だ。少し会話しただけだが、クリストフはピョンちゃんにグリおじさんと同じようなものを感じていた。こういった連中には抗議《こうぎ》するだけムダだろう。まだ自分が許せる呼び方を選択するしかない。

「それで、どうしてオレはガーゴイルとその貸与契約とやらをする羽目になったんだ？」

〈その説明は長くなるので後でね。今はあまり時間がないからね。なにせ、君たちの命がかかってるからね〉

クリストフの疑問を、ピョンちゃんはバッサリと切り捨てて後回しにした。命がかかっていると言われると、クリストフも何も言えず黙るしかない。

〈それじゃ、ロアくん。ボクに協力して欲しいのって、魔法筒の攻撃を防ぐってことでいいかな？〉

「うん。できれば、この島ごと守りたい」

ロアの脳裏《のうり》には、この島の上で巣作りをしていた海鳥の姿があった。できるなら、この島の生き物も纏めて全部守りたい。

〈守りたい、ね。まあ、そっちの方が君には似合ってるかな。グリおじさんなら敵の船を沈めて終わらせるんだろうけどね。いや、わざと向こうの攻撃に合わせて同じ威力の魔法をぶつけて打ち消して、バカにしまくって遊ぶかな？〉

不穏《ふおん》な言葉だが、ロアとクリストフはピョンちゃんの台詞に納得した。グリおじさんならただ敵を攻撃することはしない。格下ほどバカにしまくって心を折りにかかるだろう。

自然と、二人の視線がロアの膝に頭を乗せているグリおじさんに向いた。

グリおじさんはまだ動けそうにない。震えこそ止まっているが、目を瞑ったままでぐったりしている。その様子は、巨体ながら泣き疲れた幼子《おさなご》のようだ。ロアはそっと、グリおじさんの頭を撫でる。

〈ホント、情けない姿だよねぇ。まあ、仕方ないんだけどね〉

「ピョンちゃんはグリおじさんが虫嫌いになった理由を知ってるの？」

その口ぶりからすると、ピョンちゃんは虫嫌いの原因を知っているのだろう。それに気付いてロアはつい、切迫した状況にもかかわらず尋ねてしまった。

〈知ってるよ。でも、ボクの口からは教えられないよ？　お気楽なグリおじさんにしては、重い話になるからね。本人が話すまでは聞かないであげて欲しいかな？〉

ピョンちゃんの声は軽い調子ながら、神妙《しんみょう》な雰囲気を漂わせている。ロアはそれに軽く頷いて返した。

〈でも、まあ、グリおじさんが情けないおかげで、ロアくんがボクに頼る気になってくれたのは良かったかな？　君、本当に人に頼るのが嫌いだよね？　度を越して人に頼ろうとする人間はクズだけど、度を越して人に頼らない人間も迷惑なものだよ？　誰かの命がかかるまで他人に頼れないとか、迷惑そのものじゃん？　早い段階で頼れば大事《おおごと》になる前に片付くんだからさぁ。ボクに限らずもっと頼った方がいいよ。例えばそこのチャラさんとか〉

クリストフの呼び名がチャラさんに進化している。そのことに苦笑を浮かべながらも、クリストフは同意とばかりに頷いた。

ロアはそっと顔を伏せる。今回のことで、色々と考えたらしい。だからこそ、ピョンちゃんの言葉が身に染みるのだろう。

〈さてさて、話が逸れたけど、時間がないんだった。どちらにしても、今のロアくんには攻撃魔法で向こうの船を沈めるだけの実力はないね。魔力任せで適当な魔法を放っても、当たるかどうか分からないし、そもそもあそこまで飛ばせないだろうね。遠くまで魔法を飛ばすのは意外と難しいんだよ？　どれだけ綿密《めんみつ》な魔法式を組んでも、慣れが必要だしね〉

「そうだよね。でも、他の方法があるかな？」

ロアは攻撃魔法はまったくの初心者だ。魔法薬を作るための魔法には慣れているが、魔法を飛ばして攻撃する感覚はよく分からない。

魔法を使うという点では同じだが、ロアにとってその二つはまったく別物のように感じられていた。

攻撃魔法は必ず当たる。当たるように発動させるから当たるのだ。だが、その当たるように発動させる基《もと》になる感覚と知識がなければ、当たるものも当たらなくなる。

〈ロアくんは、攻撃して壊すよりも、何かを作って守る方が向いてるみたいだしね。それを生かすべきだろうね〉

「じゃあ、魔法で壁を作って守るってこと？」

魔法で何かを作って守ると言えば、壁を作る魔法だろう。特に土魔法の岩壁《ストーンウォール》が汎用性《はんようせい》が高い。

〈そうだね。防御壁を作るのが一番かな。でも、土壁みたいな生半可《なまはんか》な壁じゃダメだよ。島のような巨大な物体が壊せる攻撃なんだから、同じような物で覆っても意味はないよね〉

まるですでに答えが分かっているかのように、ピョンちゃんの言葉に迷いはない。ロアはそれを感じながらも、自分で答えを出すべく思考を巡らせた。

「リフレクトのようなものなら？」

反射魔法《リフレクト》も、本質的には魔法で作った防御の壁だ。問題は、一般的な火や水、土や風などの魔法とは大きく違っていることだろう。だが、ロアはすでに何度も反射魔法《リフレクト》を目にしている。

〈悪くはないけど、あれは人間が扱える限界を超えた魔法だからね。だからといって、どうにかしてヴァルくんのリフレクトを強化したところで、半魔道具じゃ限界はあるよね。数秒で壊れると思うよ。リフレクトの魔法式を基にして、ロアくん自身が新しい魔法を作るのが一番じゃないかな？〉

ロアは息を呑む。まったく考えていないことだったからだ。

「オレが、新しい魔法を作る……」

言葉に出すと、事の重要さが思い知らされた。

今までもロアは独自に魔法を作っている。グリおじさんには気持ち悪いと言われるような、魔法とは言えない魔力操作任せの魔法だが、それでも作ったことはある。

だが、それは偶然に出来上がったもので、意図したものではなかった。

今、求められているのは、正しく魔法式を組み、誰が見ても魔法だと断言できるような魔法だろう。その困難さを想像して、ロアの心臓は激しく脈打ち始めた。

〈基本の魔法式はリフレクトの流用。それは魔力回廊を通じてヴァルくんから引き出せばいい。魔獣と人間では色々違いがあるから、そこは僕が分かりやすいように変換してあげるよ。そこから新しい魔法を作るのはロアくんの仕事だ。できるよね？　やらなきゃ、ここの島にいる皆は死ぬ。生産者としての力の見せどころじゃない？〉

ピョンちゃんは大したことがないように軽く言いながらも、最後に生死を持ち出して脅しをかけてくる。

ロアはきつく拳を握り締め、強く頷いた。

経験のない当たるかどうか分からない攻撃魔法と、緻密《ちみつ》な魔法式を組み立てて作り出す防御魔法。

今のロアでは、どちらも成功の確率は低い。

だが、どちらが自分に合っているかは、分かる。選ぶなら決まっている。

防御魔法はある意味、建築物だ。それなら、ロアの知識と、生産者としての経験が生かせる。

「分かった！　やるよ！」

答えた瞬間に、ロアは自分の声が弾《はず》んでいるのに気付いた。心臓が激しく脈打っているのは、緊張からではない。困難を乗り越えて新しい物を作ることに興奮しているのだと、自覚した。

ロアの口元は、楽しげに歪められていた。

〈顔つきが変わったね〉

ロアの表情を見て、ピョンちゃんは声を掛ける。

ロアの目を通して周りを見ていた時と違い、今はガーゴイル《ヴァル》の探知能力のおかげでしっかりとその表情まで見て取れた。むしろ、ピョンちゃん自身の目を通して見るよりも細やかなことまで感じ取れている。

魔法筒での攻撃を受けるまでの僅かな時間しかない、切羽詰まった状況。その中で初めての、しかも島一つを守るような巨大な防御魔法を作らなければいけないのだ。とても笑っていられるような状況ではない。

なのに、ロアはどこか楽しそうだった。

「ピョンちゃん、始めよう！」

〈ああ、まずは僕がリフレクトの魔法式を見ないと始まらない。ヴァルくんに見せるように言って。その中から、基礎の魔法式を抜き出してロアくんに伝えるよ〉

笑みを浮かべているからといって、気が抜けているわけではない。いつもとは違うロアの強い口調に戸惑いながらも、ピョンちゃんは指示を出す。ロアは指示通りに、ヴァルに魔法式を見せるように命令した。

ピョンちゃんが求めたのは、ヴァルの思考を直接覗き見る許可だった。

魔法式は人間や魔獣の思考の中で作られるもの。個人の認識や感覚の部分に多く依存《いぞん》している。例えば、生まれながらに盲目の人への色の説明が困難を極めるように、個人的な感覚で完結しているものを他者に伝えることは難しい。

それと同じで、個人の思考の中にだけ存在する魔法式を言語化するのは、よほどの共通認識がないと不可能なことだった。

その問題を解決するために、ピョンちゃんは魔力回廊を通して直接思考の中の魔法式を覗き見ようというのである。

魔力回廊は、従魔契約で作られる魔力の繋がりだ。熟練の魔術師であれば、現在ピョンちゃんがやっているように感覚を共有させることもできる。それを使えば、かなり高い確率で同じ魔法式を再現可能だ。

ただ、その方法も万能ではない。

思考は最も重要な部分であり、魔力回廊を通しても自我という鉄壁《てっぺき》の防御が働いている。ただ五感を共有するのとは大きく違う。

易々《やすやす》と覗き見を許すのは、本能だけの低位の動物や魔獣、それに生まれたばかりの赤ん坊くらいのものだろう。そこに魔力の多さは関係ない。

その鉄壁の防御を抜けるために、自我が薄い半魔道具の魔道石像《ガーゴイル》のヴァルですら、明確な許可が必要になってくるのだった。

例外があるとすれば、魔狼のように、本能から群れが主に思考を委《ゆだ》ね、一個の生物のように行動している者たちだけだろう。

「ヴァル、ピョンちゃんに見せてあげて」

〈これがリフレクトの魔法式なんだね〉

ロアが命令すると、ヴァルはあっさりと自我の防御を弱め、反射魔法《リフレクト》の魔法式を開示した。ピョンちゃんは、自身の思考に流れ込む魔法式に感動を覚える。

ピョンちゃんがロアとヴァルに従魔契約させた狙いの一つはこれだった。

魔道石像《ガーゴイル》は太古の魔道具だ。反射魔法《リフレクト》は存在だけは多くの魔術師に知られているが、謎の多い太古の魔法だった。知識欲の高いピョンちゃんとしては、一度でも生の魔法式を見ておきたかったのである。

ピョンちゃんがこうやって魔法式を覗き見るためには、ロアに従魔契約させ、さらに魔法式を見せるように命令させるという手続きが必要だった。

そのため、かなり強引な理由だったがロアに従魔契約を薦めたのだった。

もちろん、ロアが防御魔法を使えるようになるために本当に必要だったし、クリストフとの意思疎通も必要だった。そこに嘘はない。ただ、自分が働くのだから、ついでに自分にも利がある状況に持ち込んだだけだ。

グリおじさんも魔道石像《ガーゴイル》を修理し、新しく作り直したことでその主として認識されているが、それでも命令を下せる程度だ。こうやって、直接魔力回廊で繋がるような真似はできない。

そもそも、従魔契約は人間と魔獣で結ばれるもので、魔獣同士では不可能だ。もしグリおじさんが直接魔法式を見られたなら、反射魔法《リフレクト》の反射する力の数値を変更するだけでなく、もっと悪質な魔法に改造していただろう。

「なるほど、これがリフレクトの魔法式なんだね。光の魔法に物体の性質を持たせるってことで良いのかな？」

〈……え？〉

ピョンちゃんが熱心に反射魔法《リフレクト》の魔法式を読み解いていると、予想外の声が聞こえた。

〈ロアくん。君、理解できるの？〉

「基本的な部分くらいしか分からないけど、光の魔法に物体の性質を持たせて攻撃を止めるんだよね？　そこから受けた攻撃を吸収して、同じくらいの力で返す……かな？　グリおじさんは二倍の力で返すようにしたって言ってたけど、それがどの部分なのかは分からないし、魔法を分析して撥ね返す理屈はちょっと分からないよ。それはヴァルの元々の探知能力に依存してるのかな？」

あっさりと言われ、ピョンちゃんは驚きから言葉が出なかった。

「普通の剣なんかの衝撃は、要するに止める時に発生する力の波だよね？　魔力を波にするのは最近よくやってるから、波を魔力に置き換えるのはできると思うよ」

〈…………えーと、自分が今、さらっと非常識なことを言ったの、理解できてる？〉

ピョンちゃんはロアと繋がる魔力回廊を経由してヴァルの魔法式を見ている。当然ながら、ロアも見ることは可能だろう。

だからと言って、理解できるかどうかは別問題だ。半魔道具と言っても魔道石像《ガーゴイル》は魔獣。人間の言語を使っていても、思考の仕方も違ってくる。人間が理解できるものではないはずだ。

ピョンちゃんは提案通り、反射魔法《リフレクト》の魔法式を見た後で、自分なりに解釈《かいしゃく》し、人間の思考に置き換えてロアに伝える予定だった。それをロアは一足飛びに、直接ヴァルの思考の中の魔法式を読み取ってしまったのだ。

しかも、何やら人間には不可能なはずのことまでできると言ってしまうオマケ付きだ。

「……ピョンちゃんにまで非常識って言われた……」

〈言うよ！　そりゃ!!　何で分かるの？　分かっちゃいけない部分だよね？　実は君、魔獣だったりする？　正体隠して変化してる魔獣とか、血縁が魔獣とか!?　たまにいるんだよ、異種族婚で魔獣の血を取り入れちゃった人間！　あの女王とか絶対怪しいけど、そういうのだったりとか!?　あああ！　グリおじさんが非常識って叫びながら混乱してるのを爆笑しながら見てたけど、その気持ちがよく分かったよ！　君は非常識!!　魔獣の魔法式を直接読めるなら、ボクは役立たずじゃん!!〉

「そんな……」

ロアは困って項垂《うなだ》れるが、ピョンちゃんの興奮は冷めやらないようだ。言い切った後も、フーフーと威嚇《いかく》のような荒い息を吐いているのが聞こえて来た。

〈そういや君、従魔契約で言葉が分かるようになる前も、グリおじさんの考えが分かるとか言ってたよね!?　たぶん、あの考えなしのジジイグリフォンが、自分の意思を伝えるために何かやらかしてたんだよ。きっとそう。原因はグリおじさん!!〉

少し時間を置いてから、ピョンちゃんは再び語り出した。

〈君が他の人間に従魔の声を聞かせられるようになったのも、それが原因じゃない？　グリおじさんのやらかしたことが作用して、無意識に繋がっちゃいけないものが繋がっちゃってるんだよ。グリおじさんが悪い！　そういうことに、しとく。もうそれでいいや。考えたくもない!!〉

無理やり話を打ち切り、ピョンちゃんは落ち着くために大きく深呼吸をした。

ロアの横でクリストフが顔を背《そむ》けて声を殺して爆笑していたが、ピョンちゃんの恨みがましい視線は彼には届かなかった。

クリストフは余裕ありげな雰囲気を醸し出していたピョンちゃんが、自分たちと同じようにロアの非常識に振り回されているのを楽しんでいるのだろう。

〈そんなことより、時間がないんだよ。アダドの船の準備は着々と進んでいってる。魔法式が理解できたのなら、やることは分かるよね？　進めよう！〉

「うん！」

ピョンちゃんは全てグリおじさんが悪いということにして、原因を究明することはやめたらしい。とりあえず、納得がいかないものが残ったものの、ロアは頷いた。

今は集中しないといけない。よく分からない現象は後回しだ。

ロアは優しく膝の上のグリおじさんの頭を地面に下ろすと、立ち上がった。魔法を使うのに姿勢は関係ないが、座ったままでは気合が入らない。

真っ直ぐに立ち、ロアは目を瞑る。

そして、大きく息を吸った。

「無駄に魔力を消費したくないから、まずは実験。掌の上に光の壁を」

ロアは呟きながら掌を前に差し出す。最後の呟きは、簡単な略式詠唱《えいしょう》だ。

掌の上に光が集まる。

最初は魔法の灯り《ライト》。それを濃く凝縮《ぎょうしゅく》していく感じで。

魔力は様々な物に変化する。

水の魔法を使えば、水に。火の魔法を使えば火に。土の魔法を使えば土や石に。それらをどこから呼び出すのではなく、魔力が魔法式に従って変化するのだ。

その証拠に、火の魔法は燃料がなくても火を維持できるし、ものすごい勢いで飛ばしても消えることはない。

また、水の魔法で水を出した場合、熟練者でないと飲用にはできない。魔力が変化した物だから、未熟な者が作り出した水は、見た目だけのまがい物になってしまうのだろう。

それに魔法薬。

作成工程で魔法を使って、効果が強化されたり変質したりした不思議な薬だ。それも魔力が魔法になる時の変化が作用しているのだと、ロアは推測していた。

そう、あくまでロアの推測。

でも大きく違ってはいないと、反射《リフレクト》魔法の……太古の魔法式を見たロアは確信していた。

反射《リフレクト》魔法の基本部分は光の壁。物質化した光である。自然界には存在しない物なのに、それを作る魔法式は存在している。

どこかから呼び出しているのなら、そんな荒唐《こうとう》無稽《むけい》な物は得られないだろう。

ロアは反射《リフレクト》魔法の魔法式を参考にしながら、自らの解釈で構築していく。慌てずゆっくりと、しかし大胆に。

思考に没頭していたロアには、それは長い時間に感じられた。

だが、実際にはわずかな時間だった。

ロアが目を開けると、掌の上には不格好ながら光る水晶片のような物が浮かんでいた。

〈……いや、できるとは思ったけどね。一発で作っちゃうんだね……〉

呆れたようなピョンちゃんの声が響いた。

「成功？」

〈成功だよ。光は何者にも壊せない。光で作られた壁は、不滅の盾になる。光魔法の防御壁、不滅の盾《アイギス》だね。まあその大きさじゃ何も防げないし、より強い魔力がぶつかれば壊れちゃうから本当は不滅じゃないけどね〉

しかも略式詠唱かー……と呟きながらピョンちゃんは、驚いている。

不滅の盾《アイギス》は光の魔法の中でも難しい魔法だ。使える人間は光の魔法の適性があっても、ほんの一握り。それをロアは、ただ作り出すだけでなく簡単な詠唱だけでやってのけたのだ。

ロアは無詠唱に慣れている。

これは以前いた冒険者パーティーの『暁《あかつき》の光《ひかり》』で魔法薬を作る時に、ブツブツと呟いて詠唱している姿が不気味だと殴られ、虐《しいた》げられたことに端《たん》を発《はっ》している。それ以来、ロアは滅多に詠唱はしない。やっても魔法名を唱えるだけの略式詠唱だ。

むしろ、詠唱することに苦手意識を持っているほどだ。

〈それじゃ、それを基に島の全体に……〉

「次は強度だね」

ピョンちゃんは、掌の大きさで成功したのだから、それを大型化して島全体に広げることを提案しようとした。

しかし、ロアはその声を遮って言う。実験はまだ終わっていない。

ロアは掌の上の光る水晶片を消し、大きく左右に腕を振った。

〈！！？〉

ピョンちゃんが息を呑んだ。

左右に振ったロアの腕の動きに合わせて、空中に八つの光の水晶片が現れたからだ。

すでに一度成功したこととはいえ、これほどまでにあっさり再現されるとは思ってもみなかった。

八つの光の水晶片は、全て別々の色に輝いていた。虹の七色と、透明《とうめい》だ。

ロアはそれを次々に指先で弾いていく。

「これが一番良さそうだ」

そう言って、ロアが選んだのは青緑色に輝いている物だった。

魔術師であれば、光の物質化が成功した時点で満足して次の段階に移っていただろう。

だが、ロアはピョンちゃんの言葉から、防御魔法を壁……つまり建築物を作る魔法だと捉えていた。建築物なら生産者の領域だ。当然、考え方もそれに準じる。

生産者は限られた状況でも、より良い物を作れる準備をするものだ。時間、予算、環境、様々な要因に配慮しながらも、試行錯誤《しこうさくご》して最高を目指す。

光を材料にして何かを作り出すなら、どういった変化を付けられるか？　まず、ロアはそのことを考えた。

そして、真っ先に思い付いたのが色だった。光の変化で最も身近なのが色だったからだ。

もし色を変えることで、作り出せる物に違いがあるなら、それを利用しない手はないだろう。

ロアは思い付いたことを実践するために八色の光を物質化し、指先で弾くことでその性質を比較したのだった。

「赤っぽい光の方が柔らかくて、青が濃くなるほど硬くなるんだね」

何気ないことのように言うが、大発見だ。

〈…………じゃあ、何で青緑が一番いいんだい？〉

それなりに魔法に精通しているつもりだったピョンちゃんの知識にも、光の魔法が色で性質を変えるなどというものはない。声も出せないくらいに驚いているが、それでも必死に疑問の声を絞り出す。

ロアは濃い青ほど硬いと言った。なのに一番良いと言ったのは青緑だ。その疑問は何としても解消しておきたかった。

「硬さと、粘《ねば》り強《づよ》さが釣り合ってるのが、青緑だからね。武器を作るとよく分かるけど、硬いだけじゃすぐに折れて使い物にならないんだよ。適度に曲がって、衝撃を吸収する方が壊れにくいんだ」

ロアは当然とばかりに言う。

いや、むしろ生産者の思考であれば、当然のことだから仕方がない。硬いだけの物質は、粘り強さに欠けていて強い衝撃を受けると破損する。逆に粘り強さだけあっても、硬さがなければ受け止めることができない。

そういった要素が釣り合っていてこそ、本当の意味で強い物質と言われるのだ。

そのことを考慮し、ロアが光の壁に適していると判断したのが、青緑色だった。

「本当はもっと色々試したいけど、今できるのはこれぐらいかな。……でも……」

ロアはこの時になって自分の欠点に気付いた。

自分の手の届く範囲なら、光の壁を作り出すことはできるだろう。だが、島全体となると範囲が広過ぎる。ロアは魔法を飛ばすのが苦手だし、ゆっくり広げて調整していくにしても、探知魔法を使いながら複雑な光の壁の魔法を扱える自信はない。

ならば。

「ヴァル、オレにも島の全体を見せて」

〈諾〉

ピョンちゃんの真似をすればいいと思い至る。

探知はヴァルに任せて、その結果だけ教えてもらえばいいのだ。その感覚を基にして、島全体を覆うように光の壁を張り巡らせればいい。

ロアの頭に、ヴァルの探知能力の結果が伝わってくる。まるで小型模型《ミニチュア》が目の前にあるような感覚。ロアの探知魔法とはまた違う感覚だが、思ったより素直に受け入れることができた。

それを基にロアは光の壁を作り出していく。

「……形は、丸屋根《ドーム》」

丸屋根《ドーム》は要するに半球形、教会の聖堂などによく利用されている建築様式だ。

教会で利用されがちなのは見た目を重視してのことだろうが、生産者視点だと災害に強い理想的な形の建築物と言われている。

半球形はどの角度からも風を受け流し、負荷のかかる突起物もない。柱がなくても支えられるほどに、負荷を全体に分散する。華奢《きゃしゃ》な見た目に反して、強い建築様式だ。

ただ、建築の難しさと、内部の壁が曲面しかないため家具が置けないという欠点がある。住居には利用しにくく、そのため滅多に建てられることがない。

しかし今、ロアが作ろうとしているのは覆うだけの守りの壁だ。理想的な形だと判断し、ロアは選んだ。

「……さすがに、これだけ大きいと難しいかな……全体を均等な厚みで同じ強度に仕上げるのは……」

〈ヴァルくんに補助させよう。均一化は魔道具の得意な分野だし、魔法式が直接見れるなら問題ないよね？　こんなに大きな魔法の補助だと、ヴァルくんの方はリフレクトみたいな負担の大きい魔法は使えなくなるかもしれないけど〉

その提案に頷き、ロアはヴァルに指示を出す。

「まだちょっと、きついかな」

ヴァルの補助を受けても難しいらしく、ロアは眉をきつく寄せた。

〈じゃあ、詠唱すれば？　適当な言葉で補助するだけでも少し楽になるよ？〉

弱音を吐いたロアに、すかさずピョンちゃんは提案した。決まった文言を唱えて魔法式の意図を明確化して反映させ、魔法を構築する『詠唱』。

詠唱の利点は発動する魔法が大きいほど多い。大魔法と言われる魔法が複数の魔法式の組み合わせで構成されるため、詠唱で明確化した方が容易く組み合わせられるからだ。

今、まさにロアが発動しようとしている島全体を覆う光の壁の魔法は、その条件に合っていた。

「……詠唱か……」

〈苦手みたいだよね？　でも、楽になるよ〉

そう言われても、ロアは本当に慣れていない。略式がやっとだ。

普通の魔術師であれば、ある程度の定型文のような詠唱を習っているし、独自に組み立てた魔法式には必ず対応する詠唱を作る癖が付いている。そういった基礎も、ロアにはない。

グリおじさんでさえ、大魔法を使う時は詠唱をしてるよなぁ……と、考えたところで、ロアはあることを思い付いた。

「グリおじさんって、鳴き声でも詠唱してるよね？」

〈そうだね。人間の言葉で詠唱する時に、補助で使ってるみたいだね。それほど強い効果はないみたいだけど〉

魔獣であるグリおじさんも人間の言葉で詠唱する。

本来、詠唱は人間独自のもので、魔獣は詠唱しない。魔獣は本能で魔法を使うのだ。

しかし、人語を理解するようになった高位の魔獣は、詠唱することでさらに複雑で大きな魔法を使えるようになる。

それに加えて、グリおじさんは自分の本来の声である、鳴き声でも詠唱していた。ロアはそれを思い出したのだった。

「ひょっとして、言葉じゃなくても詠唱はできる？」

〈言葉ほどの効果があるとは思えないけど、一応ね〉

ロアは考える。ならば、こういった詠唱も可能じゃないかと、ゆっくりと右手を振り上げた。

そして、指先で空中に大きな半円形を描いた。

「……いけるね」

ロアは満面の笑みを浮かべた。

〈何をしたのかな？〉

ピョンちゃんはロアに問い掛ける。ロアが空中に半円形を描いた瞬間に、ピョンちゃんは明らかに魔法の発動が円滑《えんかつ》になったのを感じ取っていた。

「図形を描いてみたんだ。鳴き声でも詠唱になるなら、身振り手振りでも詠唱になるかもって思って」

〈何だって？〉

ピョンちゃんの困惑した声が響く。そんな話は聞いたことがない。だが、実際に、ロアの魔法の発動は楽になっているようだった。

ピョンちゃんは自身が魔獣であるのに、詠唱という言葉に囚《とら》われていたのかと悔やんだ。言葉が話せない魔獣でも、身体の一部を動かすことで魔法を使う者がいる。考えてみればあれも、広い意味では詠唱なのだろう。それを何度となく目にしていたのに、ロアのように自身が身振りで詠唱するという発想に至っていなかった。

〈……チッ〉

ピョンちゃんは悔しさを隠し切れず、舌打ちをした。

ロアは空中に今作ろうとしている壁の図形を描くことで、詠唱に代えた。要するに、建築のための図面である。

何かを作り出す意図を反映させるのに、これほど適切な物はない。

ロアは人差し指を突き出し、空中により緻密な図面を描いていく。図面書きなど大工から聞きかじった程度の知識しかないが、それでも今は十分だった。誰かに見せるわけでもない、ただ自分の頭の中で思い描いている物を再確認するための図面なのだから。

ロアの指先が宙を舞う。

その度に、グリおじさんが洞窟に開けた穴から青緑色の光が差し込んで来た。島の外側で、光の壁が作り出されていっている光だ。

その光は木漏《こも》れ日《び》のように爽《さわ》やかで、荒廃《こうはい》した雰囲気の洞窟内を鮮やかに照らし出していく。

そしてロアの指が止まると、島全体を覆う光の丸屋根《ドーム》が完成していた。

今いる洞窟内からは見ることはできないが、ロアとピョンちゃんはその存在を感じていた。

〈おめでとう！　島全体を覆う、光魔法の防御壁、不滅の盾《アイギス》の完成だよ。さすがだね！〉

ヤケクソ気味にピョンちゃんは声を弾ませる。ロアはその声を聞いて、そっと息を吐いた。

〈これでもう脅威《きょうい》は……〉

「じゃあ、次は補強だね！」

またもや、ピョンちゃんの声は遮られた。ロアの中では、まだこの防御の魔法作りは終わっていない。

〈何を……〉

「正三角形？　正四角形じゃ球形を作るのは難しいし……」

ロアはまだ納得していない。すぐさま次の作業に取り掛かる。

ロアの頭からは、すでにこの魔法が一時的なものという考えは消えていた。

最初にピョンちゃんの言葉から連想して、ロアはこの防御の魔法を建築物だと考えた。ならば、災害に強く、できるだけ長く建ち続ける物にしないといけない。それが、建築する者に対して課せられている責任だ。可能な限り全力を尽くす。

ロアの知識では、丸屋根《ドーム》を手作業で作る時は、支えとなる骨組みを作ってから石を組み、互いの重量が影響し合うことで支え合う構造にしていく。それは曲線梁《アーチ》などと同じだ。

だが、今の状況はそれには当てはまらない。手作業からは完全に逸脱《いつだつ》している。

今の状況は、建材すら魔法に置き換えられた、魔法建築だろう。

魔法建築で作る場合は、まず一気に外壁を作って全体の形を整える。そこからしっかりとした支えの柱を組み合わせて補強をしていく。支えを入れれば強度も増すし、どこか一点に穴が開いた時に一気に崩れ落ちることもなくなる。

手順的には手作りと逆だが、そこは後からでも手を加え微調整できる魔法建築ならではの作業手順だろう。ロアはその建築方法に沿うように光の壁を作っていた。

つまり、まだまだ作業途中なのだ。

それに試してみたい思い付きも、たくさん残っていた。

補強はできるだけ隙間がなく、互いに支え合うように配置するのが理想だ。一点に負荷がかかっても、他の部分が肩代わりできる。

面をしっかり埋め尽くせる支えの形は、正三角形、正四角形、正六角形。それ以外の形になると、どこかに隙間が出来る。隙間が出来れば脆くなる。

ただ、半球形に沿って正四角形を当てはめるのはかなり難しいだろう。その点、正三角形と正六角形なら角度を付けていけば、何とか球形に近い形にできる。支えとしては十分だ。

ロアは正三角形を組み合わせた梁《はり》を使おうと考えた。だが、ふと思い立って、正六角形に変更する。

思い浮かべたのは蜂《はち》の巣《す》。

自然界で利用されているなら、ロアが知らない利点があるのかもしれない。そう思い立って、正六角形の支えを作ることにした。あくまで直感だ。

ロアは指先で空中に正六角形を描く。

ゆっくりと、半球形に沿うように正六角形の光の柱を配置していく。

配置しながら考える。支えだけだと、歪みが出た時に大丈夫なのか？　と。歪みが出れば支えの位置もずれてしまい、強度が落ちかねない。

その不安を解消するために、即その対策をする。

歪みが出にくいように、正六角形の支えの内側にさらに光の壁を作り、挟み込むようにした。面で挟み込むことで、歪みが出にくくなる。

しかし、ここまで大量の光の壁を作ると、維持するための魔力が足りなくならないだろうか？

…………反射魔法《リフレクト》の魔法式は、攻撃の衝撃を魔力に変換して一度吸収していた。それを利用すればいい。

ここはちょうど海の上。

島には常に海風が吹き付けている。その力を、常に魔力に変換できれば、維持するための魔力も確保できるだろう。複雑な魔法で、最初に作るのには大量の魔力が必要だろうが、その後は魔力を送る必要はなくなる。

もちろん、魔法で攻撃などが加えられたら、その魔力も利用できるようにする。

〈…………あり得ないよね、これ〉

呆然と、ピョンちゃんは呟いた。声だけのため分からないが、この場にいれば口を開けて出来上がっていく魔法の壁を見上げていたところだろう。

しばらくの間、魔法筒の攻撃に耐えるための壁を作るだけだったはずだ。

だが、ロアの頭の中では、その目的が完全にすり替わってしまっているようだ。

ロアはその行為そのものに酔《よ》っているように、頬を上気させて笑みを浮かべながらひたすら作業を続けていた。

〈完全に、過剰性能《オーバースペック》なんだけど？　いったい何からこの島を守るつもりなの？　ドラゴンブレス？〉

すでに最初の半球形の光の壁が完成した時点で、魔法筒の攻撃など余裕で防げるだけの性能があった。そこから先は、完全に過剰だ。ピョンちゃんは出来上がろうとしている物を見て、恐怖すら感じた。

ロアは防御魔法を使いこなしている。それも、どんな熟練者よりも的確に。

最初に躊躇していたのが嘘のようだ。

しかも、魔道石像《ガーゴイル》の反射魔法《リフレクト》の魔法式すら、当然のように改良して使っていた。さらには、ガーゴイル《ヴァル》の能力を補助の道具として使いこなしていた。年齢相応に経験を積んでいるピョンちゃんですら、そんなことはできない。

〈ロアくん、もう、そのへんで十分だから！　もうやめようか？　グリおじさんの魔力が尽きちゃうよ？〉

ピョンちゃんは呼びかけるが、ロアは反応しない。

ロアは笑みを浮かべ、空中に図面を引いていく。もう、周りが見えていない。声も聞こえていない。

〈ロアく～ん！　ロアくん!!　……ダメか。まあ、仕方ないね。まったく、魔術師も錬金術師も、魔法に関わる人間はすぐに周りが見えなくなる変わり者ばかりなんだから。常識的なボクには付いていけないよ……〉

ピョンちゃんは大きくため息を漏らした。ロアの暴走状態は止められそうにない。ならば、放置するしかないだろう。ピョンちゃんはスッパリと諦めた。

幸いなことに、一番重要な光の壁は完成している。

今ロアが必死にやっているのは、より強くするための補強と、何やらとんでもない補助機能だ。今すぐに魔法筒で魔法を打ち込まれたとしても、まったく問題ない。

〈それよりも。苦労人さん？〉

「……何だ？　その呼び方はやめてくれ」

ピョンちゃんはクリストフに声を掛けた。

クリストフはこの場から移動しようとしていた。ピョンちゃんはそれに気付き、呼び止めたのだ。

〈来るね〉

「そうだな。リフレクトは無理なんだろ？」

〈そうだね〉

交わした言葉はそれだけだ。だが、互いにその意図は分かっている。

ピョンちゃんはヴァルの探知能力を通して島全体が見えている。クリストフもまた、自身の探知魔法で狭い範囲ながらも島の状況が分かっていた。

島の中にはまだアダドの軍人たちが多数残っている。

グリおじさんの暴走で一度は島に散らばって隠れていたが、それがまた集結し、ここに襲って来ようとしていた。

アダドの皇子がロアに風の魔法で聞かせた言葉は、島のほぼ全域に響いていた。それを聞いて島が破壊されることを知った軍人たちは、自分たちも一緒に殺されると悟《さと》った。

そしてしばらく考えた末、魔法筒で攻撃されるよりも先にロアを殺してしまおうと結論を出した。ロアを殺せば、島を攻撃される理由がなくなる。自分たちの命も助かることになる。

その希望に、彼らは賭けたのだった。

正常に思考できていたなら、ロアを殺した後にどうやって船に連絡するのかとか、殺したと伝えたところでそれを信じてくれるだろうかとか、そういった矛盾《むじゅん》に気付いたはずだ。

だが、死に直面した人間に理屈は通じない。彼らがそうするしか助かる道がないと考えれば、彼らの中でそれは真実になる。

幾度となく戦場に出たことのあるクリストフは、敵がそういった理不尽《りふじん》な思い込みで行動するのを何度も目にしていた。だからこそ、彼らの動きの意図を察した。

今、ヴァルはロアの魔法の補助をしている。その状態では、複雑な魔法である反射魔法《リフレクト》は使えない。周りが見えていないロアは無防備だ。

ロアとピョンちゃんの会話からそのことを知ったクリストフは、自ら襲撃者たちを排除しに行くつもりだった。

〈そのナマクラ剣じゃ、大して戦えないでしょ？　ヴァルに指示して剣を出してもらうといいよ。光の壁の応用の、よく切れて切れ味の落ちない魔法の剣だから〉

「そんなのがあるのか？」

クリストフが今持っているのは、アダドの軍人から奪った剣だ。普通の剣で、良くも悪くもない。これから何十人と相手をしないといけないのだ。良い武器が手に入るなら、その方が良い。

〈ガーゴイルは元々、拠点防衛と兵士の補助のためにいるからね。武器を失った兵士に武器を貸し出すのも役目なんだ。そのための貸与の契約だよ？　ロアくんの作業には影響ない程度の物だから安心して〉

魔道石像《ガーゴイル》のヴァルとクリストフの契約は、貸与契約だ。

クリストフは何を貸してもらえる契約なのかと不思議に思っていたが、武器だったらしい。

「……ヴァル。オレに剣を」

〈諾。有効範囲は百メートル。盾との切り替えも可能〉

淡々《たんたん》とした声が聞こえ、クリストフの手に光が集まった。それは次第に形になり、全体が水晶で出来たような淡い黄色をした透き通る長剣となった。

「少し軽いな」

〈既製品みたいな物だから仕方ないね。がんばって！〉

ピョンちゃんの無責任な応援に苦々しく唇を曲げてから、クリストフは剣を振った。水晶のような質感に反して、手にしっかり馴染み、滑り抜けたりはしない。

「ヴァルから百メートルの範囲か。あまり離れられないな。この洞窟の中で迎え撃つしないか」

剣を固く握り締め、クリストフは敵が集まってくる方向を睨みつけた。


ネレウスの艦隊とアダドの艦隊は、再び交戦状態に入っていた。

離れての互いに様子見だった状態を終わらせ、アダドの艦隊に真っ先に切り込んでいったのは、サバス船長の海賊船だ。

サバス船長が提案してネレウスの軍人たちに承認された作戦は、海賊の常套《じょうとう》手段。高速で一気に攻め込んで翻弄するというものだ。サバス船長自らが指揮する海賊船ほどそれに適した船はなかった。

戦局はサバス船長の予想通りに進んでいた。

アダドの軍船から放たれていた魔法は、海賊船が高速で突っ込んでいけば狙いを付けられず、まったく当たらなくなった。

たまに当たる魔法はあるものの、それは魔法筒ではなく魔術師が放ったもので、威力は低かった。そうなれば対処は可能だ。魔法筒が無力なら、いつも通りの戦闘に過ぎない。

むしろアダドの船が魔法筒に拘《こだわ》り使用してくれるおかげで戦いやすいほどだった。

アダドの軍船に接近した後は、海賊たちの独壇場《どくだんじょう》だ。

カギ付きのロープを投げつけ船体に引っ掛け、一気に引き寄せて互いの船を密着させる。船と船の間が狭《せば》まったことで、同士討ちを恐れた他の船からの魔法攻撃も止まった。

そこからは海賊の本領、移乗攻撃だ。

マストに括《くく》りつけられたロープを伝い、次々に海賊たちが飛び移っていく。あっという間に飛び移られたアダドの船には、剣同士がぶつかり合う金属音が満ちた。

仲間を救おうと他のアダドの船が近づけば、海賊たちは近づいた船にも移乗して攻撃を仕掛けて戦場を拡大していった。

アダドの艦隊は対処に困っているようだ。それはそうだろう、国同士の威信《いしん》をかけた艦隊戦が始まると思っていたら、海賊との戦闘になってしまったのだから。

海賊船だけではなく、ネレウスの軍船もその戦闘に加わっていった。もちろん、海賊たちと同じ戦法だ。

味方である海賊たちがアダドの船に移乗してしまっているので、今更別の戦法を取ることはできない。次々とネレウスの軍人たちも、アダドの船に飛び移って戦いを始める。

さすがは海賊たちが作った国だけあって、軍人たちも海賊の戦法を心得ている。経験はなくとも、知識からの再現は可能だ。本家本元の海賊たちから見れば稚拙《ちせつ》だろうが、ネレウスの軍人たちもアダドの船が脅威に感じるだけの動きを見せた。

ロープで引き寄せられ、移乗され、舵《かじ》を奪われ、他の船にぶつけられ……気付けば船同士も艦隊戦にあるまじき密集具合となっている。

まさに混戦。完全に艦隊戦などと呼べる状況ではない。

その混戦の中には、当然のように剣聖の姿もあった。

一隻のアダドの船の甲板に立つ剣聖の周囲は、敵だらけ。アダドの軍人たちに囲まれていた。しかしそれは剣聖自らが望んだ状況だ。

剣聖はグリおじさんと戦い負けた鬱憤がまだ溜まっており、憂さ晴らしとばかりにこの戦いで暴れ回ることを希望した。剣聖であれば、一人で一隻を制圧することも可能だ。むしろ、その場に味方が交ざってしまうと動きが鈍る。

見知った顔ばかりなら絶対にそんなことはないだろうが、剣聖がサバス船長の船に乗るのは初めてのことであり、乗員の顔など見分けがつかない。ついうっかり一緒に戦う味方を傷付けてしまうことを考えれば、彼一人が敵船に乗り込んで戦う方が気が楽だったのである。

剣聖は群《むら》がる敵を相手取りながら、剣で斬り倒していく。

混戦では深く斬り付けて相手を倒し切るよりも、自身の動きを止めないことが重要だ。そのため、剣聖の太刀筋は浅く軽く、動きは踊《おど》るようだった。

剣聖に浅く斬り付けられ一度倒れたアダドの軍人たちは、まだ動けるにもかかわらず二度と戦いの輪に入ろうとしない。

剣で受けることすらできない予想外の角度からの斬撃。もう一度戦って、もしそれが急所に飛んできたら……。そう考えると、剣聖の間合いに入れなくなってしまう。

剣聖は敵の身体を殺すのではなく、戦う心を殺して身動きを取れなくしていっているのだった。

戦争において厄介なのは、死人よりケガ人。

それも、心の折れたケガ人ほど厄介なものはない。その姿を見た他の者どもの士気にも影響があるし、ケガ人は戦えないにもかかわらず物資を消費する。結果的に死人よりも大きな損害を与えられるのだ。

また、生きたまま捕らえれば敵国に身代金《みのしろきん》を請求できるとあって、海賊船には良い報酬になる。払われるかどうかは敵国次第だが、払わなければ他の国々から侮《あなど》られるとあって、軍人の身代金を渋る国は少ない。

剣聖はサバス船長の海賊船に乗せてもらった手前、報酬のことも気に掛けて戦っていた。

「お義爺様！」

囲まれながらも敵を斬り倒していく剣聖に、聞き慣れた声がかかる。剣聖は視界の端でその姿を確認すると、戦いながらもわずかに口元を緩めた。

「エミーリアか！　作戦は順調のようだな！」

エミーリアはサバス船長から作戦を授けられた後、報告と相談のためにネレウス艦隊の旗艦に戻っていた。

その後も旗艦に乗って戦っていたはずだが、いつの間にか移動していたようだ。すぐ近くで同様に戦っている船があることから、そちらの船から剣聖の姿を見つけ飛び移ってきたのだろう。

並の人間では不可能な距離だが、妹のコルネリアと同じく身体強化を得意としているエミーリアであれば飛び移れない距離ではなかった。

「作戦……と呼べる状況かは微妙なところですが、順調です。お手伝いしても？」

「かまわん！　共闘は久しぶりだな!!」

剣聖の顔は、返り血に塗《まみ》れている。紙一重で敵の攻撃を避けているのか、衣服の至る所が裂《さ》けていた。

まるで、血に飢えた獣のようだ。しかし、その目が義孫娘《エミーリア》に向いた途端に、優しく細められる。

剣聖を取り囲んでいた敵たちは突然現れたエミーリアに戸惑いを見せ、剣を向けながらも退《しりぞ》いて道を作ってしまった。彼女のことを剣聖と同じく強敵であると一目で理解した結果だろう。アダドの軍人たちの顔には絶望の色が浮かんだ。

「共に戦うのはいつ以来か!?　楽しいな！」

剣聖は怯《ひる》んだ敵を容赦《ようしゃ》なく斬り捨てる。

「はい！」

エミーリアはゆっくりと剣聖の下へと歩いていく。その気迫に押され周囲の敵は後ずさり、あっさりと彼女と剣聖の合流を許した。

彼女は返り血で汚れた様子もなく、美しいままだ。血塗れの剣聖とは対照的だった。

二人が並んだことで攻めづらくなり、敵のアダド軍人たちの動きが止まる。遠巻きに二人を囲む状態となった。

「何をしておるか！　敵は二人だ！　殺せ!!」

離れた場所から檄《げき》が飛ぶ。この船の指揮官だ。軍人たちに守られ、安全な場所から吠《ほ》えている。

「……あれは？」

「叫ぶしかできんゴミだ。剣を合わせる価値もない。気概のある連中を片付けた後で、首根っこを捕まえて海に放り込んでやろうと考えていた」

「そうですか。では、私も首を落とすのはやめましょう」

一瞬だけエミーリアが視線を向けると、指揮官は身をすくませた。

その様子に、ネレウスの軍人であればあり得ないことだと、エミーリアはため息を漏らした。

剣聖を取り囲んでいた軍人たちはエミーリアが合流したことで怯んだものの、なおもその包囲を解こうとはしない。じりじりと、一度は開けてしまった道を閉じ、緩んだ包囲を狭めて二人に斬り込む切っ掛けを掴もうとしている。

彼らが剣聖の言う気概のある連中なのだろう。エミーリアは嬉しそうに自分たちを取り囲む者たちに視線を這わせていく。

「お義爺様。私は伝えたいことがあり、こちらに来ました」

不意に、エミーリアが呟いた。周囲の軍人たちに聞こえるかどうかの小さな声だが、剣聖は反応を示す。

「なんだ？　獲物を譲れという命令なら聞かんぞ？」

「まさか。そのような無粋《ぶすい》なことを言うはずがありません」

剣聖とエミーリアの視線は周囲に向けられたままだ。だが、互いの表情まで読み取れそうなほどに、二人の感覚は研ぎ澄まされていた。

「まず、今朝までの態度を謝罪します」

「………なんだ？　突然？」

思わず、剣聖がエミーリアの方に振り向く。

その隙を狙って軍人の一人が斬り込んできたが、剣聖はそちらを見ることもなくそれを剣で受ける。流れるような動作で、続けざまにその軍人の腹を蹴った。

軍人はあっさりと船の縁《へり》まで飛ばされ、積んであった樽《たる》に背を打ち付けると気絶する。その様子を見て、追撃を加えようとしていた周囲の軍人たちの動きがまた止まった。

「私は、ディートリヒに惚れ薬を飲まされました。今朝までその効果が続いていました」

「惚れ薬だと？　ディートリヒがか？」

惚れ薬という不穏な単語に、剣聖は眉をひそめる。精神操作系の魔法薬は、禁忌《きんき》だ。

「あのグリフォンの指示です。お義爺様があのグリフォンに斬られ意識を失われた後、私は逆上してディートリヒとグリフォンを襲い、返り討ちに遭いました。その時に、薄れる意識の中でディートリヒが、あのグリフォンと話しているのを聞いたのです」

「ああ……」

剣聖の表情が暗く、淀《よど》む。グリおじさんに腕を斬られたことは剣聖の思い出したくない過去である。……と言っても、まだ昨日のことだが。

「信じられないことですが、あのグリフォンは言葉を話していました。そして、当たり前のようにディートリヒと会話をしていました。私は薄れる意識の中の幻聴《げんちょう》と考え、ぼんやりとそれを聞いていました」

「……」

なんと返していいのか、剣聖は分からない。

エミーリアが聞いたグリフォンの声というのは、間違いなく事実だ。女王からあの錬金術師の少年が無意識でやっている魔法だと聞いていたし、実際、剣聖もグリおじさんと会話をしている。

先日まではエミーリアには聞こえていなかったはずだが、いつの間にか聞こえるようになっていたのだろう。

だが、それをどう説明していいものなのか、彼には判断がつかなかった。

「すると、お義爺様の腕を斬り落とし、超位の治癒魔法薬で治療して経過を観察するという意味不明な計画と、私に惚れ薬を飲ませお義爺様に惚れさせる、またもや理解できない計画が聞こえてきました。それで、私は完全に幻聴であると判断しました」

確かに、そんな計画が聞こえてくれば、薄れる意識が聞かせた幻聴、悪い夢だと思うだろう。

「そのすぐ後に、私は自分の口に何かが流し込まれるのを感じました。私はこれも幻覚だと思い、受け入れることにしました。私の望みが聞かせた幻聴、感じさせた幻覚なのだから、受け入れるべきだと」

「望み？」

剣聖の問い掛けに合わせるように、複数の弓矢が飛んでくる。剣聖とエミーリアはそれをあっさりと剣で払い落とした。

味方が取り囲んでいる状態で矢を掛けるなど、普通はしない。同士討ちの危険があるからだ。だが、あの指揮官はそれを指示したようだ。

弓が飛んできたことで、取り囲んでいる軍人たちはさらに二人から距離を空ける。軍人たちも飛んできた味方の弓でケガを負ってはたまったものではない。

これでアダドの軍人たちは余計に、二人に斬りかかれなくなってしまった。指揮官の失策だ。

「私は幼い頃よりお義爺様に憧れていました。ずっと焦《こ》がれていたのです。しかし、お義爺様は師匠であり、今となっては養子にしてもらい義理の祖父です。思いを向ける相手ではないと考え、気持ちを封印してきたのです。その思いが……望みが聞かせた幻聴であったと考えたのです。惚れ薬であるなら。惚れ薬のせいにしてしまえば、どのような相手であっても素直に思いを伝えられる……拒絶されても、薬のせいにして元通りにできると」

「そ、そうか！　では、エミーリアはワシに!!　いや、師匠でも義理の祖父でもかまわんと思うぞ！　人の心は自由なのだからな!!」

思いもよらぬ告白に、剣聖の頬が緩む。会話が聞こえ、彼を知る誰かが見ていたらこう言っていただろう。「スケベジジイ」と。

「そして目を覚ました時、私の心は今まで感じたことのない感情に満たされていました。まるで突き動かされるように、その感情に操られ、今朝までの失態を見せてしまいました。本当に、申し訳ありません」

「いや、気にするな！　ワシも、その、嬉しかったぞ！　勇《いさ》ましいエミーリアがあのように甘えてくれるのは、本当に嬉しかった！」

戦場でする会話ではない。しかし、二人の強さがそれを許していた。

「いえ、今考えても失態です。私は女王陛下《へいか》の近衛騎士です。毒物、特に精神を支配するような魔法や魔法薬には高い耐性を付けています。幻覚だと思っていたとはいえ、私自身が受け入れなければあのような薬に操られることはありませんでした。ご迷惑をおかけしました」

「気に病むことはないぞ！　なに、エミーリアがその気なら、養子を解消して……」

剣聖は鼻の穴を膨らませてエミーリアと視線を合わせようとした。だが、彼女の視線は剣聖には向いていなかった。涼《すず》やかで冷たい視線は、敵の軍人たちを捉えている。

剣聖の動きを隙と捉えたのか、コソコソと陰に隠れていた魔術師が魔法を放とうとしたが、その前に額に何かが当たり気絶する。

エミーリアが投げた小石だ。彼女は語りつつも警戒は怠《おこた》っていなかった。

「もう二度とその件でお義爺様を煩《わずら》わせることはありません」

「そんなに気にしなくても良いと思うぞ？　受け入れることも……」

「私は気付いたのです！」

エミーリアが叫んだ。突然の大声に、船に乗っていた軍人たちが一斉にビクリと身を震わせる。

「私は、お義爺様そのものに憧れていたわけではなかったと!!」

「…………はあ？」

あまりの告白に、剣聖が間の抜けた声を上げた。

剣聖に明らかな隙が出来てしまったが、周囲の軍人たちも突然のエミーリアの叫びで呆気に取られてしまい、誰も攻撃を仕掛けることはできなかった。

「惚れ薬を飲まされて感じた感情と、私がそれまで感じていたものは、まったく、そう、まったく違っていました！　恋愛感情ではなかったのです！　確かに私はお義爺様に憧れていましたが、それはお義爺様自身に憧れていたのではなく、お義爺様の生き方に憧れていたのです！　私は……」

自らの気付きに興奮しているのか、エミーリアの声は次第に大きくなっていく。その声はもう、船上にいる全ての人間に届いていた。

剣聖も、軍人たちもエミーリアの発言がどう続くのか気になって、息を呑む。

「私はお義爺様のように強さを示し、そして、たくさんの可愛く美しい女性に愛されたかったのです！」

「…………」

剣聖は、混乱した。そして、周りの軍人たちも混乱した。

ここは、戦場である。しかも敵に取り囲まれている状況だ。その中でする発言ではない。

後々、あれは動揺させるための精神攻撃の一種であったのではないかと議論されたほど、敵の軍人たちは見事にこの発言で混乱した。

「私は誤解していました。それは私が女だからでしょう。生き様に憧れ、お義爺様になり替わりたいと感じていたのを、恋愛感情だと勘違いしていたのです！　お義爺様自身のことは、大して好きではなかったようです。私は自分の感情すら理解できていない愚《おろ》か者《もの》でした！　申し訳ありませんでした。そう、私はディートリヒが嫌いです!!」

「突然何を!?」

いきなり出てきたディートリヒの名に、剣聖は混乱状態から現実に引き戻される。その気になりつつあったのに、「別に好きじゃなかった宣言」をされて若干、涙目だ。

「あいつは、成長と共にお義爺様に似ていった！　私がなりたかったものに、あいつは日々近づいていったのです！　それが私には許せなかった！　しかも私の、私が育て上げた可愛い可愛いコルネリア《コーニー》まで連れ去って！　許せるわけないじゃないですか！　死ねばいいのに、あのボンクラっ!!」

そこまで叫んで、エミーリアは急に真顔になった。

「ああ、近親の禁忌は侵すつもりはないのでご安心を。コーニーは観賞用です」

剣聖に振り向き、それだけ言うとまた周囲に視線を向ける。

だが、エミーリアが向けた視線の先には、形だけは剣をかまえているものの、誰一人として斬りかかろうとしている者はいなかった。

皆、呆然としていた。少し前まで味方が近くにいるのに矢を射かけてまで殺そうとしていた指揮官まで、毒気を抜かれたように立ち尽くしていた。

「何をしているのですか？　戦いの最中ですよ？　かかってきなさい」

エミーリアがそう言っても、誰も動こうとしない。

「え？　女？」などと今更どうでもいい部分で悩んでいる者までいる。エミーリアの外見があまりに美丈夫《びじょうふ》なため、男と思い込んでいたのだろう。

その中で、真っ先に復活した者がいた。

「……貴様ら！　かかってこい！　全員、斬り捨ててやる！」

そう、剣聖である。まるでエミーリアの言葉をなかったことにするように、無理やり状況を仕切り直そうとした。自分の勘違いを誤魔化すために、大声を出したのがバレバレだ。どこか涙声のように感じたのは気のせいだろう。

剣聖は叫ぶと同時に殺気を放つ。

肌を焼くような鋭い殺気に、軍人たちは混乱から復活すると同時に恐怖に支配される。あまりの気迫に、すでに混乱で士気が下がりまくっていた軍人たちの心が折れた。

カランと、金属が転がる音がする。一人の軍人が剣を床へと手放した音だ。

それを切っ掛けに、至る所から同様の音が聞こえた。気付けば全員が武器を捨てていた。

エミーリアは、わけが分からないとばかりに周囲を見渡す。まさか自分の発言がそこまでの影響を与えていたとはまったく気が付いていない。剣聖に朝までの失態を謝罪をしなくてはという気持ちに駆られて話したものの、雑談の範囲を出ていないつもりだった。

実のところ、彼女にはまだ惚れ薬の影響が残っていた。それは残滓《ざんし》のようなものだが、彼女の感情の振れ幅を大きくしていた。そのため大声を出したり言わなくても良いことまで言ってしまったりしたのだが、それすら本人は気付いていない。

何も気付かないまま、「さすがはお義爺様、凄まじい気迫だ」と感心し、全ては剣聖の手柄だと褒めたたえるために目を向けた。

そして、不思議なものに気が付いた。

「お義爺様。それはどうされたのですか？」

エミーリアの視線は、剣聖の腕へと向けられていた。

「何だ？」

「光ってますね？」

シャツの一部が破れ、その内側から光が漏れている。

剣聖は首を傾げる。敵の剣が引っ掛かってシャツが破れた記憶はあるが、そこに光るような何かが入り込んだ記憶はない。それに、中に何か入っているような違和感もなかった。

剣聖がその破れ目を広げ中を確認すると、そこにはあったのは剣聖の屈辱の証。グリおじさんが前足で付けた下僕紋だ。

火傷の痕に過ぎないはずのそれは、淡い光を放っていたのだった。


〈かわいそうだよね〉

〈おもしろいよね〉

双子の魔狼《ルーとフィー》は今感じた状況の感想を口々に言う。

〈ついらくの恋？〉

〈だらくの恋ってやつ？〉

「ブハッ！　……それ、多分、老《お》いらくの恋ってやつだね！　どっちも合ってる気がするけど。剣聖様、撃沈《げきちん》！　かわいそー！　ハハハッ」

双子の会話を聞きながら、カールハインツは腹を抱えて転げ回っていた。

双子の魔狼《ルーとフィー》たちが今いるのは、船の上だ。

ロアのいる島へ向かうべく、カールハインツが漁業ギルドから借り受けてきたものだった。

海難事故が起こった時に真っ先に駆け付けるべく準備されていた、小型で小回りが利き、高速移動できる優れものの船だった。

ただし扱いは難しく魔法による航行のため、魔法に長けた専属の船頭《せんどう》が必要になる。今もその船頭は一段高くなった操船台から、カールハインツを不気味なものを見る目で見ていた。

双子の声が聞こえない彼にしてみれば、カールハインツは一人で笑い転げて騒いでいる不気味な男でしかない。

船には双子とカールハインツの他に、コルネリアとベルンハルトが乗り込んでいる。ディートリヒは漁港に放置だ。今も楽しくケンカをしていることだろう。

〈あ、剣聖が別の船にうつって暴れだしたよ〉

〈なんかヤケになってるみたい?〉

この船に乗り込んでロアのいる島に向かい始めた辺りで、双子に不思議な現象が起こっていた。

遠くにいるはずの剣聖が何をしているのか分かるようになったのだ。それと共に、多くの魔力が双子に流れ始めた。

〈強いね。たくさん、魔力が流れてくる〉

〈やっぱり、心を折るだけで魔力が集まるね？　おじちゃんの下僕紋すごいね〉

〈だねー！〉

双子の直感を頼りに推測したところ、原因は剣聖の腕に刻み込まれたグリおじさんの足跡にあるようだった。それが双子の付けた下僕紋と同じ機能を……いや、それ以上の機能を果たし、剣聖が倒した相手から魔力を集め続けているのだ。

下僕紋は群れを作る魔獣特有の、種族に由来する能力だ。

群れを作らないグリフォンであるグリおじさんの足跡は、下僕紋にはならない。ただの足跡型の火傷痕で終わるはずだった。

だがそこにグリおじさんと同じくロアを主とし、間接的に繋がっている双子《ルーとフィー》の魔狼の存在が影響を与えてしまった。グリおじさんの付けた足跡は下僕紋として機能し、グリおじさんではなく双子に魔力を送り始めたのである。

しかも魔力の多いグリおじさんの影響か、双子が付けた物より遥かに高い効果をもたらした。

下僕紋は支配の証。力の象徴《しょうちょう》。

より強い力を示せば、より効果が高まる。

さらに、大量の魔力を保有することもまた、魔獣の力の象徴だ。強い魔力を持つグリおじさんの付けた下僕紋が、双子よりも高い効果を持つのは当然だと考えられた。

グリおじさんの下僕紋は、武器などを使って間接的に付けた傷でも簡易の下僕紋として機能した。

それどころか、下僕紋を持つ剣聖が直接的に手を下さなくても、相手が剣聖の強さに心を折られ、従う意思を示した段階で魔力を搾取することが可能だったのである。

剣聖が戦い、それを見た人間が敵わないと思えば、それだけで簡易の下僕になる。敵味方も関係ない。

つまりは、心の傷ですら下僕紋として機能させることができるのだ。

しかも下僕の行動を感じられ、監視できるオマケ付きだ。これもまた、群れとしては有益な能力だろう。

これらはあくまで双子の推測によるものだが、大きく間違ってはいないだろう。実際に、それを裏付けするような恩恵を双子にもたらしている。

双子は未来の自分たちもこの力を得られると考えて、歓喜した。

そして、機嫌が良くなった双子は船が進む間の暇潰しとして、人間たちに遠くで繰り広げられている戦いを実況して聞かせていたのだった。

最初は剣聖の勇ましい戦いの実況だった。戦況が気になるカールハインツたちは、手に汗を握りながら耳を傾けていた。

だが、コルネリア《エミーリア》の姉が現れた時点で内容が怪しくなってきた。

段々と喜劇《きげき》の様相を持ち始め、エミーリアの告白辺りでカールハインツは腹を抱えて笑い出し、コルネリアは頭を抱えて俯《うつむ》いてしまった。今も「観賞用……」と小さく呟きながら頭を上げようとしない。

唯一、ベルンハルトだけが冷静だ。あまり興味がないらしい。

剣聖もまさか、こんな風に自分の失態を監視され、しかも他人に語られているなどとは思ってもいないだろう。

〈剣聖すごい、二つ目、制圧！〉

〈ヤケクソすごい!!〉

剣聖が少し戦うだけで、周囲にいる敵たちはその強さに絶望する。それと同時に、双子に流れ込む魔力が増える。人格的には色々と問題があるのかもしれないが、剣聖の実力は本物だ。

双子は興奮しながら、剣聖の様子を見守っていた。

グリおじさんの下僕紋を通してという、かなり変則的な形だが、実力者を下僕に迎えられ双子は満足だ。剣聖の人格がどうであろうと関係ない。

義孫娘に欲情して良い関係になろうとした性的破綻者《はたんしゃ》であっても、問題とすら思っていない。そもそも魔獣に年齢はあまり関係ない。幼子相手ならともかく、何百年という年齢差の番《つがい》も存在するのだ。気にするわけがない。

双子の、そして最終的にロアの役に立つことだけが正義だった。

〈あれ？〉

〈ん？〉

不意に、双子の魔狼《ルーとフィー》が小さく声を上げ、首を傾げる。

「どうした？」

カールハインツがその様子に笑い転げるのをやめ、声を掛ける。ベルンハルトも興味深げに首を伸ばして双子を見つめた。

〈変？　どこからか、力が集まってくる。たくさん……たくさん……〉

〈何かがつながった感じ？　堤防《ていぼう》が壊れて、川の水があふれてくるみたいな、そんなかんじ？〉

段々と、双子に流れ込む魔力が増えていく。下僕紋を通して集められる範囲が広がっていく。

双子は目を閉じ、自分たちの中に現れた変化を感じ取っていく。変化の原因を探るべく、観察する。

グリおじさんの高い魔力によって、下僕紋が高い効果を示したように。双子に集まった魔力が二匹の能力を底上げし、さらなる高い効果を呼び込んでいた。

ディートリヒと剣聖の力で集まった魔力が、呼び水となったのだ。

〈遠吠え、かな？〉

〈たぶん、そうかな？〉

双子ですら予想していなかったことだが、ロアを探すために響かせた遠吠えが、それを耳にした人たちの心を奪い、酔わせていた。

あの遠吠えは多くの、ネレウスの王都にいる人々の耳に届いていた。

そして、近くにいて耳にしていたカールハインツとベルンハルトのように、一時的ながら心酔した人間を作り出していた。

剣聖が戦いで心を折り、恐怖で支配したように。双子の遠吠えは、感動で人々の心を支配していた。

だが、その時は能力を扱えるだけの力が双子にはなかった。

双子はグリおじさんのように大量の魔力を持っているわけではない。だから、遠吠えを響かせた時点ではその影響は現れなかったのだ。

しかし今、ディートリヒの殴り合いと、剣聖の戦いで集まった魔力が双子の能力を底上げし、扱えるだけの条件が整った。

遠吠えが届いた範囲から、大量の魔力が流れ込んでくる。

〈まだまだ、集まってくる？〉

〈これなら、いける？〉

〈いけるね。でも、フィーの分だけ？〉

〈そうかも？〉

〈じゃ、走っちゃう？〉

〈船はおそいもんね〉

「いったい何を……」

要領を得ない双子のやり取りに痺れを切らし、カールハインツが問い掛けた途端。

「おい！」

カールハインツの目の前で、青い魔狼《フィー》が船縁を蹴って海へと飛び出した。

慌てて、カールハインツは止めようと手を伸ばしたが、その手は空を切る。双子の速度にカールハインツが勝てるわけがない。

「きゃっ！」

「うおっ！」

いきなり、背中を押されたような、足元が崩れたような衝撃を受ける。全員が大小様々な悲鳴を上げた。

「岩礁《がんしょう》か！！？」

そういった衝撃に慣れているのだろう、船頭は叫びを上げる。似たような衝撃を受ける状況を思い浮かべ、岩礁に船が乗り上げたのだと判断した。

だが、その判断はすぐに否定される。

周囲に白煙が噴出したのだ。岩礁に乗り上げたからといって、白煙が上がるわけがない。まったくの謎の現象だ。

なおも船には衝撃が加わり、高速で進んでいた船はその場に停止した。陸地に乗り上げたような感覚で、波の揺れすら感じなくなる。

勢いが付いていたことで乗っていた人間たちは外に放り出されかけるが、そこは戦闘に長けた者たちと船乗りである。身近な物に掴まり素早く身体を固定して難を逃れた。

「ゲホッ、何だこれ？」

カールハインツは飛び出す青い魔狼《フィー》を止めようと船縁に近寄っていたせいで、舞い上がった白煙をもろに吸ってしまい咽《む》せた。

「冷たい!?　まさか、これは……」

白煙の中でベルンハルトの声が響く。彼の言葉通り、白煙は冷たかった。日差しに晒されていた肌に心地好い冷たさに、全員が不思議そうに眉を寄せた。

今はまだ暖かい季節だ。海の気候が変わりやすいといっても、こんな冷たい空気が流れ込むようなことはない。ならば、原因は飛び出した青い魔狼《フィー》以外にない。

青い魔狼《フィー》は氷を操る魔狼だ。間違いない。

船頭以外の事情を知る全員がそう考え始めた時に、白煙が晴れ始める。薄《うっす》らとまだ煙る空気の間から現れたのは、一面の氷だった。

波打っていた海面そのままの姿で、海が凍り付いていた。

「……これは……こんなことが……」

絶望したような台詞だが、その声を上げたベルンハルトの顔は歓喜に歪んでいた。

〈いけたね〉

氷原と化した水面の真ん中には、堂々とした青い魔狼《フィー》の姿があった。身体の周囲には氷の結晶が舞い上がり、陽の光を反射して輝いていた。

〈いけたね。大丈夫そう？〉

〈ロアのところまでは、行けるかな？　まだ集まってくるからだいじょうぶ？　たぶん？〉

〈行けるよね。たぶん？〉

呆然と皆が見守る中、双子は言葉を交わす。とんでもない状況に似合わない軽さだ。

〈じゃあ、よろしくね〉

〈りょーかーい！〉

青い魔狼《フィー》が駆け出す。その素早い動きに合わせるように、氷が広がっていく。

それは、海の上に出来た氷の道だった。

「……とんでもないな。魔力が増えるだけでこんなことまでできるのか……」

冷静さを取り戻したカールハインツが驚きの声を上げた。

カールハインツは、一度双子が同じことをしようとして失敗したのを目撃していた。サバス船長の船で、不審な貿易船を捕縛に向かった時のことだ。その時はロアたちの監視のために姿を隠しての行動だったが、確かに目にしていた。

その時の双子は海の一部しか凍らすことができず、失敗した。海の荒波を止められるほどの氷の魔法は使えず、海に落ちかけた。

だが、今回は完全に海が凍っている。時を止められたかのように、波すら形を保ったまま瞬時に凍っていた。

「これほどの氷の魔法が目にできるとは……」

カールハインツに並んで、興奮したようにベルンハルトが氷の道を眺めていた。そして、氷の状態を確かめるべく、船から降りようとした。

〈じゃ、行くね〉

しかし、ベルンハルトは船から降りることはできなかった。赤い魔狼《ルー》が声を掛けてきたからだ。

ベルンハルトが声の方に目を向けると、赤い魔狼《ルー》もまた、いつの間にか氷の上に立っていた。

その口には、ロープ。

やけに太くしっかりしたものだ。

咥えている姿はやけに似合っている。犬っぽいと言ってしまえば、双子に怒られるだろう。

どこからそんなロープを持ち出したのかと不審に思い、その繋がる先に目を向ける。それは、ベルンハルトたちが乗っている船の舳先《へさき》に繋がっていた。

「……係留《けいりゅう》ロープ？」

どんな船でも、港に係留する時は、船体に繋がったロープを港の係留用の柱に結び付けて固定する。波にさらわれて、船が移動してしまうのを避けるためだ。

その位置はそれぞれだが、大体は船首か船尾の、船の骨格になるしっかりとした硬い部分に繋がっているものだ。

今、乗っている船の係留ロープは、舳先の先端に繋がっていた。

そのロープを咥えたまま、赤い魔狼《ルー》は駆け出す。すでに遥か先まで進んでいる青い魔狼《フィー》を追って。

「待て！　待て！　待ってくれ!!」

カールハインツはこれから何が起こるのか察した。

赤い魔狼《ルー》が走っているのは、青い魔狼《フィー》が作り出した氷の道だ。そこに、船に繋がっている係留ロープを咥えたまま走っていけばどうなるか？　カールハインツが叫び出してすぐに、他の者たちにも予測ができた。

〈ちゃんと掴まっててね！〉

可愛い声に全員が戦慄《せんりつ》する。有無を言わせぬ台詞に、ベルンハルトとコルネリアが近くの柱にし

がみ付いた。カールハインツも、声が聞こえず事情が分からない船頭を抱きかかえ、彼ごと操船台の柱にしがみ付く。

ほぼ同時に、船が動き始めた。

「うわぁ！」

誰のものともつかない呻き声が漏れた。

双子の魔狼《ルーとフィー》はその身体の大きさに似合わず、力が強い。農耕用の馬や牛などとは比べ物にならないくらい強い。

その赤い魔狼《ルー》が引っ張っているのだから、あっさりと船は動き出し、氷の上に乗り上げ、さらに引きずられていく。ロープもまた、船を係留するための物のため、そう簡単に千切《ちぎ》れはしない。

「雪船《そり》じゃないのよ！　船底が抜けちゃう！　沈む!!」

コルネリアが叫びを上げたが、赤い魔狼《ルー》と船は止まらない。

船は氷の道の上を、雪船《そり》のように滑っていく。先行している青い魔狼《フィー》が氷の道を作り続け、その後を赤い魔狼《ルー》が進んでいるのだ。

〈だいじょうぶ！　氷があるから沈まないよ！〉

「溶《と》けたら沈むよね!?」

〈島まで行けば、だいじょうぶ！〉

雪上なら楽しい雪船《そり》遊びになっていただろうが、波打つ海面がそのまま凍った氷の道だ。

高波ではなかったおかげでその段差は少ないが、それでも船は大きく跳ねながら滑っていた。わずかに載っていた積み荷が散らばり、氷上に点々と跡を残していく。時々、船の破片のような物も散らばっていく。

この船の船底は比較的なだらかな丸みを持つ形に作ってあり、横転することはなかった。それだけは不幸中の幸いと言って良いだろう。

「何で!? こんなことを!! やめてくれ!!」

〈こっちの方が、速いから!!〉

カールハインツの叫びに、赤い魔狼《ルー》は簡潔に答える。

確かに、船が海の上を進む速度よりも遥かに速い。だが、船に乗っている人間たちは命懸けだった。船体にしがみ付いて船が止まるまで耐えることしかできない。船はものすごい速さで進んでいるため、飛び降りることもできない。胃の中の物が飛び出しそうな衝撃が伝わってくるが、必死に耐える。

だが、双子《ルーとフィー》の魔狼は気にしない。今は何より、できるだけ早くロアの下へ行くのが先決だ。そのためには手段を選んではいられない。人間たちに気遣ってもいられない。

いや、双子はちゃんと人間たちのことも気遣っていた。

だからこそ、船を引っ張って一緒に連れて行っているのだった。見捨てないことで善意を示しているのだが、そのことに感謝している人間はこの場にはいないだろう。

双子は駆ける。

今集まっている魔力は、あくまで一時的なもの。条件が重なり、上手く機能して得られているだけのものだ。どこかで破綻していずれは失われるものだと、双子は本能で理解していた。

だから急がなくてはならない。

魔力が満ちているうちにロアを助け、守るために全力を出す。

双子が駆ける後ろでは、人間たちの悲痛な叫びが風に流され響いていた。

第三十四話　一難去ってまた一難

ロアたちのいる海賊島の外には、一艘の大型船が浮かんでいた。

「なぜだ！　どうして壊せぬ！　傷一つ付かぬ!!」

船の上で響いているのは、たった一人の男の怒号。アダド第三皇子の声だけだった。彼以外の人間は、目の前に広がる巨大な光の壁を呆然と見つめていた。

海賊島をすっぽり覆うそれは、半球形。青緑色に輝く、光の丸屋根《ドーム》だった。

「もう一度！　もう一度、魔法の充填《じゅうてん》を!!」

唾を飛ばして叫ぶ第三皇子の声に、もう誰も反応を示さない。

この船に積んでいる巨大な魔法筒を使っての魔法攻撃は、すでに三回も行われていた。

いずれも魔法筒が耐えられる最大の魔法を詰め込んでの攻撃である。魔法で強化された砦《とりで》の外壁であっても破壊できるだけの威力がある。

こんな自然石《しぜんせき》の塊《かたまり》の島くらいなら、容易に貫通できる威力があるはずだったのだ。

なのに、一発目の攻撃の前に出来たこの光の壁は壊れない。それどころか段々と強化されているらしい。一発目の時は若干の揺らぎがあったものの、二発目となるとびくともしなくなり、三発目はまるで光の壁に吸い取られるように魔法が消滅してしまった。

四発目を放ったところでまったくの無意味だろう……。第三皇子以外の船に乗っている人間は、そう、悟ってしまった。

「なぜ、誰も命令に従わぬ!!」

叫び続ける第三皇子の声に、誰もが「やるだけ無意味だからだよ」と諦めの言葉を思い浮かべつつも、声に出すことはない。そんなことを言えば、第三皇子の怒りの矛先が自分に向けられ、斬り殺されるのは火を見るよりも明らかだったからである。怒号を受け、落ち切った士気を何とか奮《ふる》い立たせ、仕方がなしに彼らは次の魔法の準備を始めた。

そんな中、一人の男がそっと第三皇子の傍から離れた。

彼の名はシャヒード。軍から選出され、第三皇子の側近《そっきん》として影のように付き従っていた男である。

彼自身も大佐《たいさ》の地位を持っており軍でも比較的高い立場にあるが、できるだけ目立たないように第三皇子の行動を補佐していた。

もしロアとクリストフがこの場にいたら、見覚えのある顔だと思ったかもしれない。彼は海賊島で癇癪《かんしゃく》を起こした第三皇子を言葉巧みにあしらって宥《なだ》めていた軍人だった。

シャヒードは魔法の準備を始めた船員たちの間をすり抜け、船の後部へと向かう。

彼が第三皇子から何かを言いつけられたり、自身の判断で動き回ったりすることは常日頃からよくあったので、その行動を不思議に思う者はいない。

シャヒードは通路を進むと、薄暗く人気《ひとけ》のない倉庫へと滑り込んだ。

「潮時だ」

そこは荷物部屋で、誰もいないはずの場所だった。

「終わり、ですか？」

だが、シャヒードの言葉に部屋の片隅から問い掛けてくる声があった。どこかに隠れているのか、声の主の姿は確認できない。

「私が船を降りたら、手筈《てはずどお》通りに沈めろ。脱出用の船の細工《さいく》は終わっているな？　終わったら貴様らも脱出しろ」

「へい」

シャヒードは姿なき声の返事を確認すると、足早にその場を立ち去った。向かう先は、船尾。そこには隠蔽《いんぺい》の魔道具によって、小舟が一つ隠してある。それに乗って彼はこの船から脱出する予定だった。

彼の得意魔法は、風の魔法。魔法を使えば小舟であっても、近くの島か陸地に余裕で辿り着ける。

「……もう少し見所があれば、生かしておいても良かったかもしれんが……」

小さく呟いた彼は、もう振り向くことはない。

シャヒードは第二皇子派閥《はばつ》から送り込まれた人間だ。第三皇子を上手く操り、破滅《はめつ》に突き進ませる要員だった。

しかし、彼は比較的公正な目を持っていた。彼にとって優先させるべきは国家の安寧《あんねい》であって、所属派閥をそれほど重視しているわけではない。

もし、第三皇子が見所のある人間で、将来的に第二皇子よりも上手く国家を運営できると分かれば、裏切りすら考えていたのである。

その見極めのためもあり、彼は第三皇子の側近を買って出たのだった。

だが、その結果は察するまでもなく。彼は第三皇子を見限って処分を決めたのだった。

今は他国で、しかも大型船一艘で行動している。しかも、何やら怪しげな魔法を相手にしていて、たとえ死んでも戦死か事故死としか思われない絶好の機会だ。

最も近くにある海賊島には、理解できない防御魔法が張られており近づくこともできない。近くにアダド帝国の艦隊がいるとはいえ、あちらも戦闘中なのだから救助もできない。泳いで辿り着こうにも陸地は遠い。自分たちが使う以外の脱出用の小舟は壊れるように細工を指示した。

船さえ沈めれば、船員たち共々命が助かることはないだろう。

「第三皇子、もう二度と会うことはないでしょう……」

彼の声は海風に流され、誰の耳にも届くことはなかった。

〈……………!!〉

どこか遠くで声が聞こえる。グリおじさんは夢うつつの世界の中で、その声を不快に感じた。何を言っているのかハッキリしない。まるで水の底で水面の音を聞いているかのようだ。

〈……！　……!!〉

鬱陶《うっとう》しい。グリおじさんは声を無視しようとしたが、その声は途切れなく響いている。少しだけ意識を向けると、その声に金属音が混ざり始めた。

金属のぶつかり合いの音ではなく、何か鋭い物で金属を断ち切るような、そんな一瞬の甲高い音だ。

何が起こっているのか？　グリおじさんはさらに注意深く、声と音に耳を傾けた。

〈……ぃちゃん！　糞《くそ》ジジイ!!　もう！　耳まで遠くなったの？　さっさと起きないとマズいんだど!!〉

聞き慣れた声。その声を聞いて、グリおじさんは意識を向けるのではなかったと後悔した。

〈もう!!　本当に起きてって！　虫をけしかけるよ!!〉

〈虫！！？〉

グリおじさんは慌てて頭を上げる。薄《うっす》らと開いた目に映ったのは、青緑色に輝いている世界だった。

〈……ここは？〉

〈やっと、起きた！　いつの間にか寝ちゃってるって、どんだけお気楽なんだよ！　非常事態、非常事態だよ！〉

〈……うるさい、ピョン。……ピョン？　ピョンの声が聞こえる。我は死んだのか？　ここは地獄《じごく》か？〉

　起き抜けのグリおじさんは、ボソボソと呟く。

〈地獄って、そりゃ、グリおじいさんは地獄行きだろうけどね！　ボクが行くのは天国だと思うよ!?　そうじゃなくて、ああっ！　何でもいいから、お得意の魔力を集めるやつやって！　急いで、早急に、今すぐ!!〉

〈うるさい。魔力？　そういえば、やけに魔力が減っている感じが……〉

〈減ってる感じじゃなくて、減ってるの！　尽きかけてるの！　ボクの魔力を送り込んでるけど、限界なんだよ！　このまま尽きて双子のワンちゃんたちの魔力まで使い出したら、マズいんだ。ワンちゃんたちは今、かなり無茶して海の上を移動してるからね。海の真ん中で動けなくなるよ！　海竜も海の底で何かやっていて当てにできないんだから！　だから、早く魔力を集めて!!〉

〈む……〉

　よく分からないが、かなり危ない状態らしい。少し離れた所で金属がぶつかり合う耳障りな音が響いているが、そちらは後回しだ。

〈……原因は何だ？〉

〈あれだよ、あれ……って、声だけじゃ分からないか。ロアくんだよ〉

〈小僧が？〉

　慌ててグリおじさんが立ち上がって周囲を見渡すと、すぐ横で一心《いっしん》不乱《ふらん》に何かをしているロアの姿が目に入った。

ロアは立った状態で目を閉じ、両手を大きく振っている。その指先から強い魔法の発動を感じ、ロアが魔法を使って何かをしていることだけは感じ取れた。

〈……〉

グリおじさんは無言で少しだけ考える。いつもの、アレかと。

ロアが何かに没頭して周りが見えなくなるのはよくあることだ。以前の冒険者パーティーで下働きのようなことをさせられていた時は、ここまで酷くなかった。だが、家を買い、グリおじさんたちと暮らすようになってからは悪化する一方だ。

安心できる環境に身を置いたことで、危機感がなくなったのだろう。グリおじさんが呼びかければ正気に戻るだろうが、今は自分が傍らにいるのだから問題ないだろうと、そのまま好きにさせておくことにした。

とりあえず、足りない魔力を補わなければならない。グリおじさんは苦笑を浮かべながらも優しくロアを見つめる。そして、魔法で疑似的な魔道具を作り出し、大気中の魔力をロアが使っている魔法に直接与えた。

グリおじさんだけが使える特殊な魔法だ。普段は自分自身で大魔法を使う時に利用しているが、従魔契約相手が近くにいれば、こうやって足りない魔力をそちらにも供給することができる。

元々は主《あるじ》の魔力不足を補助するために作った魔法なのだから、これが本来の使い方とも言えた。

〈これでひと安心だね！〉

ピョンちゃんの陽気な声が聞こえた。その陽気さとは裏腹にかなり焦っていたのだろう、安堵の響きが含まれていた。

〈それで、何が起こったのだ？　それよりも、貴様、どうやって我と話している？〉

〈あれ？　君がそれを言うの？　まったく、おじいちゃんは物忘れが激しくてダメだね。魔力回廊を使えば繋がってる者たちの感覚は共有できるし、声だって届けられるでしょ？〉

グリおじさんはピョンちゃんの言葉に不思議そうな顔をする。それからあらぬ方向に視線を這わせて思い出そうとしたが、思い出すことはできなかった。

遠くまで声を届けられることはグリおじさんも記憶しているし、やってもいる。だが、それ以外の感覚を共有するという手段はまったく記憶になかった。

そもそも、グリおじさんは従魔契約をした相手と離れるという考えがない。常に近くに……離れたとしても今回のように、索敵魔法が届く範囲の外には出ない。離れる気がないから使う機会もなく、以前は知っていたのかもしれないが、すっかり忘却《ぼうきゃく》の彼方《かなた》に追いやってしまっていた。

とりあえず、知らないとも思い出せないとも言いたくないグリおじさんは、〈そういえばそういう手段もあったな〉と思い出したフリをして呟いて誤魔化した。

〈今はヴァルくんの感覚を使わせてもらってるよ〉

〈ヴァル？〉

知らない名前が出たことで、グリおじさんの目が鋭く光る。

〈そう。ロアくんの新しい従魔。君が作り直した、ガーゴイルだよ〉

〈小僧め、また従魔を増やしたのか……。我たち三匹だけで十分なものを〉

グリおじさんの言う三匹とは、もちろん自分と双子の魔狼《ルーとフィー》のことだ。

グリおじさんがロアの方に目をやると、後ろに控える卵型の魔道石像《ガーゴイル》が目に入った。必死になってロアの補助をしているのか、身動き一つしていない。

〈緊急時だったからね〉

〈その緊急時とやらだが、何が起こった？　老猾《ろうかつ》な貴様が言葉巧みに騙《だま》したのだろうが、なぜ小僧がこんな大規模で奇怪《きかい》な防御魔法を作っている？〉

〈あー、それねぇ……〉

ピョンちゃんは言葉を詰まらせたが、話さないわけにはいかない。今まさに現場を見られているのだから、下手な言い訳もできない。ピョンちゃんは仕方がなしに、説明を始めた。

説明の合間に、グリおじさんが虫のせいで混乱し、失態を犯したこともちゃんと付け加える。

それだけでグリおじさんはグゥと息を呑み、苦虫を噛み潰したような顔になった。余計な口出しもできなくなり説明は順調に進んだ。

〈貴様、やはり謀《はか》っておったではないか〉

グリおじさんは宙を睨みつけた。発した声は、腹の底から出るような低い声だ。

〈えー、そんなことしてないでしょ？　ちゃんと説明を聞いてた？〉

〈何を言っておる。ピョンの知識と小僧の実力があれば、たとえ最初は満足に扱えなくても、わずかな時間で攻撃魔法を放てたであろう？　数発練習すればあの程度の船は沈められたはずだぞ？

小僧の勘の良さなら十分に時間があったはずだ。それに最悪でも適当な方向に連続で放てば、どれかは当たっていたであろう？〉

人間の魔術師が指導するのならともかく、様々な裏技を知っているピョンちゃんが魔法指導すれば、ロアなら十分に使いこなせたはずだ。口を出すことしかできなかったとはいえ、ピョンちゃんはそれだけの知識を持っている。

もっとも、ロアがその気になっていたら、というのが大前提になるが。

グリおじさん自身もピョンちゃんに等しい知識を持っている。だが今までそれを生かせなかったのは、ロアのやる気のなさのせいだった。

ロアは自分自身が本来持っていた魔力以上の魔法を使いたがらない。借り物の力に頼るのは良くないと言い訳をする。たまに大きな魔法を使ったと思ったら、魔力操作一辺倒《いっぺんとう》の、魔法とは言い難い奇妙な魔法を使う。

特に事情がない限りはロアの意思を最大限に尊重《そんちょう》することに決めているグリおじさんにしてみれば、指導の機会がまったくなかったのだ。

そのロアがやっと攻撃魔法を使いたいと考えたのだから、ピョンちゃんには正しく指導して欲しかった。いまさら言っても仕方がないが、口惜《くちお》しい……と、グリおじさんは思った。自然と前足に力が入り、その爪が大きく地面を抉《えぐ》る。

いずれまた、ロアが自主的に攻撃魔法を使いたくなる状況に追い込んでやろうと決心した。

〈まあ、ロアくんの勘が異常に良いのは思い知ったけどね。でも、そんなこと、ボクは今まで知ら

なかったからね？　それに攻撃じゃなく防御することにしたのはロアくんの選択だし〉

〈ちっ、惚《とぼ》けるつもりか。どうせ、ガーゴイルの中の知識が狙いであろう？　いや、小僧がどんな魔法を作るのか見たかったというところか？〉

グリおじさんはピョンちゃんを疑ってかかる。自分が気付いた程度のことを、狡猾なピョンちゃんが気付かないはずがない。狙いが別にあるのは間違いないだろう。

〈そんなわけないでしょ？　仕方がなかったんだよー〉

〈ふん、小僧が助けられたことに変わりはないからな。問い詰めるのはやめてやろう〉

〈そもそも、グリおじいちゃんがロアくんから離れたりしなきゃ、こんな状況にはなってないんだからね？　一番悪いのは誰なのか、分かってるよね？〉

〈我は悪くない！　意地っ張りの小僧と、嘘をつくあの女が悪いのだ!!〉

グリおじさんが吠える。そういえば小僧とはケンカしていたのだったなと、グリおじさんは思い出した。

ちょっとした言葉のすれ違いが切っ掛けだが、そのケンカで拗《こじ》れていた仲をネレウスの女王《あのおんな》に利用されたのだ。言葉巧みに煽られたことで、ロアの下を飛び出して距離を置く羽目にまでなってしまった。

〈…………我は悪くないぞ……〉

不貞腐れて言うグリおじさんに、ピョンちゃんは大きくため息をついた。

〈……ところでさ、苦労人さん……グリおじいさん風に言うとチャラいのは助けなくていいの？〉

ピョンちゃんの問い掛けには、空気を読んで話題を変えてあげるボクは優しいなぁ……と言いたげな雰囲気があったものの、気まずさを感じていたグリおじさんはそれに飛びついた。

〈そういえば、先ほどからキンキン音を立ててうるさいと思っていたのだ。あやつは何をしているのだ?〉

「気付いてたんなら助けてくれよ!」

すかさず、クリストフの声が飛んだ。息は荒く、その声もかすれがちだ。

クリストフは、グリおじさんとピョンちゃんが呑気に話し合っている間も戦っていた。しかも、数十人のアダド軍人に取り囲まれている。

軍人たちがクリストフにばかり集中しているのは、目を覚ましたグリおじさんを恐れているせいだろう。

一応、最終目的はロアなのだから、グリおじさんの方に向かおうとしている軍人もいるにはいるが、遠くから剣を向けるだけで恐怖から斬りかかれずにいた。

〈なぜ助けねばならんのだ?〉

「オレは、ロアを守っていたんだぞ!」

叫ぶクリストフを見て隙が出来たと判断し、軍人が斬りかかる。その剣をクリストフの剣が受けると、キンと気持ちの良い音がして、軍人の剣は受けた場所から折れた。悔しそうに顔を歪める軍人の腹をクリストフは蹴り飛ばし、自分を囲んでいる輪から追い出す。

クリストフは先ほどからこの繰り返しで、襲って来る軍人たちに対処して何とか耐えていた。武器の質に大きな差があるため、わずかな接触でも軍人の剣が耐え切れずに折れているのだ。

クリストフも最初はセオリー通りに剣の強い部分……腹などで相手の剣を受け流していた。

だが手元が狂い、刃で受けた時に易々と相手の剣を折ることができた。さすがは魔道石像《ガーゴイル》が作り出した剣。太古の魔道具の力というところだろう。

そこからは半ば意図的に、相手の剣を破壊することに努《つと》めている。その方が戦意を削げるからだ。

それに今敵対している軍人たちは、ある意味被害者だ。アダドの皇子に見捨てられ、味方に殺されそうになり切羽詰まって攻めて来ているだけだ。可能なら、あまり殺したくはなかった。

幸い、クリストフも全身傷だらけなものの、動けなくなるような負傷はしていない。

〈それは貴様の事情であろう？　我には関係ない〉

「そう言うだろうと思ってたよ！」

クリストフもグリおじさんが助けてくれるとは、最初から思っていない。だからこそ、ピョンちゃんが話を向けるまで声を掛けずに戦っていたのだから。

クリストフはあっさりと引き下がり、自分の戦いに集中する。

〈それに十分戦えておるではないか？　実戦に勝《まさ》る鍛錬はないぞ？　死にさえしなければ小僧が治してくれる。良い機会と思って、存分に楽しむがいい〉

〈いいの？〉

切って捨てるように言い放ったグリおじさんに、ピョンちゃんが問い掛ける。

〈かまわんだろう。何か問題あるのか？〉

〈見捨てたら、あとでロアくんに叱《しか》られない？〉

そう言われて、グリおじさんは渋い顔を作った。

〈かまわんだろう。小僧も周りが見えておらぬから同罪だしな〉

グリおじさんは開き直ると、ロアの顔を見上げた。

ロアは目を瞑り、集中している。周囲で何が起こっているのかなど、まったく気付いていないだろう。今している作業が終わるまでは、このままのはずだ。

集中力は武器にもなるが、今のように無防備になって身を危険に晒すのはダメだ。やはり小僧は自分が守ってやらねばなと、グリおじさんは考えた。

ロアの無防備さに呆れると同時に、グリおじさんの嘴は緩み、笑みが溢《こぼ》れていた。自分が必要とされている。そのことを実感して、浮かれてしまう。

そんな中、ロアは一心不乱に両手を振っていた。最初は片手の指先で空中に図形を描くだけだった。

次第にそれは両手になり、段々と大規模な魔法に相応しく、今では全身を使って大きく振っている。

まるで管弦楽団《オーケストラ》の指揮者のようだ。

防御魔法の図面を描いているとは思えないほど淀みなく、鬼気迫る勢いでその腕は動いている。

優雅ささえ感じるその動きに、グリおじさんも目を引き付けられ、いつしか魅入《みい》られていた。

「ヒューーイ」

グリおじさんは高らかに鳴き声を上げた。まるで、歌うように。ロアの腕の動きに合わせて。

その高らかな鳴き声に、クリストフと戦っていた軍人たちの動きが止まる。

ヒューイと、さらに鳴き声は響き渡る。詠唱ではない。ただ、鳴き声を上げているだけだ。

だが、それは軍人たちの心に染み渡っていく。グリおじさんのものとは思えない、清らかな鳴き声。それに彼らは心を奪われた。

軍人たちの動きが止まったのを見て、クリストフもまたその鳴き声に耳を傾ける。

クリストフをはじめ、傷を負っている者も多い。周囲には斬り捨てられた死体も転がっている。

だが、それらを忘れたように、美しい鳴き声に酔う。いつしか戦いの疲れから膝を折り、座り込んで聞き入ってしまった。

グリおじさんは首を伸ばし、真っ直ぐに上を見上げて空に捧《ささ》げるように鳴く。

柔らかく差し込む青緑の魔法の光の中。優雅に両手を振るうロアと、歌うように鳴くグリおじさん。その姿は絵画のようだ。

やがて、ロアの腕が止まった。

ロアは、終了を告げるように大きく息を吐いた。

「終わったよ。グリおじさん。ありがとう!」

〈ぐっ!〉

〈うぐぅ!〉

いつから気付いていたのか。ロアは満面の笑みを浮かべながら横に並ぶグリおじさんを見つめた。

だが、その笑みに答えたのは無様な二つの悲鳴だった。先ほどまでの神聖《しんせい》さすら感じさせる空気は、一気に掻き消えた。

〈くうぅ……小僧、最後に大量の魔力を使ったな！　補助すら追いつかなかったぞ!!〉

〈ボクの方まで一気に減らされたよ！〉

非難の声にロアは首を傾げる。何が悪いのか分からないといった感じだ。

「だって、仕上げに必要だったから」

ロアは平然と言ってのけた。

〈必要だからといって無茶苦茶な！　それに、この防御魔法は何だ！〉

魔力が一気に抜けた脱力感を覚えながらグリおじさんが恨みがましい視線を向けるものの、ロアは満足げに笑みを浮かべるだけだ。

「えーと。災害に強いように半球形《ドーム》にして、補強は正六角形で隙間なく入れたからそう簡単には崩れないよ。補強の歪み防止に内側にも防御魔法を張って二重構造で支えるようにして、そこまでやると魔力が足りなさそうだから、リフレクトを参考に色々な力を魔力に変えられるようにしてあるんだ。これが時間がかかったんだよ。でもそのおかげで、解除しない限り半永久的に発動し続けるかな？　それから海鳥や魚の出入りができるようにするのが難しかったな。通過の条件付けが細かくなり過ぎると動作に不都合がありそうだし、かといって大雑把《おおざっぱ》だと攻撃まですり抜ける可能性がありそうで。そういうのの対処は……」

〈分かった！　もういい!!〉

全力で説明を始めるロアを、グリおじさんは途中で遮った。

〈それだけ聞けば十分だ。それは防御魔法ではない。防御魔法はただの壁で、一時的なものだ。そういうのは結界《けっかい》と呼ぶのだ。それも、小僧の作ったのは教会本部の……いや、それよりも上位のものか……〉

グリおじさんは頭を抱える。

そこに、いきなり、ぐらりと地面が揺れた。

予想外のことにロアは膝を突き、座っていたクリストフや軍人たちも両手を地面に突いて身体を支えた。隠し港の水面が激しく波打ち、飛沫《しぶき》が大量に舞い上がる。

「攻撃？　魔法筒の？」

そういえば、攻撃を防ぐために防御魔法を作ってたんだったと、今更ながらにロアは思い出した。

〈違うでしょ。魔法筒の攻撃はとっくに放たれてるし、この防御魔法に毛ほどの被害も与えられなかったよ？〉

ピョンちゃんの言葉通りなら、巨大な魔法筒の攻撃はもうとっくに放たれていたらしい。

あれほど自信満々に島を破壊すると言っていたのにもかかわらず、ロアどころか島の上にいる誰にもその時を気付いてもらえなかった。ある意味、可哀そうな結果に終わったようだ。

だがそれならば、この大地の揺れは何だというのだろう？　最初ほどではないが、揺れはまだ続いている。只事ではない。

ロアたちが不思議に思っていると。

〈ぬかった!!〉

グリおじさんでもピョンちゃんでもない、第三の魔獣の声が響いたのだった。


「くーん」

「くーーーん」

双子の魔狼《ルーとフィー》は絶賛落ち込み中だ。

分厚い氷の上に突っ伏し、上目遣いで目の前に広がっている青緑の光の壁を見上げている。目は潤《うる》み、涙が流れ落ちないように必死に耐えているようだった。

〈がんばったのに……〉

〈間に合わなかったね……〉

ピスピスと悲しげに鼻を鳴らす。

「……大丈夫か？」

その落ち込んだ姿に、双子に振り回されて迷惑を掛けられまくったはずのカールハインツも、思わず優しく声を掛けてしまった。

〈ルーがロアを助けてあげたかったのに〉

〈フィーが助ける前に、ロアが自分で何とかしちゃった〉

双子はなおも悲しげに呟く。

双子は、間に合わなかった。やっと辿り着いたと思ったら、そこに光の壁があった。

青緑に輝くそれは、双子がどう頑張っても通過することはできなかった。

不幸中の幸いというか、その光の壁から感じられる魔力はロアとグリおじさんのものだった。混じり合って感じられるということは、ロアがグリおじさんの魔力を使って作り出したということだろう。

それにこの壁にはロアらしい部分がかなりあった。執拗《しつよう》に強度にこだわっているところとか、やけに狂いのない正確無比《せいかくむひ》の組み立て方とか、思い付きをその場の勢いで実現させたような突拍子《とっぴょうし》もない構造とか……。

ロアの物作りは魔法薬がメインだが、興味がある物は何でも作ってみようとする。そういう時の試作品は、加減が分からないからなのだろう、何もかも過剰で実用には向かない、表に出せない物に仕上がってしまう。

そういった特徴がこの光の壁にはあった。間違いなくロアの作った物だ。

ロアは自分自身で、自分の身を守ったのだ。双子はそう理解して喜んだものの、複雑な気持ちが残った。

双子の目的は、ロアを助けて褒めてもらうことだった。それを成し遂げられなかった悲しみが、喜んだ後にすぐに浮かび上がってきた。

喜びと悲しみ。感情の板挟みの中で双子たちはどうしていいか分からなくなり、一気に落ち込んでしまったのである。

「みんなを巻き込んでまで必死になって頑張ったんだから、褒めてもらえるさぁ。だから落ち込むのは、やめないかな？」

カールハインツは優しく声を掛けるつもりだったが「みんなを巻き込んでまで」の部分は少々棘《とげ》のある言い方になってしまった。今までの経緯を考えれば、それも仕方がないことだろう。彼らは完全に巻き添え。迷惑を掛けられたのだから。

ただ、それで双子に機嫌を損ねられたら海の上に置き去りにされかねないと思い直し、後半は優しい声色を心掛けた。

「くーん」

「くーーん」

だが、どれだけ優しく言おうが、双子は悲しげな鳴き声を上げるだけだ。

「なあ、みんなも何か言ってやってくれよ！」

自分一人では慰《なぐさ》め切れないと判断したカールハインツは、後ろを振り向いて声を掛けた。

その視線の先にあるのは、ボロボロになって転がっている小型の船だ。

そしてその周りには、氷の上に突っ伏している三人の人間の姿があった。

「むり……」

答えたのはコルネリアだ。青い顔をして、涙目でカールハインツを見つめてくる。

潤んだ瞳が少し色っぽいが、そうなった原因はまったく色っぽくない。なにせ、つい先ほどまでゲーゲーと年頃の女性とは思えない異音を喉から出しながら、吐き気と戦っていたのだから。

ここにいる全員は、船に乗ったままで青い魔狼《フィー》が作る氷の上を赤い魔狼《ルー》に引きずられてきたのだった。

その衝撃と揺れは凄まじく、海辺育ちで船に乗り慣れていて、日頃身体を鍛えてもいるコルネリアですらこの有様だ。

残りの二人、ベルンハルトと船の船頭はコルネリア以上に酷い。吐き気どころか胃の中身をぶちまけてしまってグッタリしている。言葉一つ発することもできそうにない。

「情けないねぇ」

そんな中で、カールハインツだけは日頃と変わりない。鍛え方が違うのだろう。平然としていた。

「二匹に復活してもらわなきゃ、このまま溺《おぼ》れ死《じ》になのになぁ」

カールハインツは焦っていた。今いるのは、青い魔狼《フィー》が海の水を凍らせて作り出した氷の上だ。

そのまま何もしなければ溶けて消えてしまうだろう。

そうなれば、全員溺れ死ぬことになる。

近くに島があるものの、謎の光の壁に遮られて近寄ることもできないし、乗って来た船は氷の上を引きずられて壊れていて、浮かぶことも不可能だろう。陸地は遠く、泳いで辿り着けるとは思えない。

一番近くに見える船は、戦っている最中のネレウスとアダドの艦隊だ。助けを求めたところで、救助に来られるとも思えない。

さらには、少し前まで島の反対側で何やら巨大な魔法が使われている気配があった。

今は感じないが、とんでもない大きさの魔法が使われていたようで、もし巻き込まれたらひとたまりもないだろう。

幸いなことに島を覆う光の壁がちょうど盾になり、こちらへの被害はまったくなかったが、いつ魔法がこちらまで飛んでくるか分からない。安心できる要素は何もなかった。

どうするかねぇ？　……と、カールハインツは掌で顔を覆いながら考える。光の壁の中からロアかグリおじさんが出てきてくれればそれだけで解決なのだが、中の様子が分からない以上は期待しない方が良い。

せめて、ディートリヒを見捨てずに連れてきておけば良かったとため息をつく。ディートリヒは自称だが、双子と仲良しだ。多少なりとも慰める役に立ってくれただろう。

だが、彼はここにはいない。今頃彼は漁業ギルドの中で、むくつけき漁師たちと仲良くケンカしているはずだ。いない者は頼りようがない。

カールハインツが半ば諦めの表情で再び双子《ルーとフィー》の魔狼に目を向けた時、不意に氷が揺れた。

「なんだ!?」

乗っている氷が揺れる。コルネリアたち三人が氷から投げ出されないように必死に耐えている中、カールハインツだけは直立して周囲を見渡した。

氷が溶け始めているのか？　……そう考えて状態を確かめるが、皆が乗っている氷に変化はない。

「……海が揺れている？　地揺れか？」

海の水が不自然に揺れ、不規則な波を作り出している。風や海流で起こったとも思えないそれは、カールハインツの記憶では地震の時の波の動きだった。

〈ぬかった!!〉

不意に、声が響き渡る。焦ったような、怒ったような激しい響きを含んでいた。

〈……おじちゃん……じゃないね?〉

〈だれ?〉

その声を不審に思ったのだろう、双子が同時に頭を上げた。

「海竜か」

双子の疑問に答えたのはカールハインツだ。彼は仕事柄、一度聞いた声の特徴を忘れない。情報を集める時に聞き耳を立てて、声から人物を特定するのも彼の役割のうちだ。

そして、カールハインツはロアと海竜が会話をした時に、陰ながら護衛をしていた。姿を隠しての行動だったが、会話を聞き逃すこともなかった。

たった今響いた声の特徴は、その時の海竜の声そのものだった。

〈海竜?〉

〈あ、来るよ?〉

〈くるね。下から〉

双子の声がわずかに緊張を含んでいる。今の状況で海の下から上がって来ると言われれば、それはもう海竜しかいないだろう。この場にあの巨体が出現すればどうなるかなど簡単に予測ができる。

激しい衝撃に氷が割れ、海に投げ出されるに違いない。それに備えて、カールハインツも可能な限り低く動きやすい姿勢を取った。

〈悪評高き潜《ひそ》む狼の子らよ。火急の用が出来た故、先ぶれもなく失礼する〉

そう声が響いた時には、光の壁とは反対側に巨大な壁が出現していた。

拍子抜けするぐらい、氷は揺れなかった。何かの魔法を使ったのだろう、その出現位置にピッタリ沿うように氷が削り取られている。

カールハインツはその壁を見上げた。下が白く、上に向かうにつれて深い海の底のような青色に染まる巨大な存在。色の切り替わるあたりから、優しげな目が見下ろしている。

カールハインツは息を呑む。これは壁ではない。海竜だ。

鯨《くじら》のような見た目ながら、存在感も大きさも遥かに上だ。ネレウス王国では海の守り神として崇《あが》められている、神々《こうごう》しいほどの巨体。

カールハインツも先日に続いて間近で目にできたことに感動を覚えつつも、火急の用というのが気になっていた。それに先ほど聞こえた叫びも気になる。

〈いーよ〉

〈だいじょうぶ！〉

双子はその巨体に怯えることなく軽く言うと、前足を振って挨拶をして見せた。

先ほどまで落ち込んでいたのが嘘のような軽さだ。事態が変わり、気持ちが切り替わったのだろう。

〈不躾《ぶしつけ》ではあるが、太陽を呑む狼の子……名をルーと言ったか。某《それがし》は貴殿に助力してもらいたいと思いここへ来た〉

〈じょりょく？〉

〈なに？？〉

「助けて欲しいって、ことだ」

助力の意味が分からなかった双子に、カールハインツがそっと説明してやる。

〈某は偉大なる盟主《めいしゅ》より南海竜王《なんかいりゅうおう》としての役目の他に、この海の底に眠る火山の管理を任されている。四年に一度この地の近くを通り、次の四年までの間に火を噴く兆《きざ》しがあれば、抑える処置を施すために立ち寄る。それは盟主とネレウスの女王との契約である故、手抜かりは許されぬ役目である〉

海竜の言葉を聞き、カールハインツは首を捻った。

そのような契約は聞いたことがない。しかし、この辺一帯に海底火山があり、ネレウス王国が出来る前までは頻繁《ひんぱん》に噴火していたことは知識として知っていた。

そのおかげでこの辺り一帯の土地は住み着く者も少なく、ネレウス王国建国の際に比較的容易に手に入れられたという話だった。

海賊たちが根城にしていた無数にある島々も、噴火の名残で出来たものだと聞いたこともあった。

ネレウス王国の建国以降に噴火したという話は聞いたことがないが、事実だろう。この国の至る所で温泉が出ることからも、今も火山は活動していると推測できる。

〈だが、先ほど某の魔力が急激に引き抜かれ、火山を抑える処置の手元が狂った。本当の冒険者を目指す少年が使う魔力など、たかが知れていると油断していた故に〉

本当の冒険者を目指す少年とは、ロアのことだ。ロアは海竜と会話した時に、本当の冒険者を目指していると宣言していた。

なるほどな、と考えながらカールハインツは背後を振り向く。

そこにあるのは島を覆う光の壁だ。こんな巨大な物を作るためには相当の魔力が必要だっただろう。その時の余波が海竜の魔力にまで影響を与え、手元を狂わせたのだ。双子に影響がなかったのは不思議だが、グリおじさんも海竜も双子に魔力を使われないように遮断していたから、そのあたりが理由だろう。

ところどころ分からない言葉があるのか、双子は首を傾げている。カールハインツは通訳するつもりで、双子に海竜の言葉を説明してやった。

〈それって、ロアのせい？〉

〈ロアは悪くないと思うな？　誘拐した人が悪いよね？〉

カールハインツの説明は理解したようだが、双子は不満げだ。ロアが悪いと言われたと思い、無条件に反発しているのだろう。双子のロア至上主義は絶対だ。

〈おおよそ、その下僕の説明で間違いはない。火山の噴火は某が何とか抑えてはいるが、完全に抑え切るのは不可能。いずれ破綻する。某の得意魔法は水。噴き出そうとしている岩漿《マグマ》を相反する力で抑え付けているだけに過ぎぬ。それ故、壊滅的な綻びができれば抑え切れぬ。そこで、ルーの助力を求めたい〉

〈ルーの？〉

赤い魔狼《ルー》だけが名指しされ、双子は首を傾げた。

〈そうだ。溢れ出そうとしている岩漿《マグマ》は火の塊故、火を操る者でなければ完全に抑え切れぬ。某の魔力を存分に使ってかまわぬから、どうか助力願いたい。このままでは盟主への面目が立たぬ故〉

海竜の身体が海にわずかに沈む。大き過ぎてよく分からないが、頭を下げているらしい。

〈どうしようかな？　ロアの近くにいたいね〉

〈そうだよね。ロアと会いたい〉

赤い魔狼《ルー》は悩みながら背後を仰ぎ見た。

その視線の先にはロアがいるはずの島がある。光の壁に遮られているが、双子は今すぐにでもロアの下に行きたかった。

海竜の願いを聞き入れれば、ここから離れることになる。双子にとっては、海底火山の噴火などよりロアの近くにいる方が重要だ。

「……助けてやったら、ロアも喜ぶと思うぞ」

カールハインツのかけた言葉に、迷っていた双子の耳がピクリと動く。

「海底火山が噴火したら、色んな人が大変な目に遭うだろうね。そしたら、ロアは悲しむだろうなぁ。考えてみてくれよ、たくさんの人が困るのに、ロアは見て見ぬフリをして放っておくかな？」

カールハインツにしてみれば、自国に損害が及ぶかどうかの大切な瀬戸際《せとぎわ》だ。実際に海底火山が噴火したら、周辺も無事では済まないだろう。被害の予測はできないが、そういった災害の芽《め》は摘んでおきたかった。

少し離れた場所では、コルネリアたちの息を呑む音が聞こえた。あちらも今の事態を把握しているのだろう。声を掛けて邪魔をするようなこともしない。

〈……ロアなら、助けるかな？〉

〈助けるよね。本当の冒険者になるのに、大切なこと！〉

双子のシッポが、ピンと持ち上がる。もう一押しだと、カールハインツは気合を入れた。

「そうだよね？　それにどうやら原因はロアみたいじゃないか？　二人が後片付けをしてくれたと知ったら、ロアも感謝するんじゃないかな？　ロアを助けに来たのも、ありがとうって言ってもらいたかったから、なんだよねぇ？」

〈ありがとうって言われたい！〉

〈助けてあげる！〉

シッポをブンブンと振りながら、双子は大きく宣言した。何とか話が纏まって、カールハインツは大きく安堵の息を吐く。

カールハインツも何となくだが双子の操縦法が分かってきた気がした。要するに、ロアを引き合いに出せば双子は従順なのだ。ただ、双子は頭が良いので匙加減《さじかげん》は難しそうだが。

〈下僕殿。説得感謝する〉

「その、自分たちのためでもありますので」

海の守り神として崇めている対象に感謝され、カールハインツも恐縮し切りだ。

そもそも、海竜が海底火山を抑えてくれていたのは、ネレウス王国のためだ。感謝などされれば、逆に申し訳ない。

下僕殿という、大仰なのかバカにされているのか分からない呼ばれ方は気になったが、些細なことだ。海竜に認識されたということが何より嬉しかった。

〈ではルーよ。某の背に乗ってくれ。場所は海底故、某が守り運ぼう〉

そう言うとすぐに、海竜の身体が背に乗りやすい高さまで海に沈んでいく。赤い魔狼《ルー》は意気揚々《いきようよう》とその背に飛び乗った。

〈行ってくるね！〉

〈行ってらっしゃい！　でも、フィーは一緒じゃなくていいの？〉

互いに手を振りながら、笑顔で声を掛け合う。

〈フィーへは某の眷属《けんぞく》から願いがある故、できればその願いを聞いてやってくれぬか〉

声の余韻《よいん》がまだ残る最中、海竜とその背に乗った赤い魔狼《ルー》の姿は海の中へと消えていった。

〈けんぞく？〉

〈タスケテ……〉

海竜がわずかな白い細波《さざなみ》を残して消えた海面に、今度は小さな背びれが顔を出す。

その数は無数。数えるのも諦めるような大量の背びれが現れ、カールハインツは再び息を呑んだ。

〈イルカの人、？〉

〈……ソウ〉

青い魔狼《フィー》の問い掛けに、声は答える。水面に顔を出していたのは、イルカの魔獣の背びれだった。

イルカの魔獣は、ネレウス王城のある島の周辺を縄張りにして暮らしている。王国の人間が船から落ちたら助けてくれるし、食べ物と交換で海の中の様子を探ったり、場合によっては偵察のようなこともしてくれる、実質ネレウス王国民の仲間のような存在だった。

このイルカたちが、海竜が言った眷属だった。

〈シマノフネ　シマノニンゲン　タスケテ〉

〈島の船？〉

〈ソウ〉

水面から一頭のイルカが顔を出すと、その鼻先で方向を示した。

その方向にあったのは、まだ戦いを続けているネレウスとアダドの艦隊だ。そしてさらに鼻先を陸地の方に動かす。

〈カザン　トメルトキ　オオキナ　ナミ　オコル　フネシズム　シマシズム　タスケテ〉

〈大きな波から、あそこの船と島の人を助けたらいいの？〉

〈ソウ　シマノフネ　シマノニンゲン　ナカヨクスル　ヌシノシジ　タスケテ〉

言葉はたどたどしいながら、その必死さは青い魔狼《フィー》にも伝わってきた。

要するに、これから海底火山を止めようとすると、高波が起こるということらしい。その波から島の船……ネレウス王国に所属している船と、王国の住民たちを守って欲しいということなのだ。

〈でも魔力が……〉

青い魔狼《フィー》が口籠る。助けようという気があっても、そんな大事を成し遂げられるほどの魔力は今の青い魔狼《フィー》にはなかった。

集めた魔力も、氷の道を作って来るためにかなり消費していた。

〈タイカ　マリョク　ヌシ　イナイトキ　シタガウ〉

〈魔力くれるの？　なら、いいよ！　まえに助けてもらったから！〉

助けるための魔力も、イルカたちが補ってくれるらしい。それなら何も問題はない。大量のイルカの魔獣の魔力があれば、多少の無茶もできるだろう。

何より、双子の魔狼《ルーとフィー》は海に落ちかけた時にイルカたちに助けてもらっていた。そのお礼もまだだ。

青い魔狼《フィー》は大きく頷くと、二つ返事で引き受けた。

〈イットキノ　チュウセイヲ！〉

イルカの魔獣の声が響く。それが合図となり、ケケケケケとイルカたちの大合唱が始まる。それは盛大な拍手のようにも聞こえた。

〈すごい……〉

大合唱と呼応して、青い魔狼《フィー》に魔力が流れ込んできた。奔流《ほんりょう》のように流れ込んでくる魔力に、青い魔狼《フィー》は思わず声を上げた。

今までイルカたちは、あまり魔法を使っている気配がなかった。そのため、青い魔狼《フィー》はイルカをそれほど魔力は強くない種族だと思い込んでいた。

だが、それは間違いだったらしい。イルカたちは魔力そのものは並の魔獣以上に持ち合わせていた。きっと魔法を使うのが不得意なのか、使う必要性を感じていなかっただけなのだろう。

今、青い魔狼《フィー》の下に集まってくる魔力は、双子が必死に集めた人間たちの魔力よりも多い。単純な魔力量だけなら、グリおじさんの魔力量すら超えている。

その力の大きさに、青い魔狼《フィー》は感動すら覚えていた。

そんな最中、不意に青い魔狼《フィー》は空を仰ぐように頭を上げた。

〈かんじる……〉

赤い魔狼《ルー》が呼びかけている。

赤い魔狼《ルー》は海竜に連れられ、すでに深い海の底だ。グリおじさんやピョンちゃんのように遠くまで声を届ける技術のない双子は、会話はできない。

しかし、双子の魔狼《ルーとフィー》に、距離は関係ない。言葉は届けられなくても、互いの心を、感情を伝えられる。

双子の魔狼《ルーとフィー》は血肉と魔力を分けた双子であり、互いを唯一の存在と認めた群れなのだ。生まれてからずっと、心を通じ合わせていた。

そんな片割れの赤い魔狼《ルー》が、心を通じて同意を求めていた。

一緒に、大人の姿になろう、と。

〈いいよ！　やろう!!〉

青い魔狼《フィー》は今集まった、イルカたちの魔力を使って。

赤い魔狼《ルー》は、海竜から与えられた魔力で。

大人の姿になれば、その魔力をさらに自由に操ることができる。青い魔狼《フィー》は軽く身震いをして背中の毛を逆立てると、先走る感情を抑えるように鼻先を軽く舐めた。

〈いくよーーーー！〉

掛け声と共に青い魔狼《フィー》は高く跳ね上がった。

その周囲に舞うのは、氷の結晶。

青い魔狼《フィー》の動きに合わせて弧《こ》を描く。海に降り注ぐ太陽の光を反射し、見ていた人間たちの視界を次第に白銀の光で覆っていく。

その光は青い魔狼《フィー》を包み込むように集結すると、やがて光り輝く氷の繭《まゆ》となった。

「おお！　これが、噂に聞く……」

ベルンハルトが感動の声を上げた。

先ほどまで吐き気で苦しんでいたのが嘘のように、その目は真っ直ぐに青い魔狼《フィー》の姿を見つめている。抑え切れない感動に、その手はかすかに震えていた。

その震えは次第に大きくなり、自身でも気付いたのだろう、両の手を握り合わせて胸に押し付けて震えに耐える。その姿はまるで神に祈っているかのようだった。

「……何だこれ？」

その傍らに立つのは、カールハインツだ。何が起こっているのか分からず、口を開けて呆然とすることしかできない。

彼らにロアと無関係なイルカの声は聞こえなかったが、それでも青い魔狼《フィー》の言葉を拾い出して会話の内容を推測することはできた。

イルカたちから頼まれ、人間相手にしていたようにイルカの魔力を集めてネレウスの船と人々を守ろうとしてくれているのだ。

そのことは理解できたものの、目の前で起こっている初めて見る現象に戸惑うばかりだ。

「フィー様の秘儀《ひぎ》です！　高位の魔獣の、さらにほんの一握りだけが持つ変身能力です！　魔力で肉体を変化させて、大量の魔力を扱えるようになるそうです！　この目で見ることができるとは!!」

感動に打ち震えるベルンハルトの目からは、涙が溢れ流れ落ちた。

双子の魔狼《ルーとフィー》は以前に一度、城塞迷宮《シタデルダンジョン》の中で変身能力を見せている。

その時はベルンハルトは別の場所にいて、変身する場面を見ることはできなかった。ほんの一瞬、変身後の姿を見ただけだ。

後日その時の様子をグリおじさんから教えてもらい、血の涙を流しそうなほど悔やんでいた。

それが今、目の前で行われている。魔法の探求に人生を懸けているベルンハルトには、これほど喜ばしいことはない。

「変身能力？　……ドラゴンの上位種が使うってあれか？　実在したのか？」

カールハインツは混乱する。

魔獣の変身など、空想の話だと思っていた。民話《みんわ》に、人間の娘に恋した凶悪な魔獣が人間の姿に変身して結婚する話がいくつかある。しかし、それはあくまで伝説や昔話の世界の中の話だ。

たまに人間に変身した魔獣の血を引いていると自称する者が現れることはあるが、それも自分を強く見せるための虚言に過ぎない。ハッタリだ。信じるのは子供ぐらいのものだ。

「そうです！　グリおじさん様の話では、まだ未熟で伝説のように自由自在とはいかないそうですが、間違いありません！」

「へぇー」

「へぇとは何ですか!!」

カールハインツの軽い返事に、ベルンハルトは怒りの視線を向ける。そして一気に詰め寄った。

あまりの勢いと怒気に、カールハインツは身を仰《の》け反《ぞ》らせた。

「要するに、幻覚魔法なんだよねぇ？」

「ち・が・い・ま・す!!　本当に肉体を変化させているのです！　グリおじさん様ですら使えない、種族に紐《ひも》づいた魔法なのですよ！」

「……」

鼻先同士がくっ付きそうなほど顔を近づけられ、カールハインツは何も言えない。

カールハインツがどうやってこの魔法狂いから逃げようかと考えているところに、小さな泡が弾けるような音が聞こえてきた。

「いけない！　見逃してしまう!!」

慌ててベルンハルトは振り返った。大事な場面を見逃したくないのだろう。その目は血走り大きく見開かれていた。

泡が弾けるような音と共に、青い魔狼《フィー》を包んでいた氷の繭が剥がれ落ちるように消えていく。繭から出て氷の上に降り立つと、しっかりと凍っているはずの氷からフワリと冷気が舞い上がった。

中から現れたのは、巨大な魔狼だった。

カールハインツでも見上げないといけない位置に頭がある。グリおじさんよりも倍は大きく、何より見惚《みと》れるほど美しい。

透き通った濃紺《のうこん》の毛皮。陽の光に晒され、澄んだ水面のように輝いている。

それを纏っているのは、しなやかで力強い肉体だ。青い魔狼《フィー》の面影を残しつつ、精悍《せいかん》な姿になっていた。

上半身には物理法則を完全に無視した細氷《さいひょう》の羽衣《はごろも》が絡み、ゆっくりと風に流れている。軽く身震いして全身の毛皮を波打たせると、大きなシッポが宙を撫でた。

数百年後の、成長した後の姿。

青い魔狼《フィー》は魔力を使い、それを先取りしたのだった。

〈大人もーど!!〉

自慢げな声と共に楽しげに口元を緩める。その姿に似合わず、声は可愛らしいままだ。

青い魔狼《フィー》は首を軽く振り、遠方に視線を向けた。それだけで、皆が乗っている氷が広がり、遥か彼方への道を作った。

その先にあるのは、まだ戦っているネレウスとアダドの艦隊だった。

〈ねえ?〉

カールハインツたちがその姿を見つめていると、青い魔狼《フィー》が振り向いた。

向けられた瞳に、カールハインツは恐怖を感じて震え上がった。青い魔狼《フィー》に危害を加える気はない。それは分かっている。

それなのに、身体が凍り付いたように動かせない。

子供の魔狼の姿の時でも、カールハインツは双子に言いようもない恐怖を感じていた。

だがそれは自分よりも強い者に対しての恐怖で、簡単に倒されて首筋に下僕の印を付けられたことから来るものだ。双子と行動を共にすることで、害意はないと判断して段々と薄れていった程度の恐怖だった。

その恐怖と、今カールハインツが感じている恐怖は違う。

畏怖《いふ》。

そう、カールハインツは絶対に敵わない人知を超えた存在に、恐怖と同時に偉大さを感じていたのだ。

〈いっしょに来る？　ここでまってる？〉

「え？」

カールハインツたちは、青い魔狼《フィー》からかけられた言葉に、戸惑う。

〈イルカの人たちに、あそこの船を守ってって言われたから行くの。どうする？〉

「どうすると言われても……」

カールハインツは周囲を見渡した。

周囲は海。侵入不可の壁が覆っている島以外は、何もない。こんな所に放置されて、乗っている氷が溶けたら命はない。

しかし、畏怖の感情から同行に迷いが生まれた。

「いき……」

「行きます！　行かせていただきます！　フィー様の魔法の神髄《しんずい》をこの目で！　近くで！　確かめさせていただきます!!」

カールハインツが答えようとしたところに、被せ気味にベルンハルトが叫んだ。ベルンハルトは頬を紅潮《こうちょう》させ、瞬きを忘れたように見開いた目で青い魔狼《フィー》を見つめていた。

「行くわよ。でも、あの船は嫌。別の方法で運んでよね」

船に乗せられ氷の上を引きずられ、酷い振動から先ほどまで吐き気に苦しんでいたはずのコルネリアが、小瓶に口を付けながら答えた。

小瓶の中身は低位の治癒魔法薬だ。吐き気に耐え切れずに飲んだのだろう。

だが、低位とはいえ、治癒魔法薬は吐き気程度で飲むような薬ではない。ロアに毒されて魔法薬の価値観が狂ってしまっているとしか思えない。グッと残りを一気に飲み干し、コルネリアは手の甲で口元を拭《ぬぐ》う。

そして、真っ直ぐに青い魔狼《フィー》を見つめる。大股開きで立つその姿には迷いがなく、何か吹っ切れたような印象があった。

「よく分からないけど、高波が来るかもしれないのよね？　お姉様と剣聖様のいる船に連れてって。見つからないならサバス船長の船に。何かできることがあるかもしれないから」

〈いいよ！　じゃあ、行こう！〉

カールハインツが答えるまでもなく、彼とベルンハルト、コルネリア、それに加えて巻き込まれただけの船頭のネレウス艦隊行きが決まってしまった。

「ははは……」

あまりに軽く決まってしまったため、カールハインツは笑いを漏らすことしかできない。

ベルンハルトは魔法のことしか考えてないし、コルネリアは自分と違って大きな姿になった青い魔狼《フィー》に驚きも怯えも見せていなかった。自然体で、いつも通りだ。

一人畏怖を感じていたカールハインツは、そのことがバカらしくなってきた。

「やっぱり、ちゃんと楽しまないとねぇ」

カールハインツは苦笑を浮かべながら、一人呟くのだった。


洋上でのネレウス艦隊とアダド艦隊の戦いは停止していた。双方の艦隊の指揮官から、停戦の命令があったからだ。

その理由は、途切れなく続く地揺れだった。

地面が揺れたとしても、洋上の船で大きな損害が発生することはない。特に今戦っているような水深が深い場所であれば、大きな揺れも大量の海水が衝撃を吸収してくれてほとんど影響はない。

ただ、かなり陸地から離れているとはいえ、津波《つなみ》の危険がある。海ではそちらの方が問題だ。

海で発生した津波は水深が浅い陸地に近い場所ほど高くなっていき、入り江に入り込んでしまえば周囲の波が集まり、さらに高くなる。つまり、陸地に近ければ近いほど、被害は大きくなるのだ。

そして、その波に船が流されれば、最終的には陸地に打ち付けられて破壊されてしまうだろう。

そうならないためにも波が押し寄せる方向を見定め、まだ対処可能な波の高さのうちに正面から突っ切ってやり過ごす必要があった。

流されなかったとしても、戦闘中のような船が密集している状況では、互いの船がぶつかり合い沈む可能性もある。

軍船といっても乗っているのは海に生きる者たち。当然ながら、そういった知識は身に付いている。国が違っても災害に対しての対処法が変わることはない。

戦争などというものは、どちらかに生き残れる可能性があってこそ成立するものだ。よほど特殊な状況でもなければ、敵もろとも滅びるような選択はしない。この場で戦っていた者の大半は職業軍人で、利益のない行動を選べるほど無謀ではなかった。

波を見て地揺れが収まらないと判断するや即時停戦を決め、互いに生き残るための行動に出るのは当然のことだった。

「どうだ？」

剣聖の問い掛けに、サバス船長は渋い顔を作った。

剣聖は停戦後すぐに、サバス船長の船に戻って来ていた。彼は船乗りではないが、海を中心として生きる国の国民だ。こういった時の対処は心得ている。

「……今のところ津波の気配はなさそうだな。だが、イルカたちが船の周りから消えた。異変が起こってるのは間違いないな」

船は現在、波の状態を探りながらゆっくりと沖を目指している。どの方向から波が来ても、水深がある場所の方が津波の影響を受けにくく、助かる確率が上がるからだ。

ただ、どの方向か見定められない状況では、全速力で船を動かすわけにはいかない。下手な移動は逆に命取りになる。

震源が海ではなく大陸の地下であれば、高波も来ないだろう。このまま何事もなければいいが……と、サバス船長は唇を噛み締めて祈るような気持ちで考えていた。

「お頭！　大変です!!」

船の物見台で遠方を警戒していた男が、叫びを上げた。

「なんだ！　波が来たのか!?」

「狼です！　狼が！　海が凍って!!」

「はぁ？」

物見台の男は必死になって叫ぶが、要領を得ない。顔を青くして、かなり混乱しているようだ。

「何を言ってやがる！　血迷ったか？　海の上で狼だと！！？」

大規模な海戦を行い、その後で津波の危機だ。興奮して目までおかしくなりやがったかと考えたものの、怒鳴った直後に脳裏に浮かぶものがあった。

……狼、凍る……。

つい最近、それに関係するものを目にした記憶がサバス船長にはある。

「まさか……」

「デカい狼が!!　うわあああああ!!」

サバス船長の考えは、物見台の男が上げる怯えた悲鳴に掻き消された。

ほぼ同時に、船に大きな衝撃が走る。何かが船の甲板に落ちて来たのだ。

トンと、その着地音は静かなものだったが、その影響は大きかった。船の浮力《ふりょく》より衝撃が勝り、船体が大きく沈み込んだ。

一度沈み込んだ船は、浮力によって元の位置に戻ろうとする。船は突き上げられたように、激しく上下に揺れた。

「うぉっ!!」

サバス船長は即座に近くの柱を掴むと身体を支えた。同時に甲板全体に風の魔法を発動して、船員たちが海に投げ出されないように抑え込んだ。

さすが熟練の海賊船船長である。判断は早い。おかげで、揺れが収まるまで誰一人として海に投げ出されずに済ますことができた。

「何が起こった!!」

至る所で船員たちの悲鳴が上がる中、それに負けじとサバス船長は声を張り上げた。だが、船員たちは混乱しており、皆、答えられる余裕はない。

〈とうちゃーーーーく!!〉

船員たちの返答に代わって響いたのは、呑気な、可愛い声だった。それに続いて、どさりと重い荷物が落ちるような音が聞こえる。

サバス船長がそちらに目を向けると、落ちて来たのは見慣れない男と、知り合いの宮廷魔術師だった。

「ベルンハルト！　船頭さん！　大丈夫？　もう！　船は安定しないんだから着地は気を付けてよね」

〈えー！　フィーは大丈夫だよ？〉

「自分基準じゃ、ダメだと思うけどねぇ……」

次々に聞こえる声に、サバス船長は眉を寄せる。全部、聞いたことのある声だ。

ゆっくりと落ちて来た二人の男からさらに上へと視線を動かすと、そこにいたのは巨大な魔狼だった。

輝く濃紺の毛皮の魔狼。畏怖すら感じるその姿を、サバス船長は目を大きく見開いて見つめた。

その背には、二人の人間の姿があった。

「カールハインツ王子、コルネリア……」

「サバス船長、失礼するね。一大事なんだよ」

サバス船長の呟きに、魔狼の背に乗ったカールハインツは軽い口調で答えた。

カールハインツとコルネリアは魔狼の背から飛び降りると、着地の時の揺れで落ちてしまったベルンハルトと船頭にケガがないか確かめる。船頭にケガはないようだが余程つらい目にあったのか小刻みに震えており、立ち上がる気力さえないようだった。

ベルンハルトはというと、落ちた時に打ち付けた腰を撫でながら、何やら楽しげに呟いていて不気味だった。

「……王子。一大事とは？　それにこの魔狼は？」

〈フィーだよ？〉

可愛い声にサバス船長は戸惑う。覚えのある声の主と、目の前の魔狼の姿は大きく違っている。

「自己申告の通り、フィーだよ。ロアくんの従魔の青い魔狼ね。大きくなってる理由は後で。時間がないからねぇ。それと、そこで嬉しそうに臨戦態勢を取ってる剣聖殿も、やめてね。これ以上話がややこしくなったら嫌だからね」

カールハインツの言葉に、サバス船長の隣でビクリと肩を震わせた男がいる。

剣聖だ。彼は嬉しそうに頬を緩めながら、剣を握って魔狼を見つめていた。どうも強そうな魔狼の姿に戦闘狂の血が抑え切れず、戦おうとしていたらしい。

カールハインツに注意されて剣聖は剣を下ろしたものの、その目はずっと魔狼の姿を追っている。いずれ戦ってやろうと考えている目だ。グリフォンに負けたのにまだ懲《こ》りていないらしい。その姿に、カールハインツは呆れてため息を漏らした。

「早速だけど、この近くで海底火山が噴火しかけてるらしいんだ」

「なんと！」

「なにっ⁉」

突然のカールハインツの告白に、サバス船長と剣聖が声を上げる。一気に雰囲気が変わった。先ほどの揺れと魔狼の登場で騒然としていた船の上が静まり返る。誰もがカールハインツの言う通り、一大事だと認識した。

「今は海竜様が抑えてくれてるらしいんだけどねぇ。完全に噴火を抑えるための作業の途中で、高波が発生するらしいんだ。それで、フィーがみんなを守りに来てくれたんだよ」

端的に事実だけを告げるカールハインツに、船の上の人々は目を剥いた。噴火の事実もそうだが、海竜が今まで守ってくれていたことに衝撃を受けた。

彼らにとって、海竜は守り神だ。

そういう認識でいたものの、今まで実際に守られたという事実はなかった。今回改めて本当に守ってもらっていたということを聞いて、自分たちの信仰は間違っていなかったのだと安堵した。

喜ばしいと思う反面、その守り神ですら処理し切れなかった海底火山の噴火に恐怖を感じる。そして、全員がそっと青い魔狼《フィー》に目を向けた。

〈ふんかを止めるのはルーだよ？　それで、みんなを守るのがフィー！　ルーにもちゃんと感謝してね？〉

青い魔狼《フィー》の言葉は一部の人間にしか届いていない。

しかし何かを感じたのだろう。海竜と協力して守ってくれる青い魔狼《フィー》に、船上の人々はそっと膝を折り頭を下げた。

それはサバス船長も例外ではない。

サバス船長はこの魔狼の正体がロアの従魔であり、子魔狼だと知っている。だが、守ってもらう立場なのだから、礼を尽くすべきだと青い魔狼《フィー》の正面に立ち、嘘偽《いつわ》りなく真心をこめて頭を下げた。

「よろしくお願いします」

本心から出たサバス船長の懇願《こんがん》の言葉に、青い魔狼《フィー》は軽く頷いて見せる。そして、フンと鼻を鳴らしてから、遥か海上に目をやった。

〈そろそろ始まるみたい。気を付けてね〉

青い魔狼《フィー》のその言葉が合図だったように、視線の先の海面が泡立ち始める。深い深い海の底から伝わる振動が、海の水全体を揺らしているのだ。

海の奥で、何かが始まろうとしていた。

「伝令を飛ばせ！　海底火山の噴火だ！　敵味方関係なく、知らせてやれ!!」

すかさず、サバス船長が檄を飛ばした。それに反応して、弾かれたように船員たちが下げていた頭を上げると慌ただしく動き始めた。

それから間もなく海面が不自然に波打ち始める。何も知らなければ地揺れの続きだと思っていたところだろう。だが、これから始まるのはもっと最悪の事態だった。

津波であれば、まだ対処できる。だが、海底火山の噴火はどうすることもできない。発生する波を津波のようにやり過ごそうとしても、やり過ごせる方法がない。噴火は一度きりではない。

それに、噴火であれば噴き上げられた噴出物が降り注ぐのだ。船の上では避けようがなかった。

静かな海面の変化は、次第に爆発音に変わっていく。海の奥底で発生した爆発が海面まで伝わっているのだ。鈍いその音にさらに爆発音が重なっていく。

そして、大きな水柱が上がった。

〈すいじょうきばくはつーー!!〉

なぜか楽しそうな青い魔狼《フィー》の声が爆発音に重なった。

水蒸気爆発は、急激に熱せられた水が一気に水蒸気になって爆発する現象だ。以前に双子がサバス船長の船から飛び出して海に落ちた時に、自分たちを船の上まで持ち上げるために利用したことがある。青い魔狼《フィー》にとっては馴染み深い現象だった。

それが今、大規模に、最悪な形で発現した。場所は艦隊がいる所からさらに沖だ。船からは離れているが、決して安全な距離ではなかった。

海底火山の噴火は、高温の溶岩の噴出だ。それが海の水に触れれば、水蒸気爆発が起こるのは当然だ。出続ける溶岩によって、水蒸気爆発は止まらない。爆発に爆発が重なり勢いを増していく。

その爆発には溶岩の成分が含まれ、水蒸気の白煙と共に黒い煙を噴き上げる。

噴き上がるのは煙だけではない。海底の土砂や、水で冷え固まった溶岩の塊が飛び出して飛び散った。爆発の衝撃により海水が大きな波を作り押し寄せてくる。

幸いだったのは、溶岩自体の噴出はなかったことだろうか。

〈あれ? 波だけじゃないの?〉

約束が違うとばかりに不満げに漏らしたものの、臆《おく》した様子はない。青い魔狼《フィー》は真正面から海底火山の噴火に向かい合う。

〈かべっ!!〉

青い魔狼《フィー》の掛け声によって、艦隊のいる手前の海が持ち上がった。

それは水の壁。いや、瞬時に凍り付き、氷の壁となった。壁は横に広がっていき、何キロも続く巨大な防護壁となった。

そして噴火の衝撃と飛び散る噴出物を防ぐことに成功した。

その作製に海水が使われたため、一瞬だが艦隊は壁の側に吸い寄せられて大きく揺れた。それもすぐに安定する。周囲の海が凍り付き、船を固定してしまったからだ。

被害はなし。壁はネレウスの船だけではなく、アダドの艦隊まで丸ごと守ってみせたのだ。

「すげぇ……」

その声は誰のものだったのかは分からない。目の前に広がる氷の壁に、誰もが口を開けて見上げることしかできず、同じことを考えていた。きっと言った者も自分の口から漏れたことに気付いていないだろう。

それは他の船でも同じで、全ての船でただただ壁を見上げる人々の姿が見て取れた。

「なんと素晴らしい……。満足な詠唱もなしにこれほどの氷の魔法を一瞬で作り出すとは、奇跡《きせき》だ！」

ベルンハルトの声が、いつもの調子で響いている。膝を突き、キラキラした目で氷の壁を見上げていた。つい先ほどまで甲板に落下し、痛む腰を撫でていたのが嘘のようだ。

〈あれ？　あれれ？〉

噴出物も、爆発によって押し寄せる波すらも防いでいる氷の防護壁。その内側で青い魔狼《フィー》が戸惑いの声を上げていた。

「どうした？」

見た目では完全に防げている。だが、その戸惑いの声にカールハインツは不安を覚えた。

〈魔法が、予定よりよわいの。かなり。それに、ルーも困ってる〉

青い魔狼《フィー》は戸惑っていた。そして、それは海の底にいて噴火を抑えているはずの赤い魔狼《ルー》も同じだった。

双子の魔狼《ルーとフィー》は声を互いに届けることはできない。だが、心は繋がっており、互いの気持ちを感じることはできた。

青い魔狼《フィー》の心の中では、自身の戸惑いと赤い魔狼《ルー》から伝わる戸惑いが混ざり合っていた。その戸惑いの表れなのか、海底火山の噴火は収まるどころか強さを増していく。とても海竜と赤い魔狼《ルー》が抑えようとしているとは思えないほどに。

〈おかしい！　大人になったフィーなら、防げるはずなのに。どうして弱いんだろう？　ルーがおさえてるはずなのに、なんで噴火はとまらないの？〉

青い魔狼《フィー》は不安げに首を傾げる。そして、ふと、横を見た。

だが、そこには誰もいない。

そう、誰もいないのだ。青い魔狼《フィー》は今、一匹だけだった。

ロアもいない。赤い魔狼《ルー》もいない。グリおじさんすら、いない。いつもいてくれた者たちが、誰もいない。

誰も、声が届く距離にいない。誰も、助けてくれない。

この時初めて、青い魔狼《フィー》は一匹でいることの恐怖を感じた。

「どうした！！？」

カールハインツの声が聞こえる。だがそれは、青い魔狼《フィー》の欲しい声ではなかった。

ピシリと嫌な音がして、氷の壁に亀裂《きれつ》が走る。予定よりも魔法の効果が薄く、強度が弱い氷の壁は、海底火山の噴火に耐えられなかった。

「ヒビが……」

コルネリアの声が聞こえる。この声もまた、欲しい声ではない。

「素晴らしい大規模な氷の魔法！　これほどまでの魔法なのに、火山の噴火は防げないのかっ!!」

ベルンハルトの声が聞こえる。やはり、この声も違う。

押し寄せる爆発の衝撃。それによって発生した波の水圧。降り注ぐ噴出物。青い魔狼《フィー》はさらに海水を凍らせて壁を補強するが、焦りによって満足な結果が得られない。頭の中で魔法式が曖昧《あいまい》になっていく。

こういう時はいつも赤い魔狼《ルー》が助けてくれた。

双子は双子であって、まったく同じ存在ではない。得意な魔法の属性も違うが、それ以外にも違いはたくさんある。

青い魔狼《フィー》は魔力制御が得意だった。赤い魔狼《ルー》は魔法式を組むのが得意だった。

双子はいつも一緒にいることで、この違いを互いに補い合い、均一化していた。互いを同一視できるほどの強い繋がりの群れである『双子の魔狼』だからこそ、可能な方法だった。

だが今、ここに赤い魔狼《ルー》はいない。足りない部分を補ってくれていた大切な存在がいない。

ロアがいない。その人のためになら何でもできると思える相手がいない。心の支えが、足りていない。

憎まれ口を叩きながらも、教え導き、助けてくれたグリおじさんもいない。

青い魔狼《フィー》の大きなシッポは垂れ下がり、後ろ足の間に隠れようとしていた。

〈……どうしたら、いいの？〉

初めて感じる孤独に、青い魔狼《フィー》は圧《お》し潰《つぶ》されそうになっていた。目が潤み、視界が歪んでくる。

状況を見て判断し、魔法を強化していかないといけないのに、周りが見えなくなってくる。心の中には、赤い魔狼《ルー》もまた同じように不安を感じているのが伝わってきていた。

そうか……と、青い魔狼《フィー》は気付いた。海底火山の噴火が一向に収まらない理由も、同じ理由なのだと。

赤い魔狼《ルー》もまた、たった一匹で戸惑い、不安を感じていた。実力が発揮できず、どうしていいのか分からず、助けを求めていた。

青い魔狼《フィー》は助けに行きたかったが、物理的な距離と分厚い水の層がそれを邪魔している。何より、頼まれたことをやり遂げずにここを離れられない。そんなことをしたら、ロアに優しく撫でてもらえなくなる。

〈どうしよう……〉

しっかりと立っていたはずの足が震える。

自分は……自分一匹だけでは無力だと感じた。どんなに立派な大人の姿になっても、まだ子供なのだと思い知った。

氷の壁の亀裂が大きくなっていく。今にも崩壊しそうだ。

〈だれか助けて……〉

氷の壁の亀裂が広がり、人間たちの悲鳴が上がる。青い魔狼《フィー》の小さな呟きは、周囲の雑音に掻き消された……。

……かに見えた。

〈そういう時は、偉大で優しいオジちゃん助けてと言うべきであろう？〉

地獄耳のグリフォンだけは、どんな雑音の中でもその小さな呟きを聞き逃すことはなかった。

甲高い音を立てながら、氷の壁が崩壊する。絶望の音だ。

だが青い魔狼《フィー》はそれを心地好いものだと感じていた。氷の壁が崩壊したことによって、衝撃や高波、噴出物が押し寄せるはずだった。

それなのに、いつまでたっても何も襲って来ない。巻き上がる風が、全てを青い魔狼《フィー》から遠ざけていく。

凄まじい風がすぐ近くで吹き荒れているというのに、船は揺れることもない。青い魔狼《フィー》の毛皮すらも揺らさない。魔法の風だ。

青い魔狼《フィー》はゆっくりと、空を見上げた。

噴煙《ふんえん》に汚されているはずの空は、澄んでいた。

青空の中に、目当ての存在を見つけて青い魔狼《フィー》のシッポは跳ね上がり、大きく振れる。

〈ロア!! ロア! ロア! ロア!!〉

歓喜の叫びを青い魔狼《フィー》は上げた。

〈……助けたのは我なのだがな?〉

不満げなグリおじさんの声は、青い魔狼《フィー》の耳には届いていなかった。

ただ、グリおじさんと並んで空中に浮いている、ロアだけを見つめていた。

氷の壁が崩壊した空の上には、二匹の魔獣と二人の人間の姿があった。魔獣はグリおじさんと、ヴァルと名付けられた魔道石像《ガーゴイル》だ。

そして、人間はロアとクリストフ。二人と二匹の姿を確認したというのに、青い魔狼《フィー》の目にはロアしか映っていなかった。

〈ロア! ロア! ロア!!〉

千切れそうなほどに大きなシッポを振り、乞《こ》うような視線を向ける。まるで母を慕《した》う子供だ。畏怖すら感じる大きな魔狼が見せるその幼さに、周囲の人間たちは困惑を隠し切れなかった。

「助かった〜。クリストフも元気そうで良かったわ！」

「おお！ 色々あったけどな！」

「なんと！ 素晴らしい風の魔法！ 大自然の脅威である火山の噴火を見事に防ぐとは！ 素晴らしい!! ぜひとも私めにもその秘術の教えを!!」

通常通りなのは、コルネリアとクリストフ、それとベルンハルトくらいのものだろうか。コルネリアは助かったこととクリストフの無事を確認できたことで大きく安堵の息を吐き、気が抜けたようにへたり込んだ。

クリストフは身体が浮いていることに居心地が悪そうにしながらも、元気良く大声でコルネリアの言葉に応えて手を振った。ベルンハルトはというと、頬を紅潮させてグリおじさんが展開した魔法を見つめて叫んでいる。

この三人はいつも通りだ。

三人にとっては、青い魔狼《フィー》は見た目が大きくなっても青い魔狼《フィー》なのだから、ロアに懐いている姿が通常だ。どんなに幼い態度を取ったとしても、違和感があるはずがない。

空に浮かぶ四つの影は、滑るように船の上に着地してくる。それを待っていたかのように、青い魔狼《フィー》はロアに駆け寄った。

〈ロア！〉

「心配かけてごめ……うわっ！　飛び付かないで！　重い！　潰れる!!」

駆け寄った勢いのまま、青い魔狼《フィー》はロアに飛び付いた。

青い魔狼《フィー》にしてみればいつもの甘えたい時の行動だったが、今は身体の大きさが違い過ぎる。グリおじさんよりも大きくなった青い魔狼《フィー》の巨体をロアが支え切れるはずもなく、押し倒され尻もちをついた。

それでも興奮した青い魔狼《フィー》の勢いは止まらない。のしかかるようにロアに身体を押し付けると、長い舌でロアの顔を舐め回した。

「ちょっと、待って！　フィー！」

〈それくらいにしておけ。今のフィーの巨体では小僧が圧し潰されてしまうぞ〉

グリおじさんが声を掛けると、青い魔狼《フィー》の動きが止まる。シッポの動きも高い位置でぴたりと止まった。

一瞬の静止の後、青い魔狼《フィー》は目だけをグリおじさんに向けた。そして、冷たく細めると何も見なかったかのように、その目は再びロアへと向けられた。

〈ロア！　ルーとフィーはがんばったんだよ？　ロアを助けようとおもったの！　でも、まにあわなかったの。ごめんね……〉

青い魔狼《フィー》はそう言うと、ロアの身体に鼻先を軽く押しあてる。匂いを確認し、押し倒したままのロアの身体に顎《あご》を乗せた。グリおじさんの忠告を気にしてか、その動作はゆっくりと優しい。体重を掛けないように気を遣っていた。

ふわりと、氷の結晶が周囲に舞って輝き始める。それはロアの身体を思いやって、先ほどまでの激しい感情を抑え込んだせいだった。行き場のない感情が無意識の魔法となって周囲に漏れ出たのだ。

氷の結晶はロアの肌にも落ちたが、それは刺すような冷たさはなく気持ち良いものだった。ひんやりとしたその感触を感じながら、ロアは青い魔狼《フィー》の頭を優しく抱きしめた。

「ありがとう。頑張ったんだね。助けてくれようとしてくれて嬉しいよ」

〈……ロアぁ……〉

青い魔狼《フィー》は抱きしめられた頭をロアの身体にすり寄せる。圧し潰さないように、優しく。

ロアと青い魔狼《フィー》が離れていた時間は一日にも満たない。しかし、色々なことがあり過ぎて、長く遠く離れていたように感じていた。その思いを、一人と一匹は噛み締め、身体を押し付け合うことで互いの存在を確かめ合ったのだった。

〈あー。感動の場面で悪いのだがな〉

そこに、無粋な声が割って入った。グリおじさんだ。

グリおじさんは、ロアと青い魔狼《フィー》の傍らで、一人と一匹の様子を見守っていた。

その顔には微笑ましいような、羨ましいような、困ったような様々な感情が入り混じった微妙な表情が浮かんでいた。

その背後では、今もまだグリおじさんの魔法の風が渦巻いている。飛来物や波は風で抑え込まれているものの、まだ噴火は止まっていない。それどころか、勢いを増してきている感じすらあった。入り混じった感情のうちの、困っている部分はそれが原因だろう。

〈早急に方策を決めねば、噴火を防いでいる我の魔力もそう長くは持たぬのだが……。魔力を集めて底上げしても限界が……〉

〈…………〉

声を掛けてきたグリおじさんに、青い魔狼《フィー》はまた目だけを動かして一瞬だけ視線を向ける。そして、蔑《さげす》んだ目で見つめてから無言で目を逸らした。

〈ロア、なんかうるさいのがいるね〉

〈うるさいのとは何だ⁉　どうした？　フィー？　我だぞ？〉

グリおじさんが青い魔狼《フィー》の顔を覗き込むも、青い魔狼《フィー》は目を合わせてくれない。視線の先に顔を持って行っても、プイッと顔ごと視線を逸らせてしまう。完全無視の体勢だ。

グリおじさんはその態度に慌て、必死に視界に入ろうとする。それでも青い魔狼《フィー》は目を逸らし続けた。

〈どうして我を無視するのだ‼〉

ついには声を荒らげて怒り出したが、それでも青い魔狼《フィー》は無言で無視を決め込んだ。

「どうしたの？」

〈……おじちゃんにむしされたから、むししかえすの！〉

ロアが戸惑いながら問い掛けると、すんなりと青い魔狼《フィー》は口を開いた。

〈無視などしてはおらぬぞ？〉

〈した‼　ロアがいなくなって、ルーとフィーはおじちゃんを呼んだのに、むしした‼　こまってたのに！〉

感情に任せて叫ぶと、青い魔狼《フィー》は甲板に前足を叩きつける。甲板に傷は付かなかったものの、その音は凄まじく、遠巻きにして様子を窺っていた者たちが驚いて飛び上がった。

しかも、叩きつけた前足からは冷気が漏れ出し、白煙と共に甲板を霜《しも》で真っ白に染めていく。……ただしロアの周囲だけは、キレイに避けられていたが。

〈つまらないこと、かんがえてたんだよね？　ロアがゆうかいされるの、見のがして、じぶんで助けて、ロアにほめられようと思ってたんだよね？　だからルーとフィーのこと、むししてたんだよね!?〉

〈それは……〉

図星過ぎて、グリおじさんは言葉を継げない。青い魔狼《フィー》が見透かした通り、グリおじさんは誘拐されるロアをわざと見逃して、自分で助けてロアに認められるために双子の声を無視していたのだ。何か言えるはずもない。

青い魔狼《フィー》から漏れ出した冷気が、怒りの矛先となったグリおじさんを襲う。嘴の先から白い霜が付着し始め、頭の、そして上半身の羽毛を凍らせていく。グリおじさんは怒りを向けられたことに呆然とし、凍っていく羽毛にすら気付いていないようだった。

〈だから、フィーもおじちゃんのこと、むし!!〉

青い魔狼《フィー》はそれだけ言い切ると、再びグリおじさんを無視してロアへと身体を押し付ける。気まずい沈黙が満ちた。

事情が分からない者たちや声が聞こえない者たちは、青い魔狼《フィー》のあまりの迫力と周囲に満ちた冷気に怯え、声を出すどころか身動き一つできなかった。下手に目をつけられれば、自分まで凍らされると思い、冷気で震える身体すら必死に抑え込んだ。

従魔たちの声が聞こえて、事情が分かっている者たちは青い魔狼《フィー》の言葉に何も言えない。圧倒的にグリおじさんが悪く、青い魔狼《フィー》の意見が正しいと思ってしまったからだ。

ただ、このまま青い魔狼《フィー》の好きにさせておくわけにはいかない。このまま冷気を撒き散らされれば、いずれは倒れる者も出るだろう。そのため、何とか宥めてくれと全員でロアに視線で合図を送った。

グリおじさんも、必死で縋るような視線をロアに向けている。全員から視線を向けられ、ロアは困ったような笑みを浮かべた。

「……フィー」

優しく、青い魔狼《フィー》の頭を撫でる。青く透き通るサファイヤのような毛は、その見た目に反して柔らかくフワフワで、しかし適度に冷たくて気持ち良い手触りだった。

「グリおじさんはダメな大人だよね」

〈なっ！　我は!!〉

「グリおじさんは黙ってて！」

〈はい……〉

慌てて嘴を突っ込もうとするグリおじさんを、ロアは一喝《いっかつ》して黙らせる。ロア以外の誰にもできるはずのない芸当だ。

黙らされたグリおじさんは、いじけてその場に座り込んだ。凍った上半身の羽毛のせいで、顔面蒼白《そうはく》になって元気がないように見える。

「でもまだ、ルーが海の底で頑張ってるんだよね？　グリおじさんとは後でしっかり話し合いするから、今はみんなで協力してルーを助けてあげようね」

〈……うん〉

赤い魔狼《ルー》の話を出されるとさすがの青い魔狼《フィー》も弱い。それに、ロアのお願いを無視できるはずがなかった。青い魔狼《フィー》はロアに押し付けていた頭を上げて立ち上がると、いじけているグリおじさんへと振り向いた。

〈仕方がないから、今はゆるしてあげる！　ルーを助けるの、手伝って！〉

今の青い魔狼《フィー》はグリおじさんより一回り大きい。立ち上がれば、自然と見下ろす姿勢となった。

〈今は……？〉

青い魔狼《フィー》に見下ろされたグリおじさんは、不満げに呟く。それも仕方がないだろう。ロアの言う「話し合い」とは実質一方的な説教だ。

しかもそういう時のロアの話は長い。さらに、話をちゃんと聞かないと特製のブラシで殴られる。それにいつもなら傍観しているだけの双子の魔狼《ルーとフィー》が積極的に加わることになるのだから、絶望しかないだろう。

〈我が火山の被害から助けてやったのに……〉

スッキリと気持ちを切り替えた青い魔狼《フィー》に対して、グチグチと言っているグリおじさん。大人げないという言葉がピッタリだった。


「それで、グリおじさん。長くは持たないの？」

〈そうだ！　魔力を集めておるので多少の猶予《ゆうよ》はあるが、我の魔力は尽きかけておる！〉

まだグチグチと不満を垂れ流していた大人げないグリおじさんが、一気に振り向き叫びを上げる。

〈誰かが、考えなしに調子に乗って魔法でバカげた結界を作ったせいでな!!　我だけではないぞ、ピョンのやつの魔力も使いまくられて尽きる寸前だ!〉

グリおじさんは横目でロアを見つめながら、大げさに言ってのけた。声が聞こえている者たちの視線が、ロアに集まる。グリおじさんの言う「誰か」が誰なのか瞬時に察したからだ。

「それは……」

〈それはグリおじいちゃんのせいだよね?〉

今度は陽気で可愛らしい声が響いた。

〈ピョン!　口を挟むな!!〉

〈名前が出たみたいだからね。ボクも参戦させてもらうよ〉

突然のピョンちゃんの声に、ロア、グリおじさん、クリストフの三人以外の声の聞こえる面々は戸惑った。特に戸惑いが酷いのは、ピョンという名前に聞き覚えがあるコルネリアとベルンハルトだ。

二人はピョンちゃんが遥か遠方、城塞迷宮《シタデルダンジョン》の周辺に棲んでいることを知っている。とても声が届くような距離ではなかった。

ピョンちゃんはここに来るまでの間に、ヴァルに自分の声の中継を頼んでいた。今後人間たちと意思疎通を図るために必要だと思ったからだ。普通の魔獣ならそんな器用なことはできないのだろうが、半魔道具のヴァルは難なくやってのけている。

〈これから我が華麗《かれい》に小僧を問い詰めて、先ほどの話し合いの約束を有耶無耶《うやむや》にしようとしていたのだぞ!!〉

つまり、自分の保身のためにロアを売ろうとしていたということだ。

〈そういうことは、声に出さない方がいいと思うんだけどね。でも、そんな話をしてる余裕はないでしょ？　早く赤いワンちゃんを助けてあげないと。海竜は上手くいかなくて混乱してるし、かなり困ってるみたいだよ？　それにさ、原因を突き詰めていくと、グリおじいちゃんが悪いって話になるから、墓穴《ぼけつ》を掘るだけだよ？〉

〈なぜだ？〉

納得がいかないように、グリおじさんは不満げに空中を睨みつけた。

〈なぜって、元々はグリおじいちゃんがロアくんの誘拐やアダドの船が攻め込むのを手助けしたのが原因でしょ？　それにロアくんが結界を作ったのだって、怯えて役立たずになったグリおじいちゃんを守ろうと思ったのが切っ掛けなんだし。ほら、墓穴じゃない？〉

〈……〉

「え？　グリおじさんが手引き？」

ロアは思わず声を上げる。上げてから、聞かれてはマズい人間たちがこの場にいるのを思い出した。

ロアも誘拐をわざと見逃したことまでは推測していた。しかし、いくら何でも犯人を助けるような行動までしていたとは予想外だ。

〈手引きじゃなくて、手助けね。失敗しないように、ちょっと助けただけだから。手引きしてたと言うなら、あの女王様じゃないかなぁ〉

今度はネレウス国民組の顔色が一気に悪くなる。彼らも多少は推測していたことだが、考えたくもない事実でもあった。女王ならやりかねない。何より、アダドの艦隊が攻めて来ているのに、助けに出てくるどころかまったく手出ししてこなかったことがその証拠だろう。

〈それにそもそも、アダドがあんな国になったのって、ネレウス王国のせいだからね？　ネレウスが建国しなきゃ、漁業と農耕が中心の平和な国だったんだよ。海賊に荒らされ続けた歴史があって、さらにその海賊が隣に国を作ったものだから、危機感を感じて軍事国家に変貌《へんぼう》していったんだからね。今回のことだって、積年の恨みを晴らそうとしたみたいだし〉

畳みかけるように語られる予想外の話に、ネレウス王国民たちは息を呑んだ。

彼らにしてみたら、生まれた時にはすでにアダドは軍事国家だった。まさか自分たちの国がその原因になっているとは考えてもみなかったのだ。都合の悪い歴史は、往々《おうおう》にして隠されるものだ。歴史学者などは知っているのかもしれないが、学校が存在するネレウス王国でも伝えられていない話だった。

だが、こういう風に耳にしてみれば、納得のいく内容だ。近隣に海賊国家などというものが出来れば、警戒して軍事が優先になっても仕方がない。さらにはそれを率いているのが何を考えているのか分からない癖に支配力《カリスマ》だけはある女王となれば、心中が穏やかであるはずがない。

〈つまり……悪いのは全部、あの女ということだな！　我は悪くないことが証明されたな‼〉

誰もが口を開くのを躊躇《ためら》う中、空気を読まないグリおじさんの声が響いた。グリおじさんにとって、今重要なのは自分が悪者にされないかどうかだ。他人の感情など関係なかった。

〈……話が進まないから、そういうことでいいけどね〉

ため息混じりに、ピョンちゃんは呟いた。

〈それで、噴火を止める手段なんだけど、色々考えてみても結局は魔力が足りないって話になりそうなんだよね。だから何とかして魔力を集めないと……〉

「それなら何とかなると思うよ」

ピョンちゃんは長い議論になると思っていたが、意外にもロアがあっさりと、自信満々に言ってのけた。

「オレが作った光の壁……えーと、結界？　だけど、消せないんだよね」

〈はあ？　消せない？　消えない魔法などあるわけがあるまい？〉

「でも、本当なんだ」

信じられない話にグリおじさんは噛みつく。だが、ロアの言っていることは事実だった。

今、この瞬間も誰も魔力を供給していないのにもかかわらず、あの島のある場所でロアの作った結界は存在し続けている。

「風とか、波とかの力で魔力を生み出してるからなんだけど……」

〈待て、そんな非常識な魔法は聞いたことがないぞ？〉

長く生きていて、魔法についてそれなり以上の知識を持っているグリおじさんでも、そのような魔法は初耳だった。

「非常識って……リフレクトの魔法式を利用したから、普通じゃないの？」

〈……普通？〉

グリおじさんは困惑したが、すでにある反射魔法《リフレクト》の魔法式を利用して作ったものなのだから、非常識と言われてもロアには関係ない。むしろ非常識と言うなら、太古の、魔道石像《ガーゴイル》に反射魔法《リフレクト》を組み込んだ人間の方だろう。ロアはまったく気にする様子もなく、話を続けた。

「それで、消し方を考えてたんだけど、オレには無理なんだけどヴァルならできるみたいなんだ。結界の魔力を他の魔法に転用して、維持できなくなるまで魔力を使い尽くす方法なんだけど」

〈なるほどね。その魔力を魔力回廊を通じてボクたちが使う魔法に供給しようってことかな？〉

ピョンちゃんがすかさず補足をする。ロアは大きく頷いた。

ロアの作った光の壁……グリおじさんが結界と呼んでいるものだが……は、周囲の風や波、もしくは魔法や物理の攻撃を吸収して魔力にする能力がある。これは反射魔法《リフレクト》が攻撃を反射するために、その衝撃を一度魔力に変換する能力を利用したものだった。

ロアはその能力で生み出される魔力を、莫大《ばくだい》な魔力を消費する結界そのものの維持に回すようにしたのだ。

幸い、海の上の島という条件は、それに合っていた。常に強い海風が吹き、荒い波が打ち寄せるからだ。

だが、そのせいで作ったロアですら制御不可能な、消せない魔法が誕生してしまった。

当然ながら、ロアにとってもそれは予想外の結果だ。消せないことに気付いたロアは、即座に消し方を考えた。

魔力が常に補われていて消せないなら、それ以上に何かで消費してやればいい。当然の発想だろう。

そこまで考えたが、完全に独立してしまっている魔法から魔力を吸い出して使う方法などロアは知らない。そこで、作る時に補助してくれていた魔道石像《ガーゴイル》のヴァルに尋ねたのだが、ヴァルはあっさりと自分であれば可能だという返答をくれたのだった。

ちょうどそのやり取りをした直後に、双子《ルーとフィー》の魔狼の危機を、ヴァルの探知能力を借りているピョンちゃんが察知した。

そのため、グリおじさんたちに話す間もなく、急遽《きゅうきょ》この場にやって来たという経緯があったのだった。

「それに、もうある魔力だけじゃなくて、噴火の力を上手く誘導して結界に当たるようにしてやれば、噴火してる間は無制限に魔力が作れるんじゃないかな？」

ロアが思い浮かべているのは水車だ。より強い水の流れを受けさせれば水車は速く力強く回り、水車に繋がった様々な設備を動かす力を生み出す。

この場合、水の流れにあたるのは噴火の爆発の衝撃や噴出物などで、水車が結界、設備を動かす力が魔力になる。噴火が強ければ強いほど、より多くの魔力が生まれるだろう。

〈…………えーと。ボクたちは魔力が尽きる心配をしてたけど、実はそんな心配をする必要はなく

て、噴火が続く限り、ほぼ無尽蔵《むじんぞう》の魔力を得られるってこと……で、いいのかな？〉

話の内容をほとんど理解できない者たちの中、唯一ロアが結界を作り上げる過程に全て立ち会い、ある程度の内容を理解していたピョンちゃんが呟く。その声は驚きを通り越して呆れていた。

〈いや、しかし、魔力の心配はなくとも、噴火は深い海の底だぞ。どんな魔法であろうと、届かぬであろう。我の力なら風の渦で道を作り、底まで到達することはできるだろうが、それとて一瞬だ。魔力があっても、水の重みで魔法が崩壊する。大量の水とはそれほどまでに厄介なものなのだぞ？〉

魔力を得られることは分かった。しかし、グリおじさんは否定的だ。グリおじさんは空ならば無敵だが、海では無力に等しい。

「海竜みたいに、海の底まで行けば……」

現時点で、海竜と、海竜に連れられた赤い魔狼《ル　ー》は深海にいる。同じようにすればいいだけではないかと、ロアは提案した。

だが、グリおじさんは大きく首を横に振って見せた。

〈あれは海竜が魔法がなくても海の底まで潜れる、海に生きる強者だから可能なのだ。フィーは水の魔法の上位に位置する氷の魔法を使うが、今のフィーでは海の底に到達するほどの力はない。たとえ到達できたとしても、氷の魔法を使って火山を抑え込む力は発揮できぬだろう〉

〈ボクの声も、海の水に邪魔されて赤いワンちゃんたちの所に届かないしね。せめて声が届けば、一度海竜に水上まで上がってきてもらって、相談して対処できるんだろうけどね。海竜からの声は届くみたいだから、あちらから何か言ってきてくれれば、対応のしようもあるかもしれないけ

ど……〉

目的地は深い海の底。そこまでは分厚い水の層がある。ピョンちゃんは遥か遠くまで魔力回廊を通じて声を届けているが、それも万能ではない。水そのものにも邪魔されているが、それだけであれば問題はなかった。

ピョンちゃんの能力を邪魔をしているのは大量の水が生み出している圧力……つまり水圧だ。

深海の、地上の何十倍とかかっている重さの力が邪魔をしていた。

深海まで潜れる海竜はその対処方法を知っているようだが、この場にはいない。

「グリおじさんは一瞬なら、海の底まで道を作れるんだよね？」

顎に手を当て、グリおじさんたちの話を聞いて考え込んでいたロアが顔を上げた。力強く輝くその目は、打開策を思い付いたことを示していた。

〈本当に一瞬だぞ？　とてもフィーを海の底まで送り込める時間はない。それに送り込めたとしても、その後でフィーは水に圧し潰されるぞ？　海竜に助けてもらうつもりか？〉

青い魔狼《フィー》の命がかかるような危険のある方法に、グリおじさんは加担する気はない。

「そうじゃなくて、魔法を飛ばせないかなと思って」

〈魔法を飛ばす？　成長した姿のフィーでも、海の底に届くような、長距離を飛ぶ魔法を放つのは時間がかかるであろう？　我が作れる道は一瞬だぞ？　時を見計って放つのは難しいであろう？

まあ、魔力が尽きる恐れがないなら、成功するまで試してみても良いが……〉

グリおじさんはロアの提案に否定的だ。だが、ロアは笑みを浮かべた。

「そんなに時間はかからないと思うよ。単純な魔法でいいし。あれが、使えると思うんだよね」

〈あれ？〉

グリおじさんは首を傾げた。

〈ああ、あれね。面白いんじゃないかな〉

理解して明るい声で肯定したのは、ピョンちゃんだ。何を使ってどうするのか、すでに察したらしい。

〈なるほど、あれか。試してみるのも面白そうだな！〉

一瞬遅れて、グリおじさんも理解する。

〈え？　なに？　フィーにも教えて？〉

あれが何なのか分からない青い魔狼《フィー》がロアに縋り付く。しかし、ロアは楽しげに笑みを強めるだけだった。

第三十五話　深海まで届く道

商人コラルドはまたもや頭を悩ませる事態に陥《おちい》っていた。

帰りたい……。そう、言葉が出そうになるのを必死に抑え込む。

目の前にいる者たちの手前、失礼がないように笑みは浮かべているものの、その顔色は悪い。椅子に座っているから何とか耐えているが、全身が崩れ落ちそうだった。

手足は今にも震えそうで、両手で膝を抑え込み力を込めることで必死に耐えている。ハゲ頭から溢れ出ている汗は顔を伝い、顎からしたたり落ちて床を濡《ぬ》らしていた。

それでもコラルドは汗を拭うこともできない。どんな動作が、目の前の者たちの不興《ふきょう》を買うか分からないからだ。

目の前にいるのは、機嫌を損ねればコラルドの頭をあっさり吹き飛ばせる猛者《もさ》ばかりだった。

「どうして、こんなことになってるのかしら？」

透かし彫りで装飾された大きな背もたれのある椅子。そこに光沢《こうたく》のある繻子《サテン》のドレスを着て座っているのは、この国の女王であるスカーレットだった。

彼女の表情はどんよりと曇《くも》り、白く細い指先で押さえている眉間には、深い皺を刻んでいる。

彼女はいつでも作り込まれた人形のように柔らかな微笑みを浮かべていた。王城に長く勤めている侍女たちであっても、憂いのある表情を目にすることは少ない。ましてや、このように苦悩の表情を浮かべるなど、あり得ない話だった。

なのに現在、女王はコラルドの前で人間らしく悩んでいるのだ。コラルドはこの場の中にいる者たちの中で、不機嫌に見える彼女に一番の恐怖を感じていた。

「お前が余計なことをするからだろ？」

毛足の長い絨毯《じゅうたん》の上に直《じか》にどっしりと座っているのは、鍛冶屋のブルーノだ。

彼が床に座っているのは、彼の巨躯《きょく》を支えられる椅子がないからだ。この部屋の椅子は全て繊細な作りで、彼が座れば即座に壊れそうな物ばかりだった。

彼は女王の苦悩の表情を肴《さかな》にして、実に楽しそうに酒杯を傾けていた。そのことがさらに女王を苛立たせている。

昨夜、ブルーノの目の周りにあった青痣《あおあざ》や全身の傷は、今では全て消えていた。魔法薬を使ったのだろう。服も新しい物に代えられており、ケガをしていたのが嘘のようだ。

「きゅい！」

傍らで、可愛らしい鳴き声が上がる。

「あら、ブルトカール君。お茶を淹《い》れ直してくれたの？　ありがとう、嬉しいわ。貴方はいつも優しいわね。どこかの図体《ずうたい》ばかり大きい癖に狭量《きょうりょう》な男とは大違いね」

鳴き声の主は可憐小竜《タイニードラゴン》のブルトカール君だ。猫くらいの大きさで、全身が濃いオレンジ色のドラゴンである。

ブルトカール君は灰色のベストと燕尾服《えんびふく》の上着を着ており、首にはボウタイが結ばれていた。

要するに執事風《しつじふう》の格好である。その姿で自分の頭より大きなティーカップを差し出している姿は、実に可愛らしい。女王の傍らに浮かんでいるが、その背の羽は動いておらず、魔法で浮いているようだった。

女王に、ブルーノに、ブルトカール君。

人格破綻している権力者に、暴力が服を着て歩いているような男に、小さいながらも最強種族のドラゴンである。規格外の力を持ち、何を考えているのかよく分からない者たちだ。

コラルドは刺激しないように小さくなっていることしかできない。

女王の私室らしいこの部屋の中には、コラルドを含めた四人しかいない。誰かに助けを求めることも不可能だった。

どうしてコラルドはこんな所にいるのか？

それは、彼自身にも分からない。気付けば、ここにいた。

不思議なことだが、事実だ。自分の記憶に自信のないコラルドはもう一度、その時のことを思い返してみた……。

コラルドは宿屋で午前中に片付けておかないといけない書類仕事をしていた。……はずだった。

アダドの艦隊が来襲しているとの報告もあったが、そのことが伝わっているはずの街は平常通り静かだった。外出を控えるようにと通達があり、仕事の面会のキャンセルはあったものの、それ以外は実に落ち着いていた。

そんな街の様子から避難の必要はないと判断したコラルドは、念のため宿屋に籠っていることにしたものの、普段通りに過ごしていたのだった。

だが、気付けばここにいた。いつの間にか、傍らにブルーノとブルトカール君が立っていた。何を言っているか分からないだろうが、コラルド自身も分からないのだから仕方がない。

ブルーノに何が起こったのか質問したものの、彼の答えは「ブルトカール君は、妖精の血も引いてるんだよ」というものだった。

まったく要領を得ないし、返答にすらなっていない。その後も問い詰めようとしたものの、それ以上は何も教えてもらえなかった。挙句にブルーノが目に見えて不機嫌になってきたので、コラルドは問い詰めるのを諦めたのだった。

そしてしばらくすると女王が現れ、椅子を勧められた。

すぐにでも立ち去りたかったが、コラルドに断れる余地はない。窓から見える風景で、ここが島にある王城だと分かったが、逃げ出す手段もない。

そのまま流れるようにロアの誘拐と攻めて来た艦隊の詳細を知らされ、その時々に起こっていることも魔法で感知した女王から即座に教えられ、現在に至っている。

そのおかげで、コラルドは今起こっている事態を完全に把握していた。

海底火山が噴火したと聞かされた時は慌てたが、すぐに双子とグリおじさんが防いだと聞いて胸を撫で下ろした。ただ、まだ完全に抑え込めたわけではなく予断を許さない状況らしいが、ロアと従魔たちなら何とかしてしまうのだろう。

「ハゲ！　お前も言ってやれ!!」

「ひゃい!?」

コラルドが一人物思いにふけっていると、不意にブルーノから声がかかった。コラルドは飛び上がりそうになりながらも、返事をする。

ブルーノと女王は何やら言い争いをしていたらしい。意見を求められたようだが、心ここにあらずだったコラルドは、その内容をまったく聞いていなかった。

「その……」

「私は悪くないでしょう？　ちょっと艦隊が攻めて来てロアくんが誘拐されただけなのよ？　それで火山が噴火するなんて、予想できるはずもないわ」

王都に艦隊が攻めて来ることのどこが「ちょっと」なのか、コラルドには分からない。有能な錬金術師であるロアが他国に誘拐されるのも、「ちょっと」とは言わない。でもまあ、コラルドも、どうせロアのことはグリおじさんが助けるだろうと、高《たか》を括って心配はしていなかったのだが。

「うちのロア《弟子》とグリフォンが関わった事件が、まともに終わるわけがないだろ！　読みが甘いんだよ！」

「……それは確かに。ロアさんたちが関わると、予想もしない結果になりますからね」

コラルドは経験から知っている。いつでもロアが事件の切っ掛けを作り、グリおじさんと双子が引っ掻き回し、最終的に事態は思いもよらない方向で結末を迎えるのだ。

その度にコラルドは胃を病みそうになる。実際に病まずに済んでいるのは、生来の図太さと、商人として培《つちか》った根性と、ロアの薬のおかげだろう。

「私の予定ではディートリヒ《ボクちゃん》がロアくんを助けに行って、グリおじさんと共闘してくれるはずだったのよ。でもボクちゃんは漁港でケンカして殴り倒されてるし、グリおじさんも役立たずで何もできないで終わっちゃったのよね」

女王は小さくため息を漏らした。

「私の予定」と言ってしまっているあたり、全ての事件を裏で操っていたのは女王本人だと自白したようなものである。だが、コラルドは気が付かないフリをした。今は真実より、自分の身の安全の方が重要だ。

「仕方がないから様子を見てたら、あの結界……」

女王はさらに言葉を区切ると、優雅にお茶を飲み喉を潤した。

「島をすっぽり覆う大規模な結界なんて、主神教会《しゅしんきょうかい》の本部がある場所くらいにしかないのよ。そんなもの、あんな短時間でロアくんが作るなんて思わないじゃない？　聖女《せいじょ》が都市規模の大型魔道具を使って、地脈《ちみゃく》の魔力を直接注ぎ込んでやっと発動させ続けてるようなものなのよ？　しかも、ロアくんの作ったのは、それよりも高性能だわ。あんなのを個人で発動させたと知られたら、教会の連中が引き込むか排除しようと必死になるわね。その対策も考えないといけないのよ、頭が痛いわ……」

「はあ……」

コラルドは生返事をする。彼の頭の中には、聖水のことが浮かんでいた。

あれも本来ならば主神教会だけの秘術を用いて作られる物である。それなのに、ロアは偶然からその秘術の内容を知ってしまっていた。

それだけでも主神教会に目を付けられる危険があり隠しているのに、今度は結界だ。ロアは主神教会に恨みでもあるのだろうか？

「どうせ、そこの鍛冶屋さんは、私に全部押し付けるつもりなんでしょう？　面倒だわ」

「自分のやったことの結果だろ、尻は自分で拭え。教会をぶっ潰していいなら、手助けしてやってもいいがな！」

「それはさすがにダメね」

ガハハと笑うブルーノに、女王は恨みがましい視線を向けた。

「攻めて来たアダドの艦隊も、弱過ぎるし。王都に被害を与えるくらいはできると思ってたのに。情けないわ。こっちの予定も狂いまくりよ」

「残念だったな。むしろ、この国の連中が優秀で良かっただろ！　お飾り女王が思ってるほど、やつらはお前に頼り切りになってないんだよ」

コラルドは首を傾げる。二人の話を聞く限り、女王はアダドの艦隊が王都に被害を与えるのを望んでいたかのように聞こえたからだ。

「情けないと言えば、海竜かしら。あの子、盟約を何だと思ってるのかしら。数年に一度の作業すら、満足にできずに噴火させるなんて。ロアくんのせいで手元が狂ったなんて、言い訳にもならないわ」

「確かにな」

「きゅい！」

女王の背後に大人しく浮かんで、執事ぽく振る舞っていたブルトカール君が鳴き声を上げる。かなり怒っているらしい。その鳴き声は、ブルトカール君の言葉が分からないコラルドにも、「まったくだ！」と言っている風に聞こえた。

「守り神だって崇められて、慢心してたのかしら？　お仕置きよね」

「きゅい！」

「気が緩んでるんだろ。痛い目を見せてやれ」

「きゅい！」

「ブルトカール君、お願いね」

「きゅい!!」

ブルトカール君はやる気らしく、両手を握り締めて何度か空中を殴りつける動作をする。海竜にお仕置きをしてやるという気概が見えた。

巨大な海竜を小さなブルトカール君が殴り倒している姿は想像できないので、女王とブルーノの冗談かもしれない。だが、コラルドには、それが冗談に思えなかった。

どちらもドラゴンだ。人間の常識で測れる存在ではない。大きさなど関係なく、ブルトカール君の方が強いのかもしれない。

コラルドは改めて、可愛らしい姿をしているブルトカール君に恐怖を感じた。

共通の怒りの対象を見つけたおかげか、少し雰囲気が柔らかくなる。ただし、コラルドは別だ。

二人と一匹の意識がコラルドから外れたことで、また帰りたいという思いが噴出していた。ハッキリ言って、この場にコラルドがいる必要性が分からない。どう考えても、自分一人が場違いだった。

「あの……。私はどうしてこの場に連れてこられたのでしょう？」

思い切って、コラルドは声を掛けた。上手くいけば帰らせてもらえるだろうという希望を持って。

だが、その希望はあっさりと打ち砕かれる。

「弟子の雇い主だろ？」

「ロアくんの雇い主だからよ」

別々のことを言ったのに、二人の声は「雇い主」の部分で重なった。

「貴方は、ロアくんの今後を決められる立場にいるのよ？　知っていないといけないの。嫌なら、ロアくんは私が貰うわ」

「雇い主の責任は果たせよ。嫌なら、いつでも代わってやるぞ？　どうだ？」

獲物を狙う猛獣のような視線を向けられ、コラルドは再び身を小さくする。

なるほど、確かに自分は関係者であるらしい。コラルドはそう考えて、一度視線を落として床へと這わせる。そして、大きく息を吸うと、顔を上げて真っ直ぐに女王とブルーノに視線を向けた。

彼の中の帰りたいという思いは消えていた。

コラルドは、満面の笑みを浮かべる。流れ続ける汗はそのままに。商人としての矜持《きょうじ》。それだけが彼を支えていた。

コラルドはこの場に居続けることを選んだのだった。


アダド帝国の大型船『巨神号《チタニック》』。

この船は第三皇子直属艦であり、第三皇子自ら名付けたほど愛着のある船だった。

外見は普通の大型船に見えるこの船は、そのように偽装されているだけで軍船以上の性能を誇《ほこ》っている。最も特徴的な部分は、一台の巨大な魔法筒が設置されていることだろう。

普段は外部に出ていないが、戦闘時は上甲板の前部分が開いて、内部から巨大な魔法筒が迫《せ》り出《だ》してくる構造になっていた。

魔法筒。

それは、アダド帝国歴代最高の錬金術師と言われていた男が考え出した、魔道具の一つだ。

その錬金術師は着想《アイデア》を思い付くことに長け、様々な物を生み出すのが好きだった。彼は日々、アイデアを思い付くままにノートに記録し、そして多数のアイデアを組み合わせて新しい物を作り出し続けていた。

魔法筒もそのアイデアの中の一つに過ぎない。それも、生前に実現できずに終わったアイデアの。

錬金術師は、すでに亡くなっていた。

彼の死後、膨大なアイデアが記されたノートが遺《のこ》された。

巨大な魔法筒はそのアイデアノートから抜粋され、小さな物から実験を重ね、長い年月をかけて実現された、彼の後を引き継いだ者たちの努力の結晶なのである。

それが今、船ごと海に沈もうとしていた。

「浸水！　浸水したぞ！」

「水を汲み出せ！　水魔法が使える魔術師は船底へ向かえ!!」

「魔力がないだと！　あんな物に使うから！　最悪だ!!」

「マストが折れただと？　岩が飛んできて船体に穴が？　悪夢か!?　脱出用の小舟も壊れているだと！！？」

船の中は船員たちの叫びで満ちていた。

「……何が起こったのだ？」

魔法筒の傍らで、アダド帝国の第三皇子が唸る。その顔は青ざめ、全身に擦り傷が出来て血が滲《にじ》んでいた。柱に背中を打ち付けて一人では立ち上がることもできない。

護衛に身体を起こしてもらって座り込むと、彼は周囲を見渡した。大惨事だ。

彼の船『巨神号《チタニック》』は、沈みかけていた。

最初は浸水。再度、巨大な魔法筒を使って魔法を放とうとしている瞬間だった。魔力を溜め込んだ魔晶石を大量にはめ込み、後は魔術師たちが魔法を込めて撃ち出すだけの状態になっていた。

その時に、船が大きく傾いた。この船が傾くなどあり得ないはずだった。すぐに調査させると、船底に穴が開いて船の中に水が入り込んでいた。

普通、大型船はそれだけでは沈まない。一部に穴が開いて水が入り込んでも、隔壁《かくへき》を閉じて浸水部分が広がらないようにできる。だが、隔壁に何かが噛み込んで動かせなかった。

入り込む水を止めることができない。きっと小生意気な錬金術師の仕業だろう。あの錬金術師はグリフォンを従えていた。船に穴が開くように工作ができる小型の魔獣を従えていてもおかしくない。例えば、ネズミの魔獣とか。地揺れを感じたという船員もいたが、無関係だろう。

仕方がなしに脱出しようとしたが、そこに突然の爆発音。そして、高波が押し寄せた。

高波に翻弄され、船は大きく揺れた。魔法筒で魔法を放つため、上甲板を開けていたのも運が悪かった。

閉めようとしたが間に合わず、開いている部分から、高波によって持ち上げられた海水が流れ込む。圧倒的な質量に、魔法筒を支えていた機構が壊れ、床ごと魔法筒が船内に落下した。

それに第三皇子も巻き込まれた。

さらに波によって船は揺れ続け、落下して転がっていた第三皇子はその勢いで背中を柱に打ち付けたのだった。

一瞬、意識が飛びそうになった。薄れかける意識の中で、彼は破壊音を聞いた。

『巨神号《チタニック》』の船体は、普通の軍船よりも硬い素材で作られている。さらに魔法で強化もされている。それなのに紙のように船体を打ち破って何かが落ちて来る。

その轟音《ごうおん》で、第三皇子の意識は引き戻された。

船体を破り、船内の床まで破壊しながら転がったのは、岩だった。一抱えもある岩が飛んで来て船体を破壊したのだと、誰もが理解した。

しばらく高波と岩の落下は続いたが、ある時にピタリと止まった。冗談のように波は静かになり、何も降って来なくなった。

全員で悪夢でも見たのかと思ったが、船の甚大《じんだい》な被害に現実だと思い知らされる。船員たちは収まったのを好機とばかりに、被害状況を確かめ始めた。その作業によって分かったのは、脱出用の小舟すら全て壊れており、絶望的な状況だということだった。

そして、今に至っている。

「こらぁ、もう、この船はダメだな」

第三皇子が呆然としていると、絶望の言葉が聞こえた。船員の一人が吐き捨てるように言ったものだが、胸が締め付けられた気がした。

今までやってきたことは、何だったのだろう？　今回の作戦は、全て皇位争いの布石となるはずだった。第三皇子は口髭の下で唇を噛み締める。

アダド帝国には、三人の皇子がいる。皇子たちは母親が違うため、全員が三十代半ばだった。

年齢的にも能力的にも大差はなく、アダド皇族は夫人の地位や生まれた順で子供に差を付ける風習もない。現在の皇帝《こうてい》がまだ元気に執務をこなしていることもあって、皇太子《こうたいし》はまだ決まっていなかった。

だから、第三皇子は抜け駆けをして武勲《ぶくん》を上げてやろうと思った。皇太子に……いずれは皇帝になる者に相応しい手柄を立ててやろうと思ったのだ。

それがネレウス王国への攻撃だった。

皇太子になるために戦いを挑み武勲を上げるなら、日々国民が恨みを募《つの》らせているネレウスが最適だった。

まず、第三皇子はネレウス王国内部に内通者を作った。今の女王に不満を持つ貴族に金を握らせ、ネレウス内部の情報を流させたのである。

そのおかげで、王子の一人と仲が良い、有能な錬金術師がやって来るという情報を得た。女王も何かと気に掛けている人物らしい。それほどまでに有能なら、奪わなければならないと第三皇子は考えた。

アダド帝国は、現在深刻な錬金術師不足である。

数百年前に亡くなった錬金術師の研究書《アイデアノート》はあるものの、凡庸《ぼんよう》な錬金術師しかいない。

しかもその中心となっているのは、錬金の塔の地下に住む不気味なやつだった。

だから、武勲を上げるのと同時に、錬金術師を奪ってネレウスの鼻を明かしてやろうと思った。

その切っ掛けを作るために、王都の海に大海蛇《シーサーペント》の大群をおびき寄せて、ネレウスの連中と戦わせて疲弊《ひへい》させるつもりだった。

その後に艦隊で攻め込めば、大海蛇《シーサーペント》との戦いで疲れ切ったネレウスの軍は、実力を出し切れずに終わるだろうと考えたのだ。

アダドには開発されたばかりの魔法筒もある。使い勝手は悪いが、強力な武器である。ネレウスの船はひとたまりもないだろう。

同時に、内通者に手引きさせて、錬金術師を誘拐する。

念のため、艦隊とは完全に別行動とした。連絡を取り合うことも可能な限り避けた。下手に連絡を取り合えば、どちらかが足を引っ張るかもしれない。その危険を考え、個々の判断で別々の動きをすることにした。

動きが連動していなければ、ネレウス側も分かれて対処する必要が出てくるだろう。分かれれば各々《おのおの》に対処する人数が減って、こちらも動きやすくなる。

そして、第三皇子自らが指揮していた誘拐作戦は成功した。

……したはずなのに、わけの分からないことが連発し、今、失敗しようとしている。

しかも、艦隊戦に参加させるのを惜しむほどに大切にしていた巨神号《チタニック》まで失おうとしている。何が悪かったのか？　よく考えてみても原因は分からなかった。そもそも、今現在、何が起こっているのかよく分からない。

島を覆う光の壁。突然沈み出した巨神号《チタニック》。降り注ぐ岩と押し寄せる高波。

何一つ分からない……。

〈ふはははははは！　まだ沈んでいないようだな！　噴火の高波と噴出物の直撃を食らったかと思っていたが、運良く島の陰になったことで免《まぬが》れたか！　悪運の強い連中だ！〉

『声』が響いたが、第三皇子の耳には届かない。この船の中にいる誰も、その声を聞くことはできなかった。当然ながら、誰も反応を示さない。

〈沈んでいたら、目的の物の回収が困難だったぞ。これも我の日頃の行いの良さのおかげだな！感謝せよ!!〉

声は好き勝手言っているが、誰も聞いていない。だが、上機嫌な声はなおも続く。

〈目的の物も無傷だな。さっそく、蓋を開けていただいていくとしよう〉

ふと、第三皇子は上を見る。頭の上を、何かが通り過ぎた気がしたからだ。滑空《かっくう》する鳥が頭上を通り過ぎたような、そんな感覚がしたのだった。

当然ながら上に変化はない。天井になっている、上甲板の床板が見えるだけだ。

だが、第三皇子はさらなる違和感を覚えた。段々と、船の中が明るくなっていくように感じたのだった。

「光が……？」

岩などが落下してきて、船体には穴が開いている。そこから陽の光が差し込んでいたが、明るい範囲が増えていっている気がする。薄暗さすら感じていた周囲が、しっかりと見え始めていた。

そのことに気が付いて第三皇子が目を凝らすと、巨大な魔法筒にも光が当たり始め、きらりと輝いた。

「天井が!!」

「何だ？」

船員や兵士たちも気付いたのか、全員が上を見上げる。

「船体が……ずれていく……」

誰かの呟きが、今の状況の答えだった。船の上部が、ゆっくりとズレていっていた。

全員が呆然と見守る中、船の上部だけが段々と滑り落ちていく。最後には波しぶきを上げて海の中へと消えていった。上部がなくなったことで、頭上に青空が広がった。

「なにが……」

何が起こったのか。またもや発生した理解できない出来事に、第三皇子の口は引き攣り、言葉が上手く出ない。

〈ふむ。なかなか上手く切れたな。余計な衝撃も与えておらぬし、しばらくは沈まぬであろう。さすがは我だな!!〉

まるで達人が鋭い刃物で斬り落としたかのように、船体上部は消失した。第三皇子たちは、驚くことさえできずにただ、空を見上げることしかできなかった。

「あれは、グリフォン？」

船内は予想外の出来事に静まり返っていた。そのため、兵士の一人が小声で漏らした言葉がやけにくっきりと耳に届いた。

その言葉で、全員が気付く。いつの間にか、上空にグリフォンがいることに。

第三皇子が視線を向けると、こちらを見つめていたグリフォンと目が合った。

〈貴様らのおかげで、小僧とのケンカが有耶無耶《うやむや》になったからな。殺さずに済ませてやろう。感謝するがいい！〉

第三皇子はグリフォンが笑った気がした。

〈船が沈んでも生き残れるかは、知らぬがな〉

第三皇子はグリフォンを見つめ続ける。あのグリフォンは間違いなく、錬金術師の子供が連れていたグリフォンだろう。ならば、我々に復讐《ふくしゅう》しに来たのか？　殺すつもりだろうか？

じんわりと、頭の芯から恐怖が湧き上がってくる。目を逸らすことも、身動きすることもできなくなっていた。

〈では、貰っていくぞ〉

第三皇子の全身に、強風が打ち付けた。突然の突風に目を開けていられなくなり、第三皇子はしっかりと目を閉じて両腕で顔と頭を庇《かば》う。全身が少し浮き上がる感覚があり、慌てて床に身を伏せた。

飛ばされないように、必死に耐える。不思議なことに、これだけ風が吹き荒れているのに船が揺れている感覚はない。ごく一部、船の中だけで風が吹き荒れているようだった。

そして、その風が収まり、第三皇子が顔を上げると、グリフォンの姿は消えていた。

「……何だったんだ……」

危害を加えられた人間はいない。誰一人として死んではいない。グリフォンが何をしに来たのか、まったく分からない。第三皇子の頭の中で、疑問だけが増えていく。

船の上の誰もが、グリフォンがいたはずの空を無言で見上げていた。

「船が傾くぞ！」

どこからか叫びが上がり、静まり返っていた船に再び怒号が満ちる。先ほどまでより、さらに激しい混乱が訪れた。

そのせいで、全員が船の中の変化を見落とした。船の中からは、巨大な魔法筒がなくなっていたのだった。


〈どうして？　どうして？　どうして？〉

深い海の底で、赤い魔狼《ルー》は混乱していた。

だが、その混乱もすぐに収まる。なぜならば、自分よりもさらに混乱して醜態《しゅうたい》をさらしている者がいたからだ。

不思議なことに、自分よりさらに見苦しく混乱している者が近くにいれば、冷静になってくるものらしい。

〈ひぃぃぃぃ……。陸地に盟主の気配を感じる！　某の不手際を怒っておられるに違いない！　今は小さきお姿に身を窶《やつ》しておられても最強の御方故、某など一捻りで潰される！　命が！　某の命が危ない!!〉

赤い魔狼《ルー》の足元では、海竜が見苦しく混乱していた。

海竜は元々青と白の体色をしている。そのおかげでまったく目立たないが、人間であれば顔面蒼白で冷や汗をだらだらと流しているところだろう。

赤い魔狼《ルー》は、海竜の背に乗っていた。その姿は、大人。海竜の魔力を使い、数百年後の、いずれ成長した時の姿となっていた。赤い魔狼《ルー》の周囲には炎の羽衣が漂い、それから発せられる光が辺りを照らしていた。

海の中なのに、赤い魔狼《ルー》の身体が濡れることはない。周囲に海竜の張った水の防御壁があり、空気も保たれているからだ。

ここは深海。通常の海底よりもさらに深い、裂け目の奥の深い深い海の底。海竜の防御壁がなければ、赤い魔狼《ルー》はあっさりと水圧に圧し潰されていたところだろう。

赤い魔狼《ルー》は自身の周囲を見渡す。水圧や沸き立つ水蒸気、火山の噴出物から身を守ってくれている海竜の水の防御壁は健在だ。揺らぐ気配もない。

魔法は頭の中で魔法式を組んで作り出す。そのため、精神の影響を大きく受ける。不安や混乱で一気に崩壊するのだ。

だが、海竜が作り出している水の防御壁は、混乱している精神状態の影響は受けていないようだった。

これは水の防御壁が、海竜の種族的な本能で使える魔法だからだろう。海竜のように深海に潜れるような魔獣は、水圧から身を守るために常に防御壁を張っている。意識せずに呼吸をするように、防御壁を張れるのだ。

赤い魔狼《ルー》を守っているのもその延長に過ぎず、そのおかげで身の安全は辛うじて保障されていた。

逆に、海竜が火山の活動を抑えるために使っている水の魔法はボロボロだ。ほとんど役に立っていない。こちらはしっかりと魔法式を組まないと使えない魔法のため、海竜の混乱の影響を受けてしまっていた。

今、火山活動を抑えているのは、赤い魔狼《ルー》の魔法だけだった。完全でなくても、海底火山の噴火は抑えられている。何とかこれ以上被害が広がらないように、耐えるしかない。

〈つかえないーー!〉

赤い魔狼《ルー》はあえて叫んだ。

その叫びには二重の意味がある。一つは、魔法が上手く使えないということ。もう一つは、偉そうだった海竜がまったく使い物にならないということだ。

赤い魔狼《ルー》は海竜の背に乗り、この海底まで来た。

そこで海竜は水の魔法を緩め、赤い魔狼《ルー》の火の魔法で、噴き出そうとしている岩漿《マグマ》を地下深くまで逃がしてやる予定だった。

海竜が水の魔法を緩めたのは、火の魔法と対極にある魔法のために打ち消し合う危険があったからだ。水の魔法を緩めることで、火の魔法は岩漿《マグマ》にうまく作用し、噴火は収まるはずだった。

そこで問題が起きた。赤い魔狼《ルー》の火の魔法が、思ったほど成果を上げられなかったのである。予想よりも威力が弱かった。

そのため、岩漿《マグマ》は海底を割り、噴出したのだ。

魔法が弱かった原因は理解している。青い魔狼《フィー》が近くにいないからだ。それに気付いたのは、つい先ほど。冷静さを取り戻してからだ。

双子は、ロアに名前を貰うまで二匹で一つの『双子の魔狼』という魔獣だった。その頃から二匹でお互いの力を共有し、支え合ってきた。互いの能力を補助し合っていた。

それがなかった。だから、魔法が上手く使えなかったし、今も上手く使えていない。

赤い魔狼《ルー》は泣きそうになるも、グッと我慢する。

〈大丈夫……〉

小さく呟き、自らを奮い立たせた。

赤い魔狼《ルー》は青い魔狼《フィー》の存在を感じていた。声が届かない場所にいるが、それでもずっと繋がっている。心が伝わってくる。

噴火が始まってから少しの間は、焦りと混乱、恐怖、不安などの負の感情が伝わってきていた。

しかし、今、伝わってくる青い魔狼《フィー》の心に焦りはない。

今あるのは、安心や信頼。大切な人と一緒にいる、喜びの感情だ。

だから、赤い魔狼《ルー》は我慢できる。

〈がんばらなきゃ……〉

青い魔狼《フィー》は今、ロアと一緒にいる。そう、確信していた。

グリおじちゃん《オジちゃん》もいるかもしれないが、まあ、それはどうでもいい。力にはなってくれるだろうが、信頼し過ぎるとダメだ。

基本的に、おじちゃんのことは信用している。鍛えてもらったし、色々役に立つことも教えてもらった。技術や実力は信用できる。

ただ、一点。性格の面で信用し切れないのだ。双子は感情に流されず、事実を見極められる子たちだった。

でも、ロアが一緒なら安心。耐えていれば、いずれは助けてくれる。それに……。

〈やっぱり、来てくれた〉

すでに、助けの兆しが見え始めていた。

赤い魔狼《ルー》は上を仰ぎ見る。光すら満足に届かない海底のはずなのに、上部が明るくなってきている。光が、差し込んでいる。

岩漿《マグマ》によって絶え間なく煮えたぎり噴き上がっていた水蒸気が渦を巻き始める。水蒸気の泡が上から差し込む光によって輝いていく。

湧き上がる光の渦。幻想的な風景。

だが、赤い魔狼《ルー》はそんなものに興味はない。見つめるのはさらに上。大事な者たちがいるはずの場所だ。

〈ロアだ！〉

赤い魔狼《ルー》は深海で起こるあり得ない現象に、直感的にそう思った。

〈……あー。あー。聞こえるかな？　聞こえる？〉

声が響いた。赤い魔狼《ルー》は一瞬喜んだものの、首を傾げる。それは望んでいた声ではなかった。

〈だれ？〉

〈やっと声が届いたね。ボクはピョンちゃん！　よろしくね！〉

瞬時に赤い魔狼《ルー》は牙を剥き、鼻先《マズル》に皺を寄せた。

誰なのか、理解したからだ。いつかの、嫌なやつ！　ロアと双子を虐めたウサギの群れの主だ。

〈あっ！　どうせ嫌そうな顔をしてるんでしょ？　でも、仕方ないんだよ、ロアくんやもう一匹のワンちゃんは遠くに声を飛ばせないし、グリおじさんは今は大忙しで余裕がないんだ。だから、ボクが代理ね〉

〈……〉

赤い魔狼《ルー》のシッポは太く膨れ上がり、背中から頭の天辺《てっぺん》まで毛が大きく逆立つ。その毛先からは、緋色《ひいろ》の火の粉が舞い上がった。

〈ボクを嫌ってるのは分かるけど、ロアくんの指示だからちゃんと聞いてね。今から……〉

声に対して全身で不愉快であることを示しながらも、ロアの名前を出されては仕方がない。

赤い魔狼《ルー》は荒ぶる感情を抑え込み、その声に耳を傾けた。

〈小僧!!　曲がっておるぞ!!　しっかり制御せよ！〉

「曲がってるのはグリおじさんの方でしょ!?　こっちは数センチの歪みもないはずだよ!!」

〈小僧の方であろう？　我は長年魔法を使い続けてきたのだぞ？　寸分の歪みもなく操ることができる！　今日やっと、まともな魔法を使った小僧とは違う！　我が正しい!!〉

〈フィーはロアが正しいと思うなぁ〉

〈ボクもロアくんが合ってると思うよ？　ヴァルくんの感覚でも、ロアくんの方が真っ直ぐ進んでるからね。もう老眼なんじゃない？　グリおじいちゃん！〉

〈なっ！　貴様ら!!〉

「ほら！　グリおじさん、修正して！　もう、諦めて詠唱したら？」

〈この程度のことに詠唱はいらん！　問題ない!!〉

　海の上は騒がしかった。ロアと従魔たちが一か所に集まって騒いでいた。ただ、それを騒がしく感じる人間はここにはいない。今、この場にいるのはロアたちだけだ。

　現在、彼らがいるのは氷上。

　まるで氷原と思えるような広さのある、青い魔狼《フィー》の魔法で作り出された巨大な氷塊の上だった。

　それは海の上に浮かんでいるが、まったく揺れることはない。波に流されることもなく、まるで陸地のように安定している。

　安定しているのもまた、氷を操る青い魔狼《フィー》の魔法によるものだった。その気になれば空中に氷の足場を作り出せる大人状態の青い魔狼《フィー》の魔法はすさまじい。海上に浮かぶ氷という不安定な場所を、安定した空間に変えている。そして氷原かと思えるほど大きな氷塊全体を影響下に置くことで、小さな範囲では調整の難しい微弱な揺れすら打ち消していた。

周囲に船の影はない。戦っていた艦隊も、全てネレウス王都の港に引き揚げていた。当然ながら、戦っていたアダドの艦隊もろともだ。

アダドの艦隊といえど、あのまま海にいることを避けたかったのだろう。

海にいれば、グリおじさんの魔法が消失した瞬間に、高波や火山の噴出物に襲われてしまう。そんな危険を冒すわけにはいかず、大人しくネレウスの港へと入っていった。

彼らは軍人である。戦いで命を落とすのは職業柄仕方がないことだが、意地を張って無駄死にすることは望まなかった。

望郷のメンバーすら、邪魔になるだけだと言われて引き揚げた。魔法を見たいベルンハルトがかなり抵抗していたが、コルネリアに引きずられていった。

ロアたちがいる巨大な氷塊の上には、やけに目立つ人工物がある。

魔法筒だ。

グリおじさんがアダドの第三皇子の船から奪い取り、ここまで運んできた物だ。

それの先端は半ばまで氷塊に埋まっており、周囲を凍らせて斜めに固定されていた。傾いて立つその姿は、陽の光や氷塊からの反射でキラキラと輝いている。とても奇妙な前衛芸術品《オブジェ》のように見えた。

ロアたちは、その魔法筒の周囲で騒いでいた。

〈赤いワンちゃんには伝えたからね。氷の魔法が当たって火山の噴火が止まったら、すぐに魔法で岩漿《マグマ》を操作して地下深くに逃がすように言ってあるから〉

「ピョンちゃん、ありがとう」

〈いやー、何だかすっごい敵意を向けられたよ！　ボクは何も悪いことはしてないのに!!〉

ピョンちゃんはどこか楽しげだ。その声を聞く度に青い魔狼《フィー》は低い唸りを上げた。

今、この場所では海底火山の噴火を止めるための、大作戦が決行されていた。

ピョンちゃんの役割は、連絡要員である。

海底火山を止めるにあたり、どうしても海の底の赤い魔狼《ルー》と連絡を取り合う必要があった。

現在、グリおじさんは他の魔法の制御で余裕がない。意地を張って詠唱を使わず始めたものの今更切り替えることもできず、本当に余裕がなくなっている。

ロアと青い魔狼《フィー》は遠くに声を届けることはできないし、魔道石像《ガーゴイル》のヴァルは話すのが苦手で、誰も声を届ける役割をできなかった。そこでその役をピョンちゃんが買って出たのである。

そもそも、今のピョンちゃんは声だけの存在と言ってもいい。本人は遠い森の中にいるため、声を聞かせることしかできない。逆に言えば、声を届けることならできるのである。

「……あと、二キロくらいかな？」

〈……そうだな。フィー、準備をしておけ〉

〈はーい！〉

青い魔狼《フィー》は元気良く返事をすると、魔法筒に身体を密着させる。すると、青い魔狼《フィー》の身体に纏わり付いていた羽衣状の氷粒の帯が、魔法筒へと絡み付いた。

ロアは横目でその様子を確認すると、満足したかのように軽く頷いた。

海底火山の噴火を止めるために一番有効なのは、青い魔狼《フィー》の氷の魔法だ。岩漿《マグマ》を一気に冷やし固め、蓋をしてしまえばいい。

今まで噴火しなかったのも、海竜が水の魔法で岩漿《マグマ》を冷やしていたからだろう。氷の魔法は水の魔法と同系統、実質的には同じような効果を持つのだから。

それなら、より強力で熱を奪うことに長けた氷の魔法の方が効果があるはずだ。

しかし、問題はそこが深い海の底ということだった。

海底に至るまでの厚い水の層が、魔法の邪魔をする。直接その場に行って魔法を行使しようと思っても、青い魔狼《フィー》は水圧に耐えられない。呼吸も続かない。

大量の水が、何より問題だった。海底に行くには、海竜のような元々深海に潜れる能力を持った魔獣の協力が必要だ。

だが、海竜は海の底にいて連絡が取れない。分厚い水の層に邪魔されて、ピョンちゃんの声すらそのままでは届かない。

噴火する直前にロアたちは海竜の声を聞いているため、海竜の方からは水の層を通しても会話できるのだろう。しかし、よほど混乱しているのか一言も伝えてこない。

それに、たとえ連絡が取れたとしても、海底を離れて浮上し、再び青い魔狼《フィー》を連れて戻ることは難しいだろう。噴火を最小限に抑えるために、魔法を行使しているはずだ。その場から離れられるはずがない。

最初から、双子の魔狼《ルーとフィー》が揃って海底に行っていれば……と、ロアは思う。

結局のところ、海竜が最初の段階で双子の魔狼《ルーとフィー》の両方を海底まで連れて行っていれば、その時点で噴火を抑えるのに成功していただろう。

海竜は焦るあまり、自分と同系統の魔法を使う青い魔狼《フィー》は必要ないと判断してしまった。噴出した岩漿《マグマ》を操る、強い火の魔法だけが必要だと考えたのが間違いだったのだ。

完全に、海竜の判断ミスだ。だが、今更そんなことを言っていても始まらない。

そこで、ロアは考えた。

大量の水が邪魔なら、水を退《ど》けてしまえばいい。幸い、グリおじさんは海の底まで風の魔法で渦を作り、水のない道を作ることができる。そこを通して、氷の魔法を飛ばせばいい。

渦の道がある程度の深さまで到達すれば、ピョンちゃんの声も赤い魔狼《ルー》の下まで届くようになるだろう。その時点で連絡を取ってもらい、対処を指示すればいい。……そう考えたのだった。

ただ、さすがのグリおじさんでも、海の底まで届く渦の道を作れるのは一瞬だと言っていた。

時間をかけ、渦を段々と深い所まで伸ばしていき、海底に届かせるのだ。底まで繋がっていられるのは本当に一瞬だろう。ロアはちょっと疑ったが、今回は本当に余裕がないらしい。

今の青い魔狼《フィー》には、その一瞬で氷の魔法を放って海底まで届かせる技術はない。そもそも、大人の姿にならないと満足に魔法を飛ばせないのだから、練習すらしたことがない。

ならばどうするか？

幸運なことに、魔法を飛ばすための補助魔道具が存在した。それも、大きな魔法にも耐えられる、巨大で頑丈な物だ。

第三皇子の船の、巨大な魔法筒だ。

それを使えば、青い魔狼《フィー》でも安定して魔法を飛ばすことができる。なにせ、魔法筒に触れて魔法を発動すれば向けた方向に飛ぶのだから。

そして、ロアは魔法筒を使った作戦を考える。

まず、魔法筒は少し離れた位置から斜めに設置することにした。距離的には海底火山の真上から垂直に放つのが一番楽だが、残念ながら火山が噴火中だ。真上には行けない。離れた位置から斜め下を狙うしかない。

魔道石像《ヴァル》に火山の位置を調べてもらい、青い魔狼《フィー》の魔法で当たる方向に氷塊を作って固定した。魔法が放てるように、筒先は凍らせず氷塊を貫通している。

その筒先から海底火山に向かって、グリおじさんに渦の道を作ってもらえばいい。

グリおじさんが第三皇子の船から持って来た魔法筒には、大量の魔晶石がはめ込まれていた。それも使えば、威力は底上げできる。

最悪、威力に耐え切れず魔法筒が破損するかもしれないが、その時はその時だ。威力が足りなくて上手く噴火を抑えられないよりは断然いい。青い魔狼《フィー》には魔晶石の魔力も上乗せして、全力で放つように指示をした。

「もう少し！」

ロアはずっと、腕を胸の前で回転させ、空中に円を描いていた。その動きで、額の汗が宙に舞う。暑さからの汗ではない。繊細な作業を要求され、緊張から汗をかいていた。

空中に描く円は、すごく単純な図面だった。

ロアの特殊な詠唱だ。

ロアはグリおじさんが作った渦の道の内側に、光の壁で筒を作っていた。そのために空中に図面を描き、詠唱に代えているのである。

魔法筒で放った魔法は、筒先を向けた方向に飛ぶ。

ただ、その精度は色々と甘い。筒の穴が歪んでいれば逸れるし、筒の中に傷があっても逸れる。破損するかもしれない以上、試し撃ちもできない一発勝負だ。できるだけ外れない対策をしたかった。

放った魔法が海底に届くまでに、渦の道が消えるかもしれない。それに、ちょっとでも魔法が逸れれば水の影響を受けてしまうだろう。

そうならないためにも、ロアは考えた。

単純な話、逸れたり、渦が消えたりしてもしばらくは影響が出ないようにすればいいのだ。

魔法筒を別の筒で延長して、ピッタリと海底に付けてしまえばいい。

それなら、渦が消えても水の影響は受けないし、放った魔法が筒の中を移動するので逸れることもなくなる。

ロアは覚えたばかりの光の壁の魔法で、魔法筒の筒先を海底火山の位置まで延長することにした。

グリおじさんは噴火の高波と、噴出物も魔法で抑えてくれている。今は噴火の力も魔力に変えるために海賊島の方向に逸らしているだけだが、それでも大きな魔法には違いない。

二つの大きな魔法を使う負担は大きいだろうと、ロアは渦の道を頼らずに筒だけで何とかできないかと考えたが、やはり大量の水が問題だった。

筒を伸ばしている間に内部に入り込んだ水を外に出す手段がないし、長時間水圧に晒されては光の壁で作った筒とはいえ崩壊するだろう。

やはり、グリおじさんに頑張ってもらうしかない。

ヴァルは海底火山の位置の探知と、ロアの魔法の制御を手伝ってくれている。

赤い魔狼《ルー》は後始末だ。

しばらくは再発しないように、氷の魔法でも凍り切らなかった岩漿《マグマ》を地下深くへと逃がす。氷の魔法で固めて蓋をした後の動きのない岩漿《マグマ》なら、火の魔法で操作すれば簡単だろう。

それに赤い魔狼《ルー》は元々、双子である青い魔狼《フィー》の魔法の影響を受けない。岩漿《マグマ》すら凍り付かせる強力な魔法が近くで発動しても、まったく問題はない。発動するその場に待機できる。それならば、協力してもらわない理由がない。

ヴァルが探知と補助をし、グリおじさんが道を作り、ロアが筒を配置して、ピョンちゃんが連絡して段取りを伝え、青い魔狼《フィー》が魔法を放つ。そして、最後に海底で赤い魔狼《ルー》が後始末。

ロアの従魔総出の大作戦だった。

〈小僧！　もうすぐだ！　フィーに合図を！〉

「うん！　三から数えるから、ゼロで合わせて！」

〈はーい！〉

軽い返事だが、青い魔狼《フィー》も真剣だ。

早く赤い魔狼《ルー》を助けてあげたい。その気持ちが膨らみ、冷静さを失いそうになる。焦る気持ちを、鼻先をペロリと舐めて抑えた。

「サンッ！」

ロアの声が響く。全員が真剣だ。見えるはずのない海の底の目標に向かって、視線を集中させる。漂う緊張感に、その場にいる全員が息を呑む。そして、次のカウントをしようとロアの口が開いた時。

シュッと何かがロアの肩を切り裂いた。

「痛っ！」

ロアの口から小さな悲鳴が漏れ、切り裂かれた傷口から血が舞った。

油断していたわけではない。皆が周囲を警戒する余裕がなかっただけだ。いつもはロアの周囲を必要以上に警戒しているグリおじさんですら、探知魔法を使う余裕がなかった。

ロアを守るために存在している魔道石像《ガーゴイル》のヴァルすら、探知を海にだけ向けていた。

人を遠ざけ、海の上に浮かんだ氷塊にいるのだから、それで安全だと思っていた。

〈こぞ……〉

〈ロア！〉

「ダメ！　グリおじさん！　フィーも！　集中を切らさないで!!」

慌ててロアの方に顔を向けようとするグリおじさんと青い魔狼《フィー》に、激しい叱責《しっせき》が飛ぶ。

ロアは歯を食いしばり、肩を切り裂かれた方の腕を大きく振った。その動作だけで、ロアが腕を振った方向に透明な光の壁が発動した。

ロア自身もそれほど余裕はないのだろう。光の壁に色は着いていない。そして、薄く、形も歪《いびつ》で張られた範囲も小さかった。

光の壁にまた、何かが当たる。だが、ロアたちにはそれを気にしている余裕はない。集中を切らして魔法の制御が疎《おろそ》かになりかけたのをロアに叱られ、グリおじさんも青い魔狼《フィー》も歯を食いしばって魔法に集中した。

二匹はロアの望みに反することはしない。ロアが今、本心からしたいと思っていることには逆らわない。ロアが自分の身体より大事だと決断したなら、それに従うしかない。たとえそれが、自分の感情を押し殺すことであっても。

今すべきことは、青い魔狼《フィー》の魔法を撃ち込み、火山の活動を止めること。

グリおじさんと青い魔狼《フィー》はロアを心配する気持ちを心から掻き消し、再び集中した。

「今ので少し海底から遠ざかったみたいだ！　届きそうになったらまた数えるから、合わせて！」

ロアは痛みに耐えながら、魔法に集中する。

何が飛んで来て自身の肩を切り裂いたのか気にならないわけはない。そして自分たちを守っているのが、自分が張ったあまりにも不完全な光の壁だということに、不安を感じている。そして次は頭や首が切り裂かれるのではないかという、恐怖も。

だが本当に誰も、これ以上周囲の探知や防御に回せる余裕はない。

〈安心していいよ。助っ人が来たから〉

不意に、ピョンちゃんの声が聞こえた。

「うおおおお！　てめえ！　何やってやがる!!」

次に聞こえたのはクリストフの声だ。

「偉大な魔法の発動の場を荒らすとは!!」

何やら怒りに燃えたベルンハルトの声も聞こえる。それらの声に、ロアは温かいものが心に湧き上がってくるのを感じて、魔法にのみ集中した。

「いくよ、サン！」

再び、ロアは数える。青い魔狼《フィー》は大きく息を吸って魔法の発動に備えた。全身の毛が逆立ち、毛先から青い光が舞う。

「ニッ！」

青い魔狼《フィー》を中心に、冷気が空気を凍らせ氷の粒が瞬いた。

ロアとグリおじさんに氷の粒が降り積もるが、気にしている余裕などなかった。吐息は白く帯を引き、海風に流れていく。

「イチ！」

近くで戦いの気配がするが、ロアも従魔も気を逸らされることはない。信頼している仲間たちが守ってくれているのだから。

「ゼロ!!」

〈いけーーーーー!!〉

掛け声と共に、青い魔狼《フィー》は魔法を放った。

瞬時に魔法筒が凍り、表面にびっしりと霜を浮かび上がらせ真っ白になる。急激に冷やされたことで空気の対流が起こり、激しい風が渦を巻いた。

一瞬の間をおいて。

パーンと軽い音と共に魔法筒は砕け散った。

「うわっ！」

声を上げたのはロアだけだ。

砕けた魔法筒の破片が飛び散ってきたが、ロアたちの目の前で弾かれて別の方向に飛んで行った。ヴァルの反射魔法《リフレクト》だ。

ヴァルはロアの補助をしていたが、作っていた光の筒が海底まで到達すると同時に役目を終えていた。終えた瞬間から、ロアを守る反射魔法《リフレクト》を復活させたのだ。

これで守りの問題もなくなった。何がロアを傷付けたのかは分からないが、怯えることはない。

全員が成功を祈り、声を潜める。

ヴァルの探知が、海底に魔法が到達したことを知らせてくる。狙った通りの位置に当たり、誰もが成功を確信した。

その瞬間に、〈あひゃぁ!!〉という情けない叫び声が響いた。

聞き覚えのある声。だが、この場にいる誰かの声でも、赤い魔狼《ルー》の声でもない。

全員が顔を見合わせる。その声の主を思い出し、ロアは顔色を変えた。

「……忘れてた」

〈ふむ、あやつとて水魔法の使い手だ。多少凍っても問題はないであろう。そもそも今回のことはあやつの落ち度だ。文句を言われる筋合いはない〉

その声は海竜のものだった。

ロアたちは、海竜が青い魔狼《フィー》の魔法で受ける影響を忘れていたのだった。


魔法の成功を確信してから、ロアたちは座り込んだ。

魔力はまだ満ち溢れている。しかし、精神力が持たない。一気に気が抜けて、全員が大きく安堵の息を吐いた。

〈……小僧、大丈夫か?〉

〈ロア!　大丈夫!!?〉

一息ついてから、グリおじさんと青い魔狼《フィー》が慌てた声を上げる。

「あ、大丈夫だから」

ロアは気の抜けた返事をして二匹にひらひらと手を振って見せた。そしてポケットから不格好な小瓶を取り出すと一気に中身を飲む。

「……にがい……」

余程苦かったのか、ロアは眉を寄せて舌を突き出した。ロアが飲んだのは海賊島の中で作った治癒魔法薬だ。

ロアのケガはかなり大きかった。肩がぱっくりと裂けており、腕が動かせたのが奇跡と言ってもいい。

それでも今飲んだ魔法薬の効果で傷口は塞がっていく。

しかし、それで納得できるようなグリおじさんと青い魔狼《フィー》ではなかった。

〈……殺す。小僧を傷付けた者は許されぬ〉

〈……〉

グリおじさんが物騒《ぶっそう》な台詞を呟き、青い魔狼《フィー》は無言だ。青い魔狼《フィー》が怒っていないわけではない。むしろ怒りが頂点に達して言葉が発せなくなっているらしい。

二匹はロアから視線を外し、ゆらりと氷塊の上の少し離れた場所に向けた。

そこではクリストフとベルンハルトが、一人の男と戦っていた。服装からの判断だが、アダドの軍人らしい。この男が、ロアの肩を切り裂いた犯人なのだろう。

二対一なのに剣でクリストフを抑え、同時にベルンハルトを完全無詠唱の風の刃《ウインドカッター》で牽制して互角《ごかく》の戦いを見せていた。

〈チャラいの。そのゴミムシを譲れ。我が叩き潰す〉

〈ねーねー、いっしょに凍らされるのと、そいつから離れるのとどっちがいい？〉

青い魔狼《フィー》の方が言っていることが過激だ。その声を聞いて、クリストフとベルンハルトは慌てて男から距離を取った。

「………………終わってしまったのか……」

距離を取られたことで、男もロアたちに気を向ける余裕が出来たのだろう。ロアと従魔たちの方に目を向けると、かまえていた剣を下ろして大きくため息をついた。

男は当然のことながら、グリおじさんたちの声は聞こえていない。クリストフとベルンハルトが戦いをやめたことで、より最悪な状況になったことにも気付いてもいない。

〈何なのだ、こいつは？〉

グリおじさんは一応、クリストフに向かって説明を求めた。聞いたところで抹殺《まっさつ》は決定だが、ロアの目の前なので、本当に敵かどうか確かめずに殺すのは良くないと考えたからだった。

「オレたちが海底火山の噴火と、魔術師と従魔がそれを止めるために動いていることを説明した途端、アダドの船から抜け出すやつがいたから追って来ただけだ。それ以外は分からない」

「この者は風魔法に長けているようで、小舟をものすごい速さで動かしていたため私も同行しました！　魔法で船を動かさないと、絶対追いつけないので！　決して、偉大な魔法が発動する現場を見れる良い機会などと考えたわけではありません！」

クリストフが簡単に説明し、ベルンハルトが補足のようなことを言った。最後の言葉はよほど疑われたくなくて付け加えたのだろうが、思惑が口に出て自白になってしまっている。

ちなみに、クリストフがロアのことを魔術師と説明したのは、少しでも信憑性《しんぴょうせい》を持たせるためだ。火山の噴火を止めるのに、冒険者や錬金術師では説得力がなさ過ぎる。

「ふ……。錬金術師などと言いながら、これほどまでに凶悪な魔術師だったとはな。我々も騙されたよ」

男はそう言うと、大きく頭を振った。

「あ、第三皇子と一緒にいた……」

その時になって、ロアは気付いた。男が知っている人物だと。海賊島の牢屋で第三皇子と対面した時に、第三皇子と共にやって来た軍人の一人だった。

「第三皇子の側近をしていたアダド帝国軍大佐のシャヒードだ。このまま火山が噴火してくれればネレウスの王都に甚大な被害が生じ、我が国の益になると思って邪魔をしに来たのだがな。終わってしまったのなら、仕方ない……」

男……シャヒードは剣を鞘に納め、戦う意思はないと両手を広げて見せた。

「グリおじさん、フィー。降参した相手を攻撃しちゃダメだよ？」

〈チッ〉

〈おじちゃんが、余計なしつもんするから!!〉

かなり不満そうだが、二匹も引き下がった。露骨に不機嫌なものの、先手を打ってロアに釘を刺されてしまったのだから仕方ない。

降伏の意思を見せたシャヒードを、クリストフが武器を取り上げて拘束した。

〈あ！　帰ってきた!!〉

そうこうしているうちに、青い魔狼《フィー》が叫びを上げた。不機嫌な顔も、一瞬にして笑顔になった。

同時に、足場にしている氷塊の一部が切り取られたように消失する。そこに何かがゆっくりと浮かび上がってきた。

〈ルー!!〉

青い魔狼《フィー》が氷の縁ぎりぎりまで駆け寄る。ロアもそれが何か察し、同様に駆け寄った。

〈フィー!!　ロア!!〉

姿を現したのは、赤い魔狼《ルー》だった。

叫びながら、赤い魔狼《ルー》はロアに向かって跳ぶ。大人の姿の跳躍《ちょうやく》は美しく、水中にいたというのにまったく濡れていない毛皮が、紅玉《ルビー》の光を纏っていた。

〈我もいるのだがな……〉

名前を呼んでもらえなかったグリおじさんは、寂しそうに呟いた。それでもグリおじさんなりに、赤い魔狼《ルー》のことを心配していたのだろう。ホッと息を吐いて目を細めた。

〈ロアー!!〉

ロアに飛び付く瞬間、赤い魔狼《ルー》が纏っている光が強まる。目もくらむような光。それが弾けると、いつもの子魔狼の姿に戻っていた。

ロアは予測していなかったのか少し慌てたが、それでも赤い魔狼《ルー》をしっかりと胸に抱き留めた。

〈ロア！　ロア!!　たすけに行けなくてゴメン！〉

「心配かけて、ごめんね。助けようとしてくれたんだよね？」

〈うん！　でも、まにあわなかったの！　だから、ちょっとでもロアの役にたちたくて！〉

「海の底で噴火を抑えてくれてたんだよね。ありがとう！」

〈うん！　海竜がやくたたずだったけど、がんばったよ！　でも、ロアがたすけてくれたから！　だいじょうぶ!!〉

ロアは優しく頭を撫でる。それが嬉しかったのか、赤い魔狼《ルー》はロアの顔をすごい勢いで舐め回した。

普段の双子の魔狼《ルーとフィー》は自重ができる。顔を舐めると後でロアが顔を洗わないといけないので、できるだけしないようにしていた。

だが、今はそんなことを考えている場合ではない。全身で、喜びを伝えようと必死になっていた。シッポも大きく速く振られていて、ブンブンと音を立てている。

〈フィーも!!〉

その姿を見て耐え切れなくなったのか、青い魔狼《フィー》もロアに飛び付いた。もちろん、子供の姿に戻ってだ。

ロアは二匹の体重を支え切れずに尻もちをついたが、双子の勢いは止まらない。ロアの顔を左右から舐め、全身をすり寄せる。

たった、一日足らず。それは、他人から見れば僅かな時間だろう。

それでも、その一日足らずで多くの冒険をしたロアと双子にとっては、とてつもなく長い時間に感じられた。

だからこそ、この再会は何よりも重く、嬉しいものだった。

「ルーもフィーも頑張ったね！」

ロアも負けじと、両手を使って双子の全身を撫で回す。舐められて濡れた顔には、満面の笑みが浮かんでいた。感動の再会。まさに、そういう場面だった。

しかし、こういう時には邪魔が入るものだ。

〈……盛り上がっているところ、失礼する……〉

「え？」

不意にかかった声にロアが目を向けると、そこには壁があった。深い海の底のような青色の巨大な壁。海竜だ。

当然ながら、赤い魔狼《ルー》をその背に乗せていた海竜も、戻って来ていた。

海竜は頭の先を目の辺りまで水面ギリギリに出すだけで、全身はほとんど海水に沈めている。巨体のため、まったく隠れていないが、まるで陰から覗き見ているような状態だった。

〈その、願いがあるのだが……〉

伝わってくる声も、どこか弱々しかった。

〈ダメ！　今いそがしいの！〉

〈じゃましちゃ、ダメ!!〉

双子が取りつく島もなく拒否する。

〈そんな……〉

海竜は悲しげに目を海水の中に沈めた。

「コラ、意地悪を言っちゃだめだよ？」

すかさずロアが叱ると、双子は振っていたシッポを下げて、素直にごめんなさいと謝った。

「それでどんな御用ですか？」

〈おお！　本当の冒険者を目指す少年よ！　その、氷を全部溶かしてもらいたいのだ〉

海竜が再び浮上すると、今度は下半身まで水面に浮かび上がらせた。

下半身にあったのは氷だ。海竜の頭以外に、びっしりと氷が張り付いていた。まるで氷の殻《から》を背負ったヤドカリのようだ。

〈月を呑む狼の子が放ちし魔法の余波を食らい、某の身は氷漬けとなった。太陽を呑む狼の子が頭だけを溶かしてくれて浮上するに至ったが、このままではどこにも行けぬ。これは強力な冥府氷《めいふひょう》河《が》の魔法の氷、煉獄《れんごく》の炎でしか溶かせぬ故〉

「？」

ロアは首を傾げた。文脈から「月を呑む狼の子」が青い魔狼《フィー》で、「太陽を呑む狼の子」が赤い魔狼《ルー》なのは分かる。だが、赤い魔狼《ルー》がどうしてそんな中途半端な溶かし方をしたのかが分からない。

「溶かせなかったの？」

〈ちがうよー。罰なの。やくたたずだったから!!〉

〈なるほど、確かにそこのクジラは役立たずだったな！　ルーの力を借りながら自らはまったく役に立たなかったとは、確かに罰は必要であろう！〉

横からグリおじさんが楽しげに口を挟んだ。

「グリおじさんは、煽らないでよ！」

ロアはすかさず怒鳴ったが、グリおじさんはニヤリと笑うだけだ。その笑顔にロアは嫌な感じがしたものの、グリおじさんがすぐに言葉を続けたために止めることはできなかった。

〈ならば、こういうのはどうだ？　これから我は宙に舞った灰を浄化《じょうか》する。クジラには海を浄化してもらい、それが済んだら氷を溶かしてやろう。足りない魔力は、小僧を通して使うが良い〉

妙案とばかりにグリおじさんは言う。確かに、そうしてもらえればありがたいとロアも思う。グリおじさんが魔法で噴出物を逸らしていたおかげで晴れ間は見えているが、舞い上がった灰のせいでその色も少し濁っている。海はさらに汚れているだろう。それに、噴火が止まった今なら二匹がかりで魔法を使えば、魔力が尽きて結界も消えるはずだ。

実は、海賊島に張った光の結界はまだ存在し続けている。全員で魔力を使ったら尽きると思っていたが、島の方に逸らしていた海底火山の噴出物はそれ以上の魔力を生み出したらしい。

〈……元々は某の不手際でもある故。浄化は吝《やぶさ》かでもなし。それで氷を溶かしてもらえるのであれば、喜ばしい。早く……早く逃げねば盟主の仕置きが……〉

海竜はそう言うと、そのまま海中へと消えていった。早速行動に移したようだ。

考えてみれば、海底火山の噴火の原因はロアにもある。ロアが調子に乗って結界を作り、大量の魔力を消費したために海竜の手元が狂ったのだから。

ロアは申し訳なさを感じながらも、噴火で汚れた海をキレイにしてもらえるのはありがたいので、そのまま任せることにした。

〈では、我もやるか！〉

グリおじさんが空を仰いだ。

風が吹く。吹いた風はロアたちのいる氷の塊を中心に、広い範囲で渦を巻いた。

粉塵《ふんじん》が混ざっているためだろう、風の流れがロアにも見える。渦を巻く風は灰を掻き集め、次第に色を濃くしていった。

やがて集まった灰は、ロアたちの周囲で薄汚れた茶色い流れを作り出した。ロアは濁流《だくりゅう》の中にいるような圧迫感を覚え、少し怖さを感じた。

それもすぐに終わる。最終的に風の流れはグリおじさんの前に流れ込み、一つの大きな塊を作り出す。流れは止まることはない。塊の大きさは変わらず、風はそこに流れ込み続ける。

やがて、それは熱を持ち始めた。灰と共に流れ込む空気が圧縮され、発熱しているのだ。

それでもグリおじさんは集めるのをやめない。灰は集まり続け、その度に密度を増してゆく。ついにはその塊は赤く輝き出した。炎は上がらず、熱だけが伝わってくる。

まるで、炉《ろ》だ。相当な圧力がかかっており、地味に見えて大量の魔力を使う魔法だということが見るだけで分かった。結界を消すために、あえて大量の魔力が必要になる魔法を使っているのだろう。

「死ねっ！」

魔法が佳境《かきょう》に入ったと分かる状況になった時、急に叫びが上がった。ロアは驚き、声の方を振り向いた。

振り向いたロアが見たのは、ヴァルの反射魔法《リフレクト》で自らの風の刃《ウインドカッター》を反射され、その身を切り裂かれて崩れ落ちるアダド軍人シャヒードの姿だった。

〈我が魔法を……いや、こやつは小僧のことを魔術師だと思っていたのだな……小僧が魔法を使い、隙が出来たところを狙って殺すつもりだったのだろう。小賢《こざか》しい企みだな。まさに因果応報《いんがおうほう》。殺そうとせねば、死なずに済んだかもしれぬのにな！　フフフ……〉

やけに嬉しそうに、グリおじさんが呟いた。

シャヒードは、ロアを魔術師だと思い、この場で使われている魔法全てがロアの発動したものだと勘違いしていたのだろう。

普通であれば、魔法を使っている間は大きな隙が出来る。攻撃と同時に防御もこなせる、複数の魔法を同時発動できる魔術師は滅多にいない。しかも目の前で繰り広げられているのは、明らかな大魔法。隙が生じると考えるのも当然だ。

だから、ロアの命を狙った。

自分の目的が果たせなかった腹いせなのか、それともネレウスの面子《メンツ》を潰してやろうと考えたのか……。目的は不明ながら、確実にロアを殺そうとした。

その結果は、自らの死。

ヴァルに反射された魔法は二倍の威力でシャヒード自身に返り、一瞬にして命を奪った。

こうしてアダドの第三皇子を操り今回の事件を扇動した男は、その事実を誰にも知られないまま死を迎えたのだった。

隙を突くという卑怯な手段を使い、自らの魔法を返されて死ぬという、軍人として生きた者には無様で不名誉な死だった。

「……」

ロアはその死体を寂しげな目で見つめる。その肩を、クリストフが軽く叩いた。

「あんなのは、ロアが気にしてやる価値もない。それよりも……ありゃ、宝石か？」

クリストフに言われ、ロアはその視線の先に目を移す。

「えっと……」

〈ふむ？〉

見つめた先にいたグリおじさんも、不思議そうに首を傾けていた。グリおじさんの目の前にあるのは、二メートルほどの黒い塊だ。

全体的に宝石のような輝きを持っている。どこまでも深い、闇《やみ》の輝き。

〈灰を固めたのに、岩にはならぬのか？〉

グリおじさんは質感の変化が不思議なのだろう。圧縮して岩になるように固めるつもりだったのが、予想通りの結果にならなかったのだから。

「あ、灰だから釉薬《うわぐすり》みたいな感じで……というかガラスの塊だね」

ロアは一人納得する。釉薬は焼き物の表面に硝子質《ガラスしつ》の膜《まく》を作るための物だ。水が染み込まなくなるので、汚れにくく強く、そして美しい焼き物になる。

その原料は粘土《ねんど》と灰。まさに火山が撒き散らしていた物だった。

黒い塊はキラリと輝く。

反射されたのは、遮る物なく降り注ぐ太陽の光だ。空気も澄み渡り、頭上には曇りのない青い空が広がっていた。

海も、日光を反射して輝いている。海竜も仕事が早い魔獣なのだろう。すでに噴火前の海の美しさを取り戻しつつあった。

「すぅ……」

ロアは深呼吸をする。グリおじさんの魔法で浄化された空気は、ロアには特別美味しいものに感じられたのだった。


空が澄んでいく。

ディートリヒは一人、王都の漁港の桟橋にいた。

船を横付けにして荷物を積み下ろすための桟橋は、海に大きく迫り出している。その先端に、膝を抱えてディートリヒは座っていた。

ぼんやりと彼が見つめる先は、遠くの海と空だ。

先ほどまで空は濁って見えていたが、まるで拭い取られたように今は澄んだ空が広がっている。

ロアたちが何かやったんだろうな……と、思いながらもあの空の下で何が起こっているのかまったく知らないディートリヒには、それ以上は推測もできない。

ディートリヒは気付けば漁港にいた。しかも、漁師たちと殴り合っていた。

どうしてそんな状況になったのか、まったく分からない。ただ、どうもまた酔って暴れたらしいということだけは、身体に残る酔った後の感覚から判断できた。息を吐けば酒臭いし、身体からも酒の臭いがする。間違いない。

ディートリヒは、双子の魔狼《ルーとフィー》やカールハインツ王子たちと一緒に馬車に乗って漁港に向かったはずだ。それなのに、気付けばここにいた。

馬車で揺られていた途中から記憶が飛んでいる。何をして、何が起こったか分からない。殴られたせいで、記憶が飛んでいるのか？　ディートリヒは、痛む傷に指先で触れながら考える。

今のディートリヒは傷だらけだ。

意識を取り戻すまでは、無傷だった。無意識のまま漁師たちを一方的に殴り飛ばしていたらしい。

しかし、意識を取り戻したことで混乱し、敵意もない漁師たちを殴ることを躊躇した。

その瞬間に大量の漁師たちに取り囲まれて押し倒され、ボコボコにされたのである。

おかげで、全身傷だらけだ。顔など、人相が変わるほど腫《は》れている。漁師たちがケンカ慣れしていたおかげで骨折や致命的なケガはないが、それでも酷いものだ。

殴りまくられ倒された後に、漁業ギルドの職員から治癒魔法薬を手渡されたが、何となく断った。罪悪感から、傷をそのままにしておこうと思った。

直感で、渡された治癒魔法薬がロアが作った物だと気付いたことも理由の一つだろう。

ロアを助けるために王城から王都へと来たのに、漁港で殴り合いをしてケガをして、ロアの薬で治してもらう。そのことが、申し訳が立たないと思えてしまったのだった。

「役立たずだよな……」

ディートリヒはなおも遠くの空を見つめ続ける。あの空の下に、双子の魔狼《ルーとフィー》もいるのだろうか？

一人、漁港に置いてきぼりにされた理由も分からない。酔って、双子たちに置いて行かれるようなことをやらかしたのだろうか？

馬車にはコルネリアとベルンハルト、それにカールハインツも乗っていた。当然ながら、何かをやらかしたなら全員に目撃されているだろう。それだけの人間が揃っていても、置いて行く判断をされるようなことをやらかしたのか？

最悪だ……。ディートリヒは、今までにないくらい自分の酒癖を反省した。

今までどんな時でも、何をやらかしても、クリストフとコルネリアとベルンハルトの三人は見捨てないでいてくれた。なのに、今回は見捨てられたのだ。本当に、いったい何をしたのだろう？

「一人でどこかに行こうとした罰が当たったのかもな……」

このところ、ディートリヒは望郷のメンバーと別れ、自分一人でネレウス王国を出て行くことばかり考えていた。

三人にはこの国で活躍できる未来がある。自分などに付き従わず、それぞれの仕事で大成して欲しいと思った。それが彼らの幸せに繋がると思った。それだけの実力が、あるのだから。

……そんなことを考えていたから見透かされ、先に見捨てられてしまったのだろう。そうとしか思えない。

「これでいいんだよな？」

見捨てられたことに寂しさを感じながら、ディートリヒは一人納得して俯く。このまま望郷のメンバーとは別れ、こっそり国を出てしまえば終わりだ。今なら女王が付けていた監視もない。見捨てようとしていたのが、見捨てられただけだ。大きな違いはない。ディートリヒは自分の視界の端が、じんわりと歪んでくるのを感じていた。

ドンと。不意に背中が押される。いや、押されるというよりは蹴られたような衝撃だった。

「うぉ！！？」

膝を抱えて座っていたディートリヒは踏ん張りも利かずに、前へと転がった。ここは桟橋の先端。目の前はすぐ海だ。

ディートリヒは見事に転がり、海へと落ちた。海の水は傷口に沁《し》みた。

「ぷはっ！」

桟橋はそれほど高い位置にない。落ちてもすぐに浮かび上がれる程度だ。ディートリヒが水面に顔を出すと、桟橋の上から見つめている人影があった。

「バカリーダー！　なに凹《へこ》んでんのよ？　似合わないわよ？　顔を洗ってスッキリした方がいいわよ？」

コルネリアだった。ディートリヒは呆然と彼女の顔を見つめた。水面に反射した太陽の光がコルネリアの顔を照らし出し、眩しくて目を細めた。

「色々聞いたわよ。バカリーダーは私たちを捨てて、知らない場所に行って、やり直すつもりだったんだって？」

「え？」

それはまさに、つい先ほどまで考えていた内容だ。心を見透かされたのかと思って、ディートリヒは慌てた。

「蹴り飛ばす女じゃなくて、優しくしてくれる女が欲しいんでしょう？」

「え？　……それは……」

「悪かったわね、蹴り飛ばす女で」

「……」

ディートリヒは水に浮かびながら上目遣いでコルネリアを見る。叱られた犬のようだ。

しばらく、ディートリヒとコルネリアはそのまま見つめ合った。言いようのない緊張感が二人の間に漂う。

「私は可愛げのない女だから、逃げられたら追いかけるわよ？　地の底までも追いかけて、見つけたら蹴飛ばしてボコボコにするわ！」

コルネリアは水に浮かぶディートリヒの頭を桟橋の上から足を伸ばして蹴った。ディートリヒも、その靴底を甘んじて頭で受け止める。

「だから、私たちが納得してパーティーを解散するまでは、勝手なことはしないでよ？　私たちの幸せは、私たちで決めるわ！　本気で許さないから!!」

　ゲシゲシと蹴り続けるものの、コルネリアの顔は真剣だ。熱の籠った声には、どこか悲しげな湿《しめ》った響きが含まれていた。

「クリストフとベルンハルトも同じよ！　今はロアを手伝いに行ってここに来られないけど、二人も逃げたら追いかけるって言ってたわ。自分一人で楽しそうな場所に行くのは許さないって！　ぜったい、逃がさないって!!」

　言い聞かせるように言うと、コルネリアは最後に思いっ切りディートリヒの頭を踏みつけてから、大きく息を吐いた。

「……それに、貞操《ていそう》の危機なのよ！　観賞用とか言ってても、お姉様は普段から身体に触ってくるし、いずれは……って考えると、この国を離れておいた方が安全なの!!　お姉様のことは好きだけど、そういうのは違うのよ!!」

「？」

　ディートリヒはコルネリアの言葉を真剣に聞いていた。だけど、最後だけは意味が分からない。軽く首を傾げ考えていたら、次第に笑いがこみあげてきた。なぜだか分からないが、心の中が晴れたように、楽しい気分が湧き上がってきた。

　ついにはプッと噴き出してしまった。

「何なのよ!?　私は真剣に……」

「その、ありがとうな。そっか、追いかけて来てくれるのか。それじゃ、逃げられないな」

笑いながら言うと、ディートリヒは桟橋の上に向かって手を伸ばした。海の中からコルネリアを見つめる。コルネリアの背後には、今のディートリヒの心のように、曇りない青空が広がっていた。

「分かればいいのよ」

コルネリアは少し照れながら、伸ばされたディートリヒの手を握った。コルネリアの手は力強く、ディートリヒもそれを受けて強く握り返す。

海から引き上げるために差し出された手。

固く握り合うその手と手は、今の彼らの関係を示しているかのようだった。

第三十六話　取り戻される日常

ロアたちが海底火山の噴火を抑え込んでから一週間後。

隣国のアダド帝国の帝都では、ひっそりと葬儀《そうぎ》が行われていた。

故人はこの国の第三皇子。本来であれば、国葬《こくそう》になっているはずだった。

だが、皇帝の居城の奥深くで行われた葬儀は国葬ではなく、参列者も少ない。父親である皇帝すらいない。妃《きさき》と二人の子供、そして身近な使用人たちが参列しただけだった。

祭壇《さいだん》は花で飾られているものの、皇族とは思えないほど粗末《そまつ》な物だ。特徴的な左右に尖《とが》った髭を生やした故人の絵姿が飾られており、堂々たる大物然とした笑みを浮かべている。その姿と粗末な祭壇の落差が凄まじく、滑稽《こっけい》にすら思えた。

本来であれば、第三皇子を支援していた貴族くらいは参列していて当然だろう。だが、そういった者たちの姿もない。

貴族たちは今後の自分たちの生活を考え、第三皇子と関わりがない者として振る舞うことを選び、参列しないことでその立場を示したのである。

「どうして……」

第三皇子妃が、棺《ひつぎ》に縋り付いて泣いていた。その姿を貴族として見苦しいと咎《とが》める者はいない。

彼女の涙は別れを惜しむ涙ではない。そもそもが愛があって結婚したわけではなかった。完全な政略《せいりゃく》による結婚だった。彼女の涙は、我が身と子供たちの未来を考えての悔し涙だ。

第三皇子の妃と子供たちは今後の争いの芽にならぬよう、何らかの形で存在を消されることだろう。良くて幽閉《ゆうへい》、最悪の場合は毒杯《どくはい》を賜《たまわ》ることとなる。

どちらにしても明るい未来はなく、いずれは貴族籍から外されるのだからと、見苦しく泣いていても誰も咎めることはなかったのだった。

乳母《うば》に手を引かれたまだ幼い子供たちが、妃の周囲で見守っている。子供たちは、父である第三皇子の死体を見ていなかった。そのため死を実感できず、妃の異様な姿だけに何かを感じ取って、大人しく見ていることしかできないのだ。

第三皇子の死体を見ていないのは、子供たちだけではない。妃も、使用人も誰も見ていなかった。

妃が縋り付いている棺の中は空だ。死体はなかった。

現在、確認されている事実は、第三皇子がネレウス王国に仕掛けた戦《いくさ》に負けたということ。そして、彼が乗っていた船が沈んだということ。それだけでしかない。

死体は見つかっていないし、死亡確認もできていない。

それなのに、たった数日で捜索も打ち切られ、一週間後には葬儀が執《と》り行われたのである。

異例だが、それには二度と復位させないという皇族たちの思惑があった。

今回のネレウス王国との戦いで負けたことで、第三皇子は皇太子争いから脱落した。役立たずとして、生かす価値すらないと判断されたのだった。

たとえ生きていても、殺され闇に葬られるだろう。葬儀の前に死ぬか、後に死ぬかの違いでしかない。皇族たちはそう考えて葬儀を執り行ったのだった。

妃の泣き声は空《むな》しく響き続ける。葬儀の参列者以外に、その声に耳を傾ける者はいなかった。

そんな悲惨《ひさん》な葬儀が行われている城の、地下深く。

「カラカラ！　いるか!!」

隠し通路の最奥《さいおう》で、一人の男が大声を張り上げていた。

「カラカラ!!」

男はなおも叫ぶ。男は顔全体を覆う豊かな髭を生やし、アダドの皇族を示す深みのある黄色を基調とした服を着ていた。側近たちが付き従い、皇族であることは一目で分かった。

アダドの皇族には三人の皇子がいた。

別々の母親から生まれたことで年齢差もほとんどなく、顔立ちも似ていることから、外見的には三つ子のように見える兄弟だった。

本人たちもそのことを気にしているのか、見分けがつきやすいように、第一皇子以外は特徴的な髭を生やしていた。第一皇子が髭なし、第二皇子が顔全体を覆う髭で、第三皇子が口髭だけだ。

つまるところ、この男はこの国の第二皇子だった。

地上で行われている葬儀は彼の弟のものだが、悲しんでいる様子すらない。負け犬のことは記憶から消し去ってしまったのか、普段と変わりない態度だった。

「カラカラ!! いないのか!!」

第二皇子の叫びに、彼の目の前の木製の扉が軋みを上げながらゆっくりと開いていく。

「……」

扉の隙間から顔を出したのは、少年のような男だった。

第二皇子の腹ほどまでしか身長はなく顔立ちも幼いが、少年というには不思議な雰囲気を纏っていた。

彼は顔の部分だけ露出した、熊の着ぐるみのような奇妙な服を着ていた。さらに、その上から簡素な貫頭衣《かんとうい》を身に着けている。

「遅いぞ、カラカラ。呼んだらすぐに顔を出せ!」

第二皇子の声に、カラカラと呼ばれた男は眉を寄せて露骨に不快な表情を作った。そして、貫頭衣の下から小さな黒い板を取り出すと、白墨《はくぼく》で文字を書き込んだ。

『何の用?』

そう書いて、第二皇子に見せる。不遜《ふそん》な態度に、第二皇子は怒りの言葉を吐き出そうとしたものの、グッと息を呑んだ。カラカラが向けてくる視線に不気味なものを感じたからだ。

怒りに任せて行動すれば、相応の報復をされる。そう感じさせるだけのものが、その視線にはあった。

「……これを調べろ」

第二皇子は目を逸らしながら、手に持っていた物を差し出した。

それは魔法の鞄《マジックバッグ》。どこにでも売っている品で、高価だが金を出せば買える物だ。

「……」

それを見て、カラカラは首を傾げた。こんな物、調べる価値はないと言いたげだった。

「調べるのは、中身だ。ネレウスの錬金術師が作った物が入っている。錬金術師たちが、怪しげな雰囲気があると言っていた。貴様なら、調べるのも簡単だろう？」

「……」

何のことはない、彼は城にいる錬金術師たちでは手に負えない調べ物を押し付けようとしているだけだった。

この魔法の鞄《マジックバッグ》はロアが予備に持っていた物だ。ロアが誘拐された鍛冶場で彼と共に回収され、第三皇子が乗っていた船の生き残りがアダドに持ち帰った物だった。

カラカラは無言で魔法の鞄《マジックバッグ》を受け取ると、もう用はないとばかりに木製の扉を閉めた。

扉が閉じ切る前に第二皇子の怒鳴り声が聞こえた気がしたが、気にする様子もない。扉を背に、さっそく魔法の鞄《マジックバッグ》に手を突っ込む。

ゆっくりと、慎重に中身を取り出した。

〈これは……〉

取り出した物を見ながら、カラカラは呟く。その声は、人間に聞こえない声だ。

カラカラは錬金生物だ。錬金術によって作り出された、妖精と呼ばれる魔獣だった。

今のカラカラは主を持っていない。アダド帝国に協力しているのも、亡くなった主の遺志を継いでいるだけで、アダドの人間に従っているわけではない。

あくまで次の主を見つけるまでの繋ぎとして……暇潰し目的で従っているフリをしているに過ぎない。

そのため、彼の声を聞ける人間は存在せず、筆談のみのやり取りとなっていた。

さらには、現在のアダドの人間たちは、彼のことを風変わりな人間として認識していた。魔獣である事実を知らず、大きな魔力を持つことで長命となった錬金職人だと思い込んでいたのである。

〈……まさか……魔法筒をこんな風に？〉

カラカラの目が大きく見開かれる。彼の手にあるのは、魔法筒だ。

魔法筒は、カラカラが昔の主のアイデアノートを基に作り出したものだ。ただの魔法筒であれば、驚くことはない。

しかしそれは、カラカラとは違った方法で作られた、作りかけの魔法筒だったのである。

〈多くの改良を模索した跡がある。この発想、主様に匹敵するかも？　それに、この魔法薬〉

カラカラは魔法の鞄《マジックバッグ》から次々に物を取り出していく。普段であればちゃんと机に持って行って並べるのだろうが、その少しの時間すら耐えられず、カラカラは床に座り込んで周囲に取り出した物を並べていった。

一通り並べ終えると、ギラギラした目でそれらを見つめた。

〈既存の作成方法《レシピ》で作った魔法薬のはずなのに、質がおかしい？　効果が高過ぎる！　どうしてこんなことが起こってる？　……錬金術師の技量？　まさか、主様よりも高い技術を持っているのか⁉　そんな……〉

カラカラの身体は、小刻みに震えていた。それは恐怖ではなく、感動。

魔法の鞄《マジックバッグ》から取り出した物を見つめる目からは、いつしか涙が溢《こぼ》れ落ちていた。

〈見つけた……〉

ポツリ、呟く。

〈欲しい！　絶対に手に入れないと‼　城からの隠し通路は閉鎖《へいさ》だ！　つまらない人間相手の遊びは終わりだ！〉

まるでその言葉に応えるように、背後の木製の扉が掻き消えた。

扉があった位置にあるのは、何の変哲《へんてつ》もない岩の壁。最初から何もなかったかのように、他の壁と変わらない色を見せている。

ここはアダド地下大迷宮《グレートダンジョン》。

昔の錬金術師が作り出した、研究施設であり、素材を得るための農場兼牧場。カラカラは仮の主に過ぎないが、城と繋がっている通路を消すぐらいは容易い。

〈これを作った錬金術師を迎えに行かないと……〉

呟きは、歓喜で震えていた。

この日、アダド帝国は有能な錬金職人を失ったのだった。


アダド帝国の艦隊来襲及び海底火山の噴火事件の後も、舞台となったネレウス王国の王都は平和だ。

一週間が過ぎているが、人々は事件以前と変わらない生活を続けている。

海底火山の噴火の影響が心配された海も、今までと何一つ変わりなく美しい姿を見せ、豊富な海の幸を与えてくれていた。

何が起こったかは軍を通して発表されたが、大まかな説明を伝えるだけで詳細まで語られることはなかった。

本来であれば、人々が隠された内容を詮索《せんさく》し、憶測を語ることで不穏な空気が流れていることだろう。

しかし、街は明るい空気で満ちている。それは、とある噂のおかげだった。

「なあ、神狼《しんろう》の話を聞いたか？」

「ああ！　海竜様と一緒に噴火を止めてくれたんだろ⁉」

「海竜がこの国の海の守り神なら、神狼は陸の守り神だな！」

「神狼様は別の場所が縄張りだって聞いたぞ？　海竜様の友達で、海底火山を抑えるために特別に助けに来てくれたらしいぞ？」

街角でそんな会話が聞こえたかと思えば。

「神狼様の遠吠えは美しかったわ！」

「あら！　聞いたの!?　私、その時は街を離れていて、聞くことができなかったのよ！」

「歌うような素敵《すてき》な声だったのよ！」

「遠吠えって、縄張りを主張するためのものなのでしょう？　神狼様がこの王都を縄張りにしてくださったってことよね？」

「そうなのかしら？」

「そうに決まってるわ！　王都を守ってくださったのですもの。海竜様とも仲良しだって聞いたわ！」

商店の中から、そんな会話も聞こえてくる。さらには。

「軍のやつらが神狼を見たらしいぞ。小山ほどある大きな狼で、氷の魔法を使うと毛皮が青くなって、炎の魔法を使うと赤くなったらしい」

「へぇ、両方の魔法を使うのか」

「それどころか、風の魔法で竜巻も作ったらしいからな。噂じゃ、全属性を使えるらしいぞ」

「そりゃ、まさに神様みたいな狼だな」

露店の店先で、このような会話もあった。

内容は様々だが、共通しているのは、海底火山の噴火を収めてくれたのは海竜と、神狼と呼ばれる魔狼であるということだった。海竜と神狼は仲が良く、協力し合うことで未曽有《みぞう》の大災害を防いでくれたらしい。

軍人や海賊がその姿を目撃したという話も多く出回っており、実在を信じるだけの根拠となっていた。

真実と若干のズレがあるのは、噂という性質上仕方ないことだろう。

それに、事件の中心となっていた冒険者の少年やグリフォンの存在が、その噂の中に影も形もないこともまた偶然であるに違いない。

神狼を直接目撃したと語っているのが軍人と私掠船免状《しりゃくせんめんじょう》持ちの海賊たちだけで、全て女王の配下であることも、真実と噂に差があることとは関係ないはずだ……。

街の人々がこのように噂を好意的に受け入れているのは、やはりこの国に海竜信仰があったおかげだろう。

海竜信仰がなければ、いくら楽天的な住民たちであっても、こうはすんなりと受け入れていなかったに違いない。

命を救われたという認識があったとしても、相手は魔獣。敵であるという認識は捨てられなかっただろう。守るために使われた強大な力が、いずれは敵に回るのではないかという不安に怯えていたはずだ。

流れている噂は国民を安心させるのに的確過ぎた。

まるでこの国の住人の気質を知り尽くした人間が、最も効果的に騒ぎを抑えるために流したかのようだった。

噂は広がり続ける。国の隅々まで広がった噂は、神狼信仰を根付かせるのだった。


その日、ロアと望郷のメンバー、そしてコラルドはネレウス王国の王城に呼び出されていた。

ロアたちがネレウスに滞在し始めてから、すでに一週間以上が過ぎている。

呼び出された名目は、王国を救った褒賞《ほうしょう》についてだ。

だが、到着した途端に通されたのは、謁見《えっけん》の間ではなかった。王城の深部。女王の私生活《プライベートスペース》の場だった。

「拷問するつもりじゃないだろうな！！？」

通された途端に叫んだのは、ディートリヒだ。

女王の生活の場への出入りは、王子であっても許されない。そこは王城の最重要部分であり、限られた人間以外は近づくことすら許されない区画とされていた。

しかし、ディートリヒだけは、違っていたのである。幾度となくこの場所に来たことがあった。……主に、お仕置きという名の拷問のために……。

ディートリヒが発作的に叫びを上げたのも、仕方ないことだろう。

「あら、そんなことしないわ」

今までディートリヒにしてきたことを忘れたかのように、女王は真顔で言い放った。

女王がロアたちと謁見の間ではなくここで会うことにしたのは、あくまで公式の謁見ではなく私的なものであると示すためだ。

それを察している者たちは、とても公《おおやけ》にはできない話をされるのだろうと、改めて気を引き締めた。

ロアたちは応接間《サロン》に通され、着席を促される。謁見の間のような過剰な豪華さはない部屋だ。繊細な作りの家具が並んでいるが、雰囲気は落ち着いている。

「……ここは……」

ロアたちと一緒に通されたコラルドが、目を丸くしながら部屋の中を見つめていた。見覚えのある場所だったからだ。

先日、ロアが誘拐された日に暴力鍛冶屋《ブルーノ》と可憐小竜君《ブルトカール》に拉致《らち》され、連れてこられた部屋だった。

コラルドが女王に目を向けると、思わせぶりな視線を返される。コラルドはそのまま口を開かずに、余計なことは言わないことにした。

コラルドが不安を紛《まぎ》らわすために他の者たちの様子を見渡していると、双子の魔狼《ルーとフィー》がやけに熱心に絨毯の一部の匂いを嗅いでいる。あの日にブルーノが座っていた場所だと気付き、コラルドは慌てて双子から目を逸らした。

全員が席に着いたのを確認すると、流れるような所作で侍女たちによってお茶が供《きょう》された。

「まずは、ロアくん自身の話から進めましょうか」

全員の前にティーカップが置かれ、侍女たちが退出すると同時に、女王が口を開いた。

「カールハインツ、例の物を」

女王がそう言うと、カールハインツ王子が一歩前に出てきた。

今まで部屋内にいたことを認識できていなかったが、姿を隠していたのだろう。カールハインツは平たい白木の箱を抱えていた。

「これは？」

木箱を目の前に差し出され、ロアは不思議そうに首を傾げた。女王はニッコリと微笑むだけだ。

褒美の一環だろうか？　……そう疑問に思いながらも、受け取らないと話が進みそうにないのでロアはそれを受け取った。

箱を開けると、中にあったのはペンダントと折り畳まれた白い服だった。

「ガーデンクオーツ？」

「あら博識《はくしき》ね。珍しい物なのに、よく知ってるわね。身に着けてくれるかしら？」

「……？　はい」

ロアは立ち上がって、ペンダントを手に取る。

銀のチェーンに親指の先ほどの涙滴型《ティアドロップ》のペンダントトップが付いている。素材は水晶だが、内部にまるで夏の木々のような鮮やかな緑の文様《もんよう》があった。

庭園水晶《ガーデンクオーツ》は、成長途中に様々な鉱物を巻き込み、そのまま内包してしまった水晶である。内部に広がる内包物が、庭園の風景を切り取って封じ込めたように見えるため、そう名付けられていた。

高価ではないが、それなりに珍しい物だ。

〈貴様、そちらはまだ辞めていなかったのか？〉

ペンダントを手にしているロアを見つめながら、グリおじさんが呟く。グリおじさんは、部屋に入るなり、速攻で部屋の一番高そうな敷物の上を陣取って寝そべっている。女王の前であってもおかまいなしだ。

双子はひとしきり絨毯の匂いを嗅いだ後は、何か納得した風な顔をしてグリおじさんの陰に隠れるように身を寄せ合っていた。

以前ほどではないが、やはり女王の前では萎縮《いしゅく》してしまっているようだ。王城に着いてからは、一切言葉を発していない。シッポも、垂れ下がったままだ。

「お互いを尊重しましょうってだけの組織だもの。手間がかからないから放置よ、放置。あら、似合ってるじゃない」

グリおじさんと話しながらも、女王の目もロアに向いている。ロアは促されるままに、ペンダントを身に着け、さらに箱の中の服を纏う。

服は広げてみると、短いマントのような物だった。いわゆる、短丈外套《ケープ》である。上半身を覆う程度の長さしかないが、しっかりとした縮絨布《フェルト》の布地で作られており、防寒性は高そうだ。

「ローブにしなくて正解だったわ。ロアくんは剣も扱うから長さがあると邪魔になるものね。色は好きな色に染めてね」

「えっと、それで、これは？」

言われるままに身に着けたが、ロアにはこのペンダントとケープの意味が分からない。褒美かと思ったが、それなりに高価な物とはいえ、一国の女王が褒美に渡すのに相応しい品とは思えない。

「魔術師ギルドの証と略装《りゃくそう》よ。今日からロアくんも、魔術師ギルドの一員になるの」

「魔術師ギルド？」

疑問の声を上げたのは、ディートリヒだった。飲みかけていたお茶を噴き出しそうな勢いだ。当のロアは、突然の話に驚き過ぎて声も出せず、大きく目を見開いて女王を見つめている。

「そんなもの、あるのか？　聞いたことがないぞ？」

ディートリヒが驚いたのは、魔術師ギルドが一般には知られていない存在だったからだ。

魔術師は多くいるが、王家や貴族などに仕えていたり冒険者ギルドに所属したりしている者は知っていても、魔術師ギルド所属など聞いたことがなかった。

〈何を言っておる。この女は魔術師ギルドの元締《もとじ》めだぞ？〉

「はあぁ？」

さも当然とばかりにグリおじさんが言う。その言葉を聞いて、なるほど先ほどの会話はそういう意味だったのかと、ディートリヒは納得した。

つまりグリおじさんは女王に、魔術師ギルドの元締めは辞めていなかったのかと尋ねていたのだ。

ディートリヒは思わずベルンハルトに視線を向ける。魔術師ギルドが存在するなら、魔術師である彼は知っているだろう。そう考えて向けた視線だったが、ベルンハルトは顔色一つ変えずに自身の首元に手を突っ込んだ。

「……」

そして首元から取り出したのは、先ほどロアが受け取ったものと同じガーデンクオーツのペンダントだった。

「……おい。そんなギルドに所属してたなんて、聞いたことないぞ？」

「……」

「ゴメン、私はベルンハルトから聞いて知ってたわ」

耐え切れずに自白したのは、コルネリアだ。申し訳なさそうに、手を挙げている。

思わずディートリヒはまさかお前も知ってたんじゃないだろうなとクリストフに視線を向けたが、彼はプルプルと首を横に振って否定した。

〈なんだ、仲間仲間とうるさい癖に、仲間のことを分かってなかったようだな？〉

「うるせーよ！　つうか、何でロアが魔術師ギルドとやらに⁉」

即座に、ディートリヒの中で次の疑問が生まれる。ロアは魔術師ではない。今回の件ですごい魔法を使ったらしいが、本人が魔術師と名乗ったことはない。

「必要だからよ」

ディートリヒの問い掛けに、女王は仮面のような笑みを浮かべたまま答えた。

「ロアくんが使った魔法はかなり問題があるものだったのよ」

〈主神教会だな？〉

「そうよ。クリストフがその場の勢いで、魔術師が噴火を止めるって説明したでしょう？　丁度いいから、それを上手く使って、私の動かせる権力をもう一つ利用することにしたの。説明するわ」

そう言うと、女王は説明を始めた。

ロアが作り出した、海賊島をすっぽり覆う大規模な結界。ロアはそれを軽い気持ちで作り出したが、とてつもなく非常識なものだった。

主神協会は、その本部がある場所に大規模な結界を作っている。

それはもちろん守りの意味もあるが、主神協会の権威《けんい》を示す意味が大きかった。

都市規模の大型魔道具を使い、地脈から魔力を引き出して大量に注ぎ込むことで成立させている、まさに唯一無二、権威を示すに値する結界だった。

そんな結界を単独で、しかも主神協会のものより高度な形でロアは作り出したのだ。教会が知れば、ただで済むはずがない。教会はロアを引き込むか、排除しようと動き出すだろう。

幸か不幸か、結界を確実に目撃しているアダドの皇子の船は沈んでいる。だが、生き残りがいるかもしれない。それに、島を覆う巨大な結界であったため、他の人間に目撃されていた可能性も否定できない。もしものことを考えて、先手を打っておく必要があった。

「ネレウスの女王が愛する人という程度では、足りなくなったのよ」

そう言って、女王は思わせぶりな視線をディートリヒに向ける。先《せん》だって、女王はロアを自らの婚約者とすることで、有能な錬金術師を手に入れようとする連中から保護しようとした。偽りの婚約だが、その程度の連中相手なら十分なはずだった。

しかし、教会は一筋縄ではいかない組織だ。ギルドなどと同じく、国家の圧力を受けにくい。確かに女王の婚約者という権威は有能だが、教会から守るにはまだ足りなかった。

女王はロアを守るために、さらに権威を追加することにしたのだった。

「ボクちゃんは知らなかったみたいだけど、魔術師ギルドも強い影響力を持っているのよ。結界を作り出したのがギルド所属の魔術師で、しかもそれがネレウスの女王の婚約者なら、合わせ技で教会も簡単には手出しできなくなるはずよ」

女王が一通り説明すると、この場にいる全員が押し黙った。女王に反発しているディートリヒすら、仕方がないと納得したようだ。

「もう、大変だったのよ。久しぶりに本部に連絡を取ったから、仕事をしろって責められちゃって。昔なら一人捻じ込むくらい二つ返事でやってくれてたのに、今回は色々と交換条件を出されたわ」

さすがの女王でも、面倒な出来事であったらしい。その時の苦労を思い出したのか、女王は額を押さえて憂いの表情を見せた。

「……でも、オレなんかが魔術師に……」

納得できずに呟いたのはロアだ。戸惑いの表情で、顔色も悪い。魔術師ギルドに入るということは、当然ながら魔術師として認められたということだ。ロアはそれが理解できなかった。

なにせ、ロアは魔術師を名乗るどころか、まともな魔法を使ったのは件《くだん》の結界が初めてだったのだから。

「ロア！　なんかは禁止だろう!?」

〈小僧、まだあの魔法の価値を理解できぬのか？〉

クリストフとグリおじさんの声が重なった。その声にロアは少し俯くと、落ち込んだ様子で小さく「はい……」と返した。

事件の後で、クリストフは何度となくロアに説教をしていた。内容は、自己評価の低さを何とかしろというものだ。

それと同時に、クリストフはロアの良いところを褒めちぎって評価を上げるように促した。

最初はグリおじさんの横やりが入って中断されるのを覚悟していた。

グリおじさんを怖がっていては、ロアの自己評価の修正はできない。半殺しにされるのを覚悟しながら、クリストフは毅然《きぜん》とした態度で説教に臨《のぞ》んだのだった。

だが、ロアの意思を最優先にするグリおじさんも、さすがにロアの自己評価がいつまでも低いままなのを我慢できなかったらしい。むしろクリストフの説教を煽り、ロアは意識改革を約束させられたのだった。

「なんか」の禁止もその一環だ。

そのおかげで、ロアは少しずつ自分のやっていることがすごいことだと理解できてきたようだ。

もっとも、まだまだ自己評価の改善には至っていないが。

「それじゃあ、ロアさんはギルドの三重所属《トリプル》なのですね？　それは目出度《めでた》い！」

ロアが落ち込んだことで少し空気が悪くなったことを察したのだろう、コラルドが明るく声を上げた。

ロアは今まで冒険者ギルドと生産者ギルドに所属している、二重所属者《ダブル》だった。二重所属者《ダブル》は珍しいが、いないわけではない。

だが、ギルドの三重所属《トリプル》となると、本当に稀少《きしょう》だ。ましてや、ロアはまだ若い。歴代最年少という可能性すらある。

だからコラルドはそれを前面に押し出し、一気に明るい雰囲気に変えようとしたのだ。

「お、そうだな！　おめでとう！」

「おめでとうロア！」

「すごいな、ロア！」

望郷の面々が口々に祝いの言葉を掛ける。

その声をロアは嬉しく思う反面、褒められ慣れていないため居たたまれない気持ちになった。ロアは恥ずかしさから、顔を真っ赤に染めたのだった。

「あ、あの、そのへんで……」

顔を紅潮させたロアは、半ば俯きながら皆から視線を逸らして小声で呟いた。

「まあ、話が進まないから、お祝いは後でやってあげてね」

女王はロアに助け船を出すようにそう言うと、話を進めた。

「次は、ご褒美の話なんだけど……ロアくんたちの希望が通ったわ」

「本当ですか⁉」

俯いていた顔を上げ、ロアは叫んだ。

ロアと従魔たちは海底火山の噴火を止め、王都を救った。ロアの希望により表沙汰《おもてざた》にはされていないが、だからといって褒美を与えずに済ますわけにはいかない。

そこで、女王はロアが滞在している侯爵家を通して、希望を聞いていたのである。

ロアは最初辞退しようと思ったが、褒美を辞退することは逆に王家を見下す行為になるとコラルドに忠告されて、考えた。そして考えた末に選んだ褒美は……。

「本当に、あんな海賊島でいいのかしら？」

「はい！　あそこがいいです‼」

ロアが選んだ褒美は、アダドの皇子に誘拐されて連れて行かれた海賊島だった。ロアは、あそこで食べた最高に美味しかった海鳥の卵を、他の皆にも食べさせたいと思っていた。

どうせならいつでも採りに行けるように、島自体を自分の物にできたらと考えたのだった。

事件からこの謁見まで時間がかかったのは、その島の調査と書類等の調整のためだった。

「あそこは一応は我が国の管理範囲なのだけど、誰にも見向きもされない島だったのよね。内側にあんな船着き場があって海賊島になってたなんてことも、誰も知らなかったのよ……」

あの海賊島は、完全に忘れ去られた場所だった。だからこそ、王都に近い場所ながらアダドの皇子が秘密で占拠《せんきょ》することができたと言ってもいい。ネレウス王国には何の価値もない場所だ。

とはいえ仮にも王国の土地であるため、安易に下賜《かし》するわけにはいかない。

「でも、他国の人間に土地を与えることができないの。そこで、島の権利はクリストフに与えることにしたけど、いいかしら？」

「へっ⁉　オレ？」

不意に名前を出され、クリストフは女王の前だということも忘れて間の抜けた声を上げてしまった。

「かまいません。ありがとうございます。オレはペルデュ王国の人間ですから、そうなるんじゃないかと思ってたので」

「あら、察しが良いのね。商人さんの入れ知恵かしら？　それじゃ、クリストフは領地を得たので騎士爵から男爵《だんしゃく》に陞爵《しょうしゃく》ね」

「なっ？」

驚きに声も出ず、思わずクリストフは椅子から立ち上がった。

陞爵《しょうしゃく》とは爵位が上がることだ。女王の言った通りだと、今まで一代限りの騎士爵だったクリストフは、世襲《せしゅう》が可能な男爵になったことになる。

「領地を得たのだから、男爵になるのは当然でしょ？　でもあんな人間もいない場所だもの、生活自体は今まで通りで問題ないわ。誘拐に巻き込まれた迷惑料代わりに爵位が貰えたくらいに思っておいてね。税も必要ないけど、美味しい海鳥の卵をたまに持ってきて欲しいわ」

「はあ……」

何とも言えない微妙な表情になったクリストフは、崩れ落ちるように座った。

あの島は現在、ロアが作った結界は消えている。グリおじさんが空を、海竜が海を浄化するために魔力を大量に使ったことで自然消滅していた。今はただの海鳥が多く棲む島だ。

金銭的な価値はなく、儲《もう》ける方法も卵を売るくらいしかない。税の免除は妥当だろう。

「それと、もう一つ。海賊島だけでは褒美に足りていないから、ロアくんが王立図書館と学園に自由に出入りできるようにしておくわ。図書館には写本者《スクライブ》も準備しておくから、自由に使っていいわよ」

「本当ですか！！？」

ロアは今までで一番の喜びの声を上げた。ロアは色々とあって、楽しみにしていたのに学校の見学に行けていない。しかも、この国で学園と呼ばれているのは貴族が学ぶための学校だ。一般の学校より高度な教育を施しており、教師も一流の者が揃っていた。

さらに王立図書館に写本者《スクライブ》を準備しておいてくれるということは、写本を作って持ち帰ってもかまわないということだ。

これは破格《はかく》の待遇《たいぐう》であり、ロアにとっては何よりの褒美だった。

「ありがとうございます！」

興奮したロアは思わず立ち上がり、女王に駆け寄って手を握り感謝を示す。未婚どころか既婚であっても、貴族女性の身体に勝手に触れるのは失礼にあたる。

何より、ロアは平民で、相手は女王。女王からキスをされようがそれ以上のことをされようがロアには拒否権すらないが、逆の場合は大罪として扱われる。

ロアの暴挙に、周りの人間たちは慌てた。

「……」

だが、女王は咎めるどころか淡く頬を染めたのだった。

〈……この女。相変わらず純粋な好意には弱いのか……〉

グリおじさんが呆れたような視線を女王に向ける。女王の手を握り締めて礼を言い続けるロアだけが、その呟きに気が付かなかった。


さらに一週間後。

ロアの姿はネレウス王国の学園にあった。

すでにかなりの時間をネレウスで過ごしており、本来はコラルドの護衛としてこの国に来ているため、ロアが学園に通える時間は限られている。

コラルドはこの国での仕事が増えて忙しくしており、予定より滞在が延びるようだが、それでもゆっくりと過ごせるほどの時間はないだろう。

その焦りからか、ロアはすでに色々やらかして有名人となっていた。

元々、女王の指示で迎え入れられた受講生として注目を浴びたが、それもすぐに別の噂で上書きされた。

今、ロアは学園の生徒たちから、とある渾名《あだな》で呼ばれている。

その名も『教師潰し』。

学園の教師たちを、次々と潰していく様からそう名付けられた。

ロアの学園内での行動は、言ってみればいつも通りである。それが教師たちと生徒たちの中で、恐怖の対象となってしまっているのだった。

ロアはいつも通り、教師に無邪気に質問して、自分の知識や実践から得た考えをぶつけていた。

ロアは教師の知識を貪欲《どんよく》に求めた。女王の後ろ盾があるため、教師たちも無下《むげ》にはできずに付き合った。教師は知識の宝庫だ。その知識を語ろうとすれば、一昼夜かけても到底語り尽くせず、実際に一昼夜付き合わされた。

そんなことが連続すれば、教師たちも耐えられるはずがない。

ロアに質問された教師たちはさりげなく逃げようとしたが、同行していたグリおじさんたちに逃げ道を塞がれてしまった。従魔とはいえ魔獣。怯えながらも、教師たちはロアに付き合い、そして潰れていった。

さらに質《たち》が悪いことに、そういった潰れ方をした教師はまだ良い方だった。彼らは数日で復活できたのだから。

とある錬金術の教師など、常識を揺るがされ再起不能となって教師を辞めてしまった。

彼はロアを女王の後ろ盾を持っている若い錬金術師と聞きつけ、反発心から討論を仕掛けてしまったのだ。

生意気で未熟な錬金術師に身の程を思い知らせてやろうと思ったに違いない。さらには、ロアを言い負かせれば、自分が女王の後ろ盾を奪えると考えたのだろう。

ロアは悪意に気付かずにその討論を受け、実践を交えて説明しまくったのである。グリおじさんにすら非常識と言われるロアの知識と技術に、たかが教師が耐えられるはずがなかった。

そのことが切っ掛けとなり、ロアに付けられた『教師潰し』の名は広く知れ渡ったのだった。

ロアに興味を持たれて潰されていないのは、剣術の教師くらいのものだろう。知識系はほぼ全滅だ。

今も教師たちは、ロアに興味を持たれないように祈りながら授業を続けている。

「ハイマン先生！　魔獣のことで質問があるんですが！」

「ひぃっ!!」

ネレウス王国の学園では、今日もロアの楽しげな声が響いている。

終わり良ければ総《すべ》て良し。

ロアのネレウス王国への旅は、楽しいものとして終わろうとしているのだった。

追放された神官、【神力】で
虐げられた人々を救います！
女神いわく、
祈る人が増えた分だけ
万能になるそうです
著 Saida《サイダ》
万能な【神力】で、捨てられた街を理想郷に!?
俺だけに見える女神と
＼マイペース／
救済生活
はじめます！
教会都市パルムの神学校を卒業した後、貴族の嫉妬で、街はずれの教会に追いやられてしまったアルフ。途方に暮れる彼の前に現れたのは、赴任先の教会にいたリアヌンという女神だった。アルフは神の声が聞こえるスキル「預言者」を使って、リアヌンと仲良くなると、祈りや善行の数だけ貯まる「神力」で様々なスキルを使えるようにしてもらい――お人好しな神官アルフと街外れの愉快な仲間との温かな教会ぐらしが始まる！
◎定価：1320円（10%税込）　◎ISBN 978-4-434-31920-4　◎illustration：かわすみ

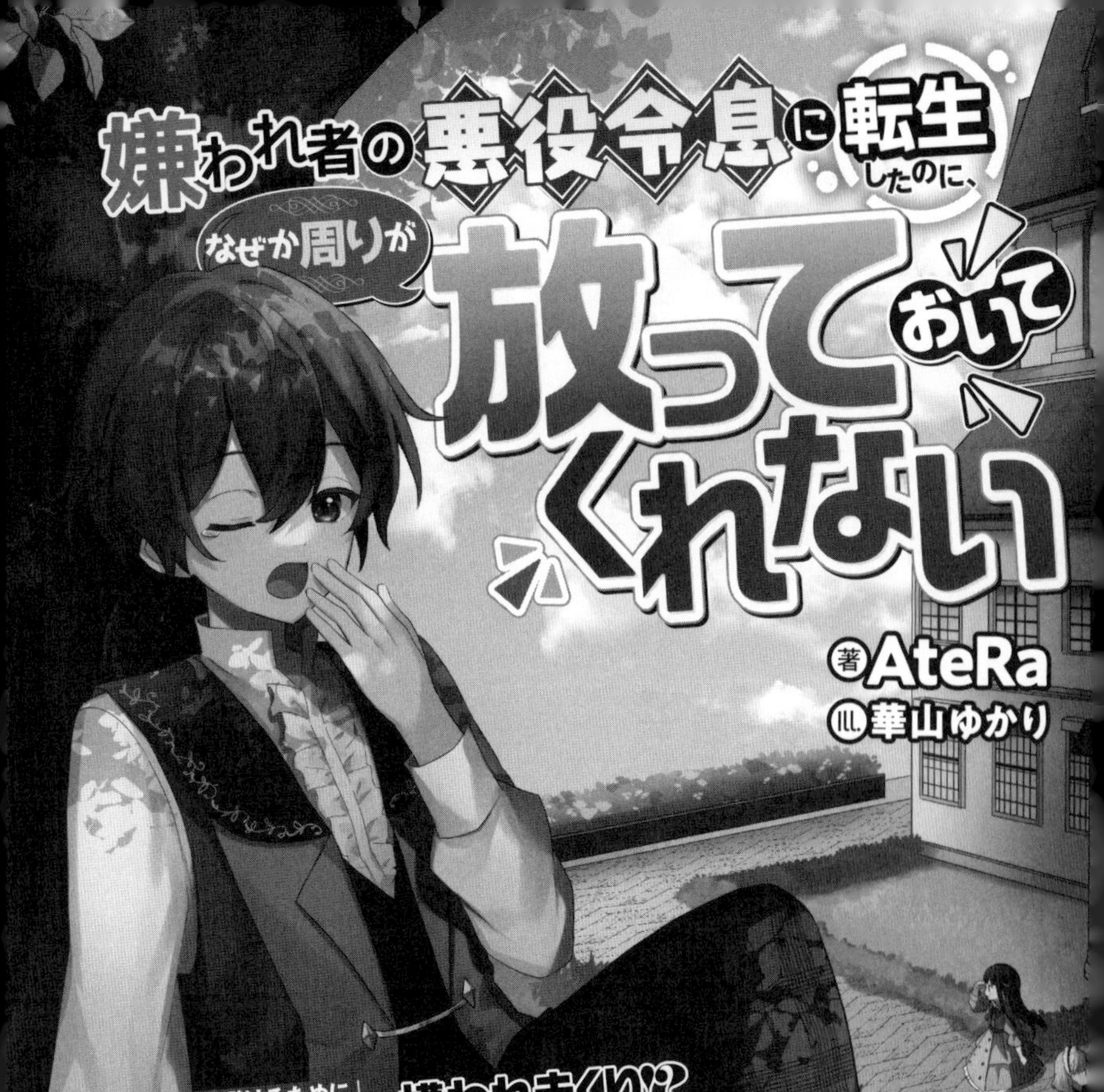

サラリーマンだった俺は、ある日気が付くと、ゲームの悪役令息、クラウスになっていた。このキャラは原作ゲームの通りに進めば、主人公である勇者に処刑されてしまう。そこで——まずはダイエットすることに。というのも、痩せて周囲との関係を改善すれば、処刑ルートを回避できると考えたのだ。そうしてダイエットをスタートした俺だったが、想定外のトラブルに巻き込まれ始める。勇者に目を付けられないように、あんまり目立ちたくないんだけど……俺のことは放っておいてくれ!

◉定価:1320円(10%税込) ISBN 978-4-434-32044-6 ◉illustration:華山ゆかり

この作品に対する皆様のご意見・ご感想をお待ちしております。

おハガキ・お手紙は以下の宛先にお送りください。

【宛先】

〒150-6008 東京都渋谷区恵比寿4-20-3 恵比寿ｶﾞｰﾃﾞﾝﾌﾟﾚｲｽﾀﾜｰ 8F
（株）アルファポリス　書籍感想係

メールフォームでのご意見・ご感想は右のＱＲコードから、
あるいは以下のワードで検索をかけてください。

アルファポリス　書籍の感想　検索

ご感想はこちらから

本書は、「アルファポリス」（https://www.alphapolis.co.jp/）に掲載されていたものを、加筆・改稿のうえ書籍化したものです。

追《お》い出《だ》された万能職《ばんのうしょく》に新《あたら》しい人生《じんせい》が始《はじ》まりました8
東堂大稀（とうどうだいき）

2023年 5月 30日初版発行

編集－矢澤達也・芦田尚
編集長－太田鉄平
発行者－梶本雄介
発行所－株式会社アルファポリス
〒150-6008 東京都渋谷区恵比寿4-20-3 恵比寿ｶﾞｰﾃﾞﾝﾌﾟﾚｲｽﾀﾜｰ8F
TEL 03-6277-1601（営業）　03-6277-1602（編集）
URL https://www.alphapolis.co.jp/
発売元－株式会社星雲社（共同出版社・流通責任出版社）
〒112-0005 東京都文京区水道1-3-30
TEL 03-3868-3275
装丁・本文イラスト－らむ屋
地図イラスト－宇崎鷹丸
装丁デザイン－AFTERGLOW
印刷－図書印刷株式会社

価格はカバーに表示されてあります。

落丁乱丁の場合はアルファポリスまでご連絡ください。

送料は小社負担でお取り替えします。


ISBN978-4-434-32047-7 C0093